Destinos Quebrados

SOFIA SILVA

Destinos Quebrados

Há amores que nunca terminam

Rio de Janeiro, 2019
1ª Edição

Copyright © 2019 *by* Sofia Silva

CAPA
Marcela Nogueira

FOTOS DE CAPA E 4ª CAPA
Alexander Krivitskiy/Bence Balla-Schottner | Evie S.
(Unsplash.com)

DIAGRAMAÇÃO
Kátia Regina Silva | editoríârte

Impresso no Brasil
Printed in Brazil
2019

CIP-BRASIL. CATALOGAÇÃO NA PUBLICAÇÃO
SINDICATO NACIONAL DOS EDITORES DE LIVROS, RJ
VANESSA MAFRA XAVIER SALGADO – BIBLIOTECÁRIA – CRB-7/6644

S583d

Silva, Sofia
Destinos quebrados / Sofia Silva. – 1. ed. – Rio de Janeiro: Valentina, 2019.
248p. ; 23 cm.

ISBN 978-85-5889-090-8

1. Romance português. I. Título.

19-57828

CDD: P869.3
CDU: 82-31(469)

Todos os livros da Editora Valentina estão em conformidade com
o novo Acordo Ortográfico da Língua Portuguesa.

Todos os direitos desta edição reservados à

EDITORA VALENTINA
Rua Santa Clara 50/1107 – Copacabana
Rio de Janeiro – 22041-012
Tel/Fax: (21) 3208-8777
www.editoravalentina.com.br

RESILIÊNCIA (latim *resilio, -ire*)

1. FÍSICA
   Propriedade de um corpo de recuperar a sua forma original após sofrer choque ou deformação.
2. FIGURADO
   Capacidade de superar, de recuperar de adversidades.

in *Dicionário Priberam da Língua Portuguesa*

Onde ela é força
eu sou fraqueza.
Onde ela é perdão
eu sou julgamento.
Por onde ela caminha
eu rastejo.
Sempre que ela renasce
eu a mato.
E
enquanto ela vira Flor
eu me transformo em espinho.

PRÓLOGO

Rafaela

— Chegamos — entoa a voz autoritária da minha mãe no carro quando o motorista abre a porta.

Ela está zangada com a Joana. A minha irmã quebrou tudo no quarto enquanto falava um monte de palavrões, só se calando quando escutei o som inconfundível da palma de uma mão batendo no seu rosto. Depois disso, Joana saiu de casa gritando que odiava mamãe e que ela deveria morrer. Sempre que as duas brigam eu fico pedindo para que tudo volte a ser como no passado. Quando éramos uma família feliz.

Atravesso os corredores brancos olhando as portas com grades, torcendo para que estejam bem trancadas. Escuto gritos e sons estranhos. Mamãe explicou que aqui ninguém sofre e que as pessoas que gritam são como papai, veem coisas que não existem e, por vezes, tornam-se más.

Chegando perto da porta, ela se senta na cadeira. Nunca entra comigo.

— Rafaela, se quiser, vamos embora. Se sentir medo, avise.

— Eu nunca sinto medo do papai. Ele é meu amigo.

— Ficarei aqui até terminar a visita. Se ele fizer algo que te assuste, basta avisar e nós iremos embora.

— Já disse que não sinto medo dele! — grito, mas me arrependo quando o seu olhar fica furioso. Sei que vou apanhar assim que chegar em casa.

Não compreendo por que razão ela não vem comigo e por que motivo alguém precisa sempre estar vigiando o meu encontro com papai.

— Vou primeiro no banheiro — aviso.

— Deveria ter feito antes de sairmos — ela me repreende, e a cada dia que passa tenho mais medo de como está se tornando má.

— Eu sei, mas não estava com vontade.

Entro no banheiro, molho o rosto e finjo diferentes expressões de felicidade até encontrar um sorriso bonito. Não quero que papai fique nervoso por não me ver sorrir. Da última vez ele começou a me abanar porque eu não sorria, e o enfermeiro disse que eu tinha que sair do quarto. Depois disso, mamãe não me trouxe durante muito tempo, mas, como tenho chorado todos os dias com saudades dele, ela aceitou vir.

Passo novamente por mamãe, que está olhando o relógio, a cara fechada, e entro no quarto.

— Minha bailarina! Que saudade! — grita papai, correndo para mim e me pegando no colo. Os meus braços agarram o seu pescoço com toda a força que tenho dentro de mim.

— Papai! — exclamo, beijando o seu rosto e apertando cada vez mais o seu corpo.

— Tá tão crescida... — declara, arrumando o meu cabelo e beijando o meu rosto como fazia todos os dias. Não aguento e choro até sentir que molhei a sua roupa.

— Sinto tanta saudade, papai. Por favor, volta pra casa — imploro, segurando o seu rosto e vendo que ele também está chorando.

— Não posso, meu bem.

— Mas eu morro de saudade. E choro porque você não brinca mais comigo.

— Sinto muito, mas papai precisa ficar aqui.

— Mas por quê? Você não gosta mais da gente?

— Eu te amo. Você e sua irmã são tudo que eu tenho — fala, agarrando o meu rosto com mãos mais magras do que da última vez.

— Eu e ela não queremos mais viver com eles. Podemos viver os três juntos, papai? Eu, você e a Joana. Prometo que não deixo meus livros espalhados. Prometo ser boa filha. Por favor, por favor, por favor, vem viver com a gente, papai! Joana falou que assim que fizer dezoito anos vai tirar você daqui, mas falta muito.

Começo a chorar e ele chora comigo, ficando muito nervoso. Quando pressinto que o enfermeiro vai se levantar, começo a sussurrar.

— Não chora, papai. Me desculpa. Não chora. — Acaricio o seu cabelo durante uns segundos.

Quando ele se acalma, coloco a mão no bolso do vestido cor-de-rosa, retirando um colar colorido com as palavras *Papai+Rafaela* e um coração no final.

— Fiz pra você, já que eles tiraram os desenhos que eu te dei. — Ele sorri mostrando todos os dentes, e sei que não vai voltar a chorar.

Outra coisa de que não gosto neste lugar é que tudo é branco e parece umas prisões que já vi na televisão, mas mamãe fala que tem que ser assim porque pessoas como papai podem ser muito perigosas e se fugirem podem fazer mal aos outros.

Com cuidado, papai retira o colar da minha mão para colocá-lo no pulso, e logo percebo que deveria ter feito mais largo.

— Nunca mais vou tirá-lo. Nunca mais! — afirma com emoção.

Compreendendo que não posso chorar para não entristecê-lo, passo nosso tempo juntos contando a minha vida, deixando de lado as brigas em casa, o choro da Joana e as palavras de ódio que preenchem nossos dias. Não comento que na escola todo mundo fala *ele é louco* e outras coisas ainda mais feias que me fazem querer ficar sozinha. Fogem de mim, pois dizem que tenho a doença do papai. Não confesso que choro todos os dias com saudades dele. E, por fim, não conto que todas as histórias que ele está ouvindo são mentira porque a verdade é que eu sou muito infeliz e a minha vida é um inferno. Estou mentindo sobre tudo e me sinto culpada, não tenho coragem de falar que o novo homem que vive lá em casa já bateu na Joana e em mim porque a gente não gosta dele. Não, eu não vou contar a verdade porque papai vai ficar triste, e quando ele chora os enfermeiros vêm e tiram ele de mim.

Não, não conto nada que é verdade, optando por brincar com ele e ser feliz.

— O tempo terminou — avisa o enfermeiro, levantando-se e começando a abrir a porta.

O meu sorriso desaparece e não tenho espelho para tentar fingir outro.

— Por favor, senhor, só mais um pouquinho — peço, mas ele nega e começo a chorar, prendendo o meu corpo ao do meu pai. Os meus braços e pernas fazem tanta força no corpo dele que nem sei se o estou esmagando.

— Impossível... Venha! — As mãos do enfermeiro puxam o meu corpo e eu começo a berrar.

— Não! Não! Não! — grito quando ele não para de me puxar e papai também fica pedindo mais tempo. Peço às fadas, a Jesus e a todos que me deem forças para não largar.

— Não toque na minha filha! — papai grita e começa a chorar.

Meu herói chora e eu choro ainda mais.

— Rafaela! — A voz da minha mãe mostra que está zangada, e quando sinto as suas mãos em mim sei que em casa vou levar uma surra, que mal vou conseguir me sentar depois, mas não largo o meu pai e nem ele me solta.

Pessoas entram e tentam nos separar, sem perceberem que estão partindo o meu coração. Que estão me matando.

Eu amo o meu pai mesmo quando ele não é ele.

Eu o amo mesmo quando canta o dia todo sem parar.

Eu o amo até quando ele fala que pode voar.

Eu o amo apesar de às vezes ele olhar para mim e ficar um pouco confuso sobre quem sou.

Eu o amo quando ele diz que tem pessoas dentro da sua cabeça falando coisas, mas que um dia vai passar.

Eu amo o meu pai porque não sei não amar quem mesmo nos momentos de ausência sempre me amou.

Mas são tantas mãos nos separando...

— Não, por favor, mamãe, não tira ele de mim — grito mais alto quando são muitos em cima do corpo do papai, que luta com eles para voltar para mim. Por alguns segundos consegue se livrar da confusão de braços e fica perto de mim. Segura o meu rosto, e a sua boca treme.

— Minha esperança, eu vou te amar para sempre. Nunca abandone essa coragem e esse coração. Papai vai te amar para todo o sempre. — Os seus lábios, trêmulos, me beijam na testa e em seguida ele abana o pulso, agitando o colar. — Eternamente, Rafaela. Sempre te amarei.

Destinos Quebrados

Levanta os braços e se rende como os criminosos. Pessoas caem em cima do seu corpo, sem se preocuparem se o estão machucando.

— Papai! Papai! Papai!

Grito.

Imploro.

Suplico.

Mas ninguém me ouve.

Em casa, mamãe me espanca quando eu a culpo por tudo e fala que ficarei meses sem ver papai depois da cena que fiz. Em seguida, o novo namorado também me agride, e o odeio mais e mais. Odeio os dois. Joana sobe na cama comigo, mas até o seu toque meigo me machuca, e não vou à escola no dia seguinte porque o meu rosto ficou marcado e os dois não querem que ninguém faça perguntas e...

Choro dia e noite, contando ansiosamente os dias até o castigo acabar.

Faço mais pulseiras e colares.

Crio mais histórias divertidas para contar no próximo encontro.

Preparo tudo para estar novamente com ele até mamãe declarar com frieza que papai morreu. Joana fala que ela é a culpada e parte pra cima dela, mas apanha tanto que é a minha vez de subir na cama e abraçá-la. Choramos agarradas uma à outra. Seu corpo é muito mais crescido do que o meu, mas tento lhe dar todo o carinho quando também precisa de afeto.

Choro quando o vejo no caixão com o colar no pulso.

Choro quando na escola os meninos ficam debochando da forma como papai se foi.

Choro quando escuto mamãe falando que está aliviada por ele ter morrido.

Choro sempre que apanho dentro de casa, mas fingindo para todos que somos uma família feliz.

Choro...

Choro...

Choro...

Choro até não conseguir mais chorar e aprender a fingir que está tudo bem.

~ 1ª PARTE ~

O amor só é verdadeiro quando acontece à segunda vista.

JANE AUSTEN

Orgulho & Preconceito

Rafaela
1

Presente — São Paulo.

A mão é enorme, morena e quente. Cobre a minha barriga. O ritmo suave da oscilação de um peito adormecido continua me embalando. O calor da sua respiração toca o meu pescoço e permaneço imóvel. Fecho os olhos e saboreio as recordações desta noite, até precisar vê-lo. Giro o corpo, toda vagarosa, e fico frente a frente com ele. Observo o seu rosto com atenção e calma, pois ele sempre teve a fantástica capacidade de dormir profundamente, mas fico triste por não conseguir admirar as duas características físicas de que mais gosto nele: olhos azuis como água de mar e um sorriso perfeito.

Ele raramente sorri, e ainda mais raro é o seu riso, mas quando acontece é marcante por ser tão lindo. E esta noite sorriu quando me disse que se sentia feliz por estar comigo. Que estava sendo a melhor noite dos últimos dez anos. Sorriu quando me olhou nos olhos e me chamou de Flor.

Meu Leo.

Passo os dedos pelo seu cabelo preto, contornando em seguida as linhas profundas que surgiram no seu rosto nesta década em que não nos vimos. Elas não existiam quando o vi pela última vez, mas gosto delas. Tornam-no mais humano e frágil. Agradeço por perceber que a idade conseguiu tocar em alguém que caminha na Terra como se fosse de outra espécie.

Tomando coragem, vou ficando mais exploradora e toco no que posso. Os braços estão mais fortes e o corpo mais largo, como se tivesse crescido, o que parece impossível; contudo, o cheiro, o seu maravilhoso cheiro, é igual e continua atraindo o meu corpo como se eu não tivesse opção. O Leonardo é, sem dúvida, o homem mais lindo que já conheci, porém eu me apaixonei perdidamente quando percebi quem ele era no seu âmago e não quem se apresentava ao mundo. A beleza física é estonteante e um atrativo para qualquer mulher, mas, depois do que confessou durante as longas horas em que o seu corpo procurava o meu, entendi que poucas foram as que conseguiram ver além da beleza de Adônis.

Ao observá-lo com tanta atenção me pergunto se também notou a metamorfose que aconteceu comigo. Não sou a mesma Rafaela. Física e mentalmente me modifiquei muito. Hoje sou uma mulher madura, sofisticada, experiente e séria. Não sorrio com a naturalidade do passado e deixei para trás aquela inocência que, por vezes, me faz questionar como pude ser tão ingênua. Como fui capaz de acreditar que o mundo tinha mais pessoas boas do que más e que bastava sermos bons para recebermos bondade em troca. Hoje sei que não é verdade.

O meu corpo também mudou, e os homens notam quando o peito não está tão firme e a barriga não é mais reta, porém eu me amo da forma como aprendi a ser. Sei que não sou aquela garota de vinte e dois anos com cabelo solto ao sabor do vento e sem um pingo de maquiagem, mas o meu corpo é amado por mim porque tem aguentado cada facada que a vida me dá. Pode não ter a suavidade da seda, que outrora nem apreciava tanto assim, mas tem a robustez necessária para enfrentar os furacões que bateram de frente em mim.

Quando ele se move, paro até voltar a ficar quieto. E é nesse movimento que percebo que irá acordar, e eu não vou querer reviver mais nada. Não quero escutá-lo pedindo perdão como fez sempre que o seu corpo buscava o meu.

Não, não quero. De verdade.

"Flor, tive tantas saudades. Fui um fantasma durante muitos anos, e hoje respiro pela primeira vez. Perdoa-me." A memória de tudo que falou vai se repetindo,

e uma parte minha quer acreditar que sofreu sem mim, mas a verdade, a terrível verdade é que ele nunca me procurou. Talvez, se tivesse vindo atrás de mim, o nosso destino pudesse ter sido bem diferente. Eu não passaria tantas noites soluçando e talvez o sangue que está nas minhas mãos nunca existisse.

Fico novamente só admirando. Como alguém que caminha ereto demais, preciso demais, austero demais, consegue ter o rosto mais sereno do mundo? Como se fosse o único momento em que ele se permite ser mortal.

A Flor quer ficar aqui na proteção dos seus braços. Acordá-lo com beijos e dizer que ontem também começou a respirar pela primeira vez, mas como, se essa Flor perdeu todas as suas pétalas? Hoje sou espinhos pontiagudos, e não sei se algum dia poderei ser algo diferente. Esse meu passado inclina o corpo, tocando o dele uma última vez, saboreando o conforto familiar que só ele me proporciona. Os meus lábios tremem quando encontram os do Leo, e a mulher que ele sempre chamou de Flor despede-se num beijo... doloroso.

Te amei tanto, Leo. Sempre haverá uma parte de mim que te amará; contudo, hoje, me amo mais. Hoje não acredito que o amor seja isso tudo que inventei na minha mente.

Saio da cama, visto-me e escrevo algo. Ao contrário dele, não sou capaz de sumir sem uma explicação plausível. Já dentro do carro volto a ser a Rafaela, e ela não chora por homem algum.

Ela é fria para todos.

Ela aprendeu que o amor carnal é uma receita para o desastre.

Ela morreu quando o sangue que escorreu pelas suas mãos secou.

Dirijo sem observar a estrada, apenas querendo o conforto da minha vida atual, mas os flashes da noite se repetem. A voz dizendo que nunca me esqueceu e que viveu arrependido é como uma melodia que se intercala com as imagens do desespero com que o seu corpo pedia o meu. Era como se lhe doesse estar novamente dentro de mim e simultaneamente não conseguisse parar de entrar em mim. Eu sei porque senti o mesmo. Sempre que o seu corpo entrava em mim, algo se encaixava e se despedaçava. Algo se partia e depois se reconstruía.

Estar com ele foi perceber que eu sempre preferi ser flor, mas a vida me ensinou que as pessoas pisam nelas; já dos espinhos, elas fogem.

Paro o carro de forma abrupta e um grito sai de mim.

Começo a contar até dez para me acalmar, mas, sem querer, estou recordando como tudo começou. Como aquela menina sonhadora se apaixonou pela primeira vez, achando que o amor é tudo que a poesia enaltece, sem perceber o quão parecida a palavra amor é da dor, do pavor, do terror, do horror, do rancor... Sem perceber que não há como rimar com o que ela mais almejava: a felicidade.

Rafaela
2

Há doze anos — Portugal.

Os meus ouvidos doem, certamente consequência da sinusite e de tantas horas de voo. Sempre que abro a boca o meu corpo se dobra com a pontada aguda que me assola.

Estendo os braços, flexiono as pernas, sentindo os ossos dos joelhos estalando. Estou cansada por ter passado tantas horas sentada na apertada e desconfortável poltrona da classe econômica. Um dia desses ainda viajaremos de pé para economizar espaço.

Quando o meu orientador disse que o melhor aluno poderia cursar uma especialização numa universidade portuguesa, ficamos extasiados. Estudei muito, dormi pouco, perdi uns cinco quilos devido ao estresse, mas consegui. Por quase dois anos vou poder estudar em Portugal, mais precisamente na cidade do Porto, e não posso estar mais ansiosa por começar.

Cheguei no final do dia, e o motorista do táxi me trouxe diretamente para o endereço que indiquei. Estou faminta, mas como ainda não conheço a cidade e estou carregando uma mala enorme, o melhor é ir direto para casa. Preciso organizar a pequena quitinete que estou alugando, pois amanhã terei que estar bem cedo com o meu novo orientador de curso.

Imediatamente ligo para a minha irmã, sabendo que deve estar colada no celular.

— Joana!!! — grito, assim que ela atende. — Cheguei! — Continuo no mesmo volume de excitação, atirando-me na cama encostada a uma parede.

— Estava ficando preocupada, garota. Já conheceu alguém? Estão te tratando bem? Já comeu alguma coisa? É perigoso? — Fica disparando perguntas. Sendo sete anos mais velha do que eu, e depois de tudo que aconteceu com a nossa família, a minha irmã tem sido uma mãe para mim. Além disso, é a minha melhor amiga. A pessoa que mais amo no mundo.

— Estou muito feliz, Jô! Ainda não conheci a cidade porque o voo atrasou e, com o fuso horário, aqui já é de noite. Além de estar morta de cansaço.

— Vai ter tempo para conhecer o país inteiro, mas agora tranque tudo direito e não se esqueça de memorizar os contatos de urgência de Portugal. Passei todos por e-mail e vou esperar você me passar os endereços de e-mail dos seus professores daí e de todos de quem vai estar mais próxima. Assim que conseguir, procure um mercadinho e compre tudo de que precisa. Se alimente direitinho e ande sempre com sua identidade. Ah, guarde seu passaporte e não o perca nem empreste a ninguém.

— Jô, relaxa.

Depois que foi gravemente ferida por uma bala perdida no Rio, minha irmã nunca mais foi a mesma. Embora esteja melhorando, sua paranoia com a segurança não é saudável.

— Vou tentar, mas não prometo nada. Se você enviar uma mensagem de manhã e uma à noite, aí sim prometo que não ligarei mil vezes por dia.

Reviro os olhos e continuamos a conversar até os meus três sobrinhos interromperem a chamada para pedirem diferentes coisas que anoto num papel para comprar assim que puder.

— Jô, estou exausta. Amanhã falo mais com vocês, mas preciso muito dormir.

— Sim, sim. Descanse, meu bem. Nós te amamos e estamos superorgulhosos de você.

— Também amo vocês. Muito. A gente se fala amanhã.

— Ah, Rafaela!

— Fala.

— Papai iria se orgulhar da mulher que você está se tornando. Onde quer que esteja, ele é o seu maior fã e sei que está contando para todo mundo como a caçula dele vai mudar o mundo. Durma bem. Beijo.

Não me deixa falar e desliga rapidamente. Desde a morte dele que raramente falamos sobre o passado, optando por fingir que o superamos, mas cada uma vivendo o luto à sua maneira. Talvez por ser mais velha, minha irmã tenha vivido mais a doença do nosso pai, a traição e a indiferença da nossa mãe a tudo que aconteceu. E por isso consiga saber o exato ponto onde tudo ruiu. Eu, ao contrário, via a doença do nosso pai sem entender o que era. Eu o achava divertido. Só compreendi o quão grave era depois de saber como morreu.

Com o pensamento nele, retiro da mala uma foto nossa e coloco na mesinha. Estou no cangote dele, olhando para baixo, e ele sorrindo, olhando para mim. O cabelo loiro como o meu e o da Joana é um bálsamo para mim, por saber que até na fisionomia eu sou toda ele.

Deito-me na cama e, sem sentir, adormeço profundamente.

Não, não, não, nãããо!

Grito internamente ao mesmo tempo que ando que nem barata tonta pelo quarto quando acordo e recordo que me esqueci de alterar a hora no celular, pois ele não mudou automaticamente.

— Vou chegar atrasada — falo sozinha enquanto visto a primeira peça que encontro na mala e corro para o minúsculo banheiro, escovando os dentes num tempo que certamente bate o recorde mundial.

Caminho a passos largos pela rua, até que o meu cérebro começa a trabalhar e perceber que o mapa com todas as marcações ficou esquecido no quarto e o meu celular está sem bateria porque adormeci antes de carregá-lo.

Que mais pode acontecer comigo?

Quando olho para o céu cinzento e coberto de nuvens pesadas, observo o vestido que tenho no corpo, fico parada uns segundos, decidindo se devo voltar e trocar de roupa, fazendo com que me atrase ainda mais, ou se devo conhecer a pessoa que tem o meu futuro profissional nas mãos com um vestido salmão pouco acima dos joelhos e estampado de rosas.

Prefiro me arriscar a conhecê-lo assim a chegar no gabinete e ele já não estar.

Após mil e uma paradas para perguntar as direções e perder minutos preciosos só para entender o sotaque, encontro a universidade. Com a mesma rapidez com que me vesti, percorro os corredores com quase três horas de atraso. Vou lendo os nomes em todas as portas e tentando encontrar o que procuro.

— Finalmente! — exclamo, suspirando de cansaço quando encontro a porta que procurava. Com a calma que não tenho, bato suavemente.

— Pode entrar. — Ouço uma voz grave.

— Desculpe o atraso, professor Saraiva, mas não conheço a cidade e... — começo a me desculpar, mas ele levanta a mão indicando que devo me calar e, simultaneamente, aponta para a cadeira à sua frente.

— Fique calma e respire. Pelo sotaque, compreendo que é a minha nova aluna.

— Sim. Rafaela Petra, muito prazer! — Estendo a mão, cumprimentando educadamente o professor e me sentando em seguida.

— Escusa desculpar-se, pois é algo comum no primeiro dia. Se alunos que vivem nesta cidade desde que nasceram chegam atrasados, não posso cobrar mais de quem mal aterrou no país! — diz com simpatia, fazendo-me expirar pela primeira vez como eu de fato estava precisando. — Mas não se preocupe, já conversei com o Leonardo e ele vai ajudá-la. — Sorri novamente, e fico extremamente feliz por perceber que o professor é tudo aquilo que tinham falado.

— Em que gabinete encontro o professor Leonardo? — pergunto ainda desorientada.

— Leonardo é um aluno de doutoramento que estará sempre nas suas aulas. Infelizmente, tenho que deixá-la sozinha, mas ele sabe mais do que eu sobre tudo relacionado com a sua vinda. — Começa a se levantar com papéis e mais papéis nos braços.

— Peço novamente desculpas pelo atraso e agradeço a ajuda para conhecer a universidade. — Abro o meu sorriso mais simpático na tentativa de conseguir passar uma imagem positiva, ficando aliviada quando ele volta a sorrir para mim antes de sair.

Longos minutos depois, cansada de esperar pelo meu colega, dirijo-me à janela, observando que uma tempestade cairá a qualquer momento. Sinto uma dor terrível nas costas, certamente consequência das doze horas de voo, por isso apoio as mãos em cada lado da janela e empino o quadril, que já de si é empinado, e no exato momento em que me abaixo e ouço um estalar no corpo, a porta se abre com rapidez e firmeza. Desesperadamente, volto à posição correta, fingindo que essa situação embaraçosa não aconteceu. Respiro e viro o corpo em direção à porta com um sorriso nos lábios que quase se perde quando encontro um rosto taciturno.

— Oi, bom dia! Sou a Rafaela, mas você já deve saber. Quero agradecer por estar me ajudando. — Volto a sorrir com simpatia ao mesmo tempo que o cumprimento.

— Leonardo Tavares. *Boa tarde.* — A sua mão aperta a minha com certa firmeza e os seus olhos azuis bem gélidos rapidamente abandonam o meu rosto, descendo pelo meu corpo. Contudo, não aparenta ser um olhar de apreço, mas sim de desdém.

— Cheguei ontem e claramente não atentei para a estação do ano. — Tento aliviar a situação, mas ele continua de cara fechada. — Hum, bem, podemos ir ou falta fazer alguma coisa? — Estou louca para sair daqui, pois não sei agir em situações constrangedoras, principalmente quando alguém não sorri e não para de olhar para mim com uma expressão que não me faz sentir confortável.

— Sim, vamos. — Curto e grosso, porém educado ao indicar que eu passe na sua frente.

Saímos em direção a outros edifícios, e apenas desejo que as horas passem de forma rápida e eu consiga justificar ter sido a escolhida para estudar em Portugal.

As pessoas julgam pelas aparências, e neste momento ele certamente está se questionando sobre mim. Como posso ter sido a melhor aluna e considerada uma das melhores futuras profissionais, se tudo o que a minha aparência grita é desleixo? Assim como eu questiono por que razão ele está com calça de terno, sapatos que devem ter sido engraxados antes de sair de casa e camisa social branca, quando os meus colegas nunca se vestiram assim. Portugal é bem diferente. Já vi que tenho muito a aprender.

De repente ele para e olha para mim, elevando uma sobrancelha escura como o seu cabelo.

— Sim? — pergunto, claramente confusa.

— Não recebeu o mapa detalhado que lhe foi enviado por e-mail? — Olha para as minhas mãos vazias.

— Sim, até imprimi, mas, como estava atrasada, deixei no quarto.

— Foi enviado eletronicamente, pode acessar.

— Estou sem bateria — digo, me sentindo ainda pior.

Ele esfrega o rosto como se estivesse inspirando profundamente para não se enervar, e pressinto que a pouca vontade que aparenta de estar comigo reduziu-se significativamente.

— Em que edifício está alojada? Podemos ir lá e ainda dá tempo para mostrar o mais importante, assim como explicar os melhores meios de transporte para deslocar-se pela cidade, ou já conhece o Porto?

Fico surpresa com a atitude. Imaginei que fosse dizer algo desagradável.

— É a minha primeira vez em Portugal. Cheguei ontem à noite e ainda não conheço nada. Bem, eu pesquisei na internet os pontos turísticos e estou ansiosa para conhecer todos.

Caminhamos até um carro moderno e, com a mesma educação de há pouco, abre a porta para mim. Já dentro do carro, e a caminho do meu quarto, ele fala comigo.

— Por que razão escolheu Portugal, e não outros países? Sei que teve a nota mais alta do curso e que poderia ter optado por universidades muito bem conceituadas e com melhores bolsas e investigação. Portugal não foi o único a entrar na oferta de bolsas, na verdade é uma prática europeia para trazer alunos da América do Sul.

— Porque aqui tem um programa sobre administração que poderei conciliar com a tese.

— E precisa disso para quê, se não estou a ser indiscreto?

— Porque sonho em abrir uma clínica. — Tenho certeza de que o meu rosto mostra o quanto quero isso.

— Sonham quase todos. Dinheiro fácil e tudo mais.

Não gosto do tom que usa e me sinto na obrigação de me defender, explicando que será uma clínica de apoio social, e não um meio de ficar rica. Como sempre, fico entusiasmada quando toco no assunto e entro nos detalhes. Gostaria de ser uma daquelas pessoas contidas, mas sou o oposto e falo à vontade sobre tudo.

— Acredita que conseguirá tudo isso?

— Claro.
— E no Brasil?
— Sim.
— Com apoio do governo brasileiro?
— E não só dele.
Ele ri de forma grosseira.

— Não me interprete incorretamente, mas, se já é difícil em qualquer país do primeiro mundo conseguir tudo isso, quanto mais no Brasil, um país que não quer saber das pessoas com problemas mentais, muito menos das que são pobres. Se for para celebridades, não faltam terapeutas que escutem as suas lamentações a peso de ouro. Retiros milionários que não têm qualquer ligação com a psicologia, mas são vendidos como tal. Os problemas reais são varridos para debaixo do tapete.

Duas coisas acontecem. Uma é o fato de eu saber que ele tem argumentos reais por conhecer o meu país. A outra é a tal questão brasileira: só nós podemos falar mal do nosso país. Mais ninguém tem esse direito. É como irmãos, só um pode falar mal do outro.

— Até poderíamos ficar aqui criticando o país um do outro ou tentando encontrar falhas em nossos argumentos, mas, por princípio, não vou fazer isso. O mundo não se transformou porque todos resolveram fazer algo ao mesmo tempo, mas por pessoas normais que acreditaram nos seus sonhos, até quando outros riram e debocharam das suas ambições. Não pense por um minuto que é o primeiro que me critica. Já ouvi de tudo, mas, ao contrário de todos que não acreditam em mim, eu tenho algo que cada pessoa que ri não tem.

— Por exemplo? — Retira os olhos da estrada, fixando-os em mim.

— A certeza de que há mais pessoas que pensam como eu e de que são essas que caminharão ao meu lado.

— Mais uma vez, e não quero que fique na defensiva, o Brasil vive uma crise tão grande que o último pensamento das pessoas é se aquela vizinha que age de forma estranha precisa urgentemente de tratamento. As pessoas têm contas para pagar, famílias para sustentar; a última preocupação delas é essa. Acho que você precisa de umas consultas, porque viver de ilusões não é saudável.

— Não tente me diminuir com essas palavras quando não me conhece minimamente. Não tente ser superior porque afinal não é. Se todos tiverem essa atitude, que eu lamento, principalmente vinda de um futuro profissional, nunca nada será feito. E só eu sei a força do meu querer. Vivi vinte e dois anos no Brasil e sei de tudo que é péssimo nele, mas, como qualquer brasileira, sou otimista, levo fé no meu povo e não desisto nunca.

— Então, se quer tudo isso que disse, tente parecer credível e não alguém com esse aspecto, porque, sinceramente, não dá para acreditar por um instante numa profissional que aparece aqui de vestido curto, roupa decotada e fica numa posição comprometedora, mesmo a saber que alguém pode entrar a qualquer momento.

Ele vira novamente o rosto para a estrada, e nas duas horas seguintes ficamos praticamente em silêncio, apenas interrompido quando ele dá a informação necessária. Aí não tenho como negar que mostra além do necessário. Meu plano era pesquisar sozinha o campus e as associações de apoio onde desenvolverei meu estudo, mas ele está me acompanhando a todos os lugares e falando quais os melhores caminhos e meios de transporte a usar, além de ficar na fila comigo para explicar como devo adquirir os passes dos transportes.

No meio da tarde, já com tudo explicado, a chuva que vinha ameaçando finalmente cai.

— Vem. Eu te levo a casa antes de voltar para o meu gabinete.

— Obrigada por tudo, sei que fez mais do que a sua obrigação, mas vou aproveitar para ver se aprendi direitinho como ir de transporte público. Mas, antes de você ir, só quero lhe dizer que eu poderia ter me defendido de tudo que vomitou sobre a minha aparência e dos contornos que teve a preconceituosa acusação. Até poderia ter feito um espetáculo como sinto que você estava ansiosamente aguardando, mas não fiz porque não preciso. Eu sei muito bem quem eu sou, e isso me basta. Eu, Leonardo Tavares, farei você engolir essas palavras, e essa será a minha resposta.

Ficamos nos olhando em desafio até ele dar as costas e ir embora.

Rafaela
3

Faz um mês que estou em Portugal. Trinta dias de descobertas, preenchidos por algumas situações caricatas com as diferenças da língua e dos sotaques. Têm sido semanas em que todos os dias desejo começar a ver o Porto como casa, porém isso ainda não aconteceu. Estou sozinha e, infelizmente, a maioria dos alunos do meu ano são homens bem mais velhos e que vivem focados nos estudos, sabendo que somente os melhores terão as portas abertas para um bom futuro profissional.

Isto é uma competição olímpica. É a vossa única oportunidade de se mostrarem, repete o professor Saraiva em todas as aulas.

Passo os dias agarrada ao mapa da cidade. Virou o meu melhor amigo e companheiro de passeios e descobertas. Já tive um jantar com outros alunos brasileiros, mas no momento estamos todos tão concentrados nos estudos e em querer viver Portugal como casa que acabamos por não marcar mais nada, por isso eu me organizo sozinha no pouco tempo livre que tenho.

Viver em outro país é barra e, embora a língua seja a mesma, sinto saudades dos cheiros, das comidas, do clima. As pessoas são diferentes e a cultura europeia não poderia ser mais distante da minha. Fora tudo isso, o sistema de ensino é uma das maiores diferenças. Sim, eu sabia que estudar em Portugal exigiria demais de mim, mas nunca imaginei que em tão alto grau. Em certos dias adormeço de tão exausta. Porém, hoje nada disso interessa, porque será o meu primeiro fim de semana livre e quero muito passear e sentir a cidade, tentar aceitá-la como minha.

O som leve de uma batida na porta faz os meus olhos se desprenderem do relógio. Pensando ser a senhora que todos os sábados limpa o edifício, e que descobri que também lava e passa, pego o cesto e abro a porta para ser surpreendida pelo rosto do Leonardo à minha frente.

— O que *você* está fazendo aqui? — pergunto, pousando o cesto cheio no chão.

— Estou me perguntando a mesma coisa — confessa, passando a mão pelo pescoço num gesto nervoso.

— E? — Elevo o olhar em desafio.

— Não encontrei resposta. — A boca não diz mais, porém os olhos querem dizer muito.

Nota: o Leonardo nunca fica nervoso ou sem resposta. Sempre que assiste às nossas aulas ou as comanda com os olhos do professor Saraiva em si, esbanja tanta autoconfiança que poderia engarrafá-la e vendê-la por um preço absurdo. A fila para comprar seria quase infinita. Talvez até eu entrasse.

Ao longo deste tempo descobri que ele é o aluno do doutoramento com a melhor média dos últimos anos. *Um prodígio*, como muitos dizem. *O favorecido*, como tantos outros invejosos o acusam. Apesar da altivez e do que possa ter pensado sobre mim, não me deixei cegar por sentimentos negativos e consigo ver que ele é aquele aluno que, quando se propõe a algo, faz com excelência, e nada menos é aceitável. Em muitas aulas fico fascinada pela sua interpretação das questões que nos são colocadas pelo professor Saraiva. Ele sabe sempre o que dizer, até quando comenta que não tem experiência para atestar a sua opinião, mas os vastos estudos na matéria apontam que está correto.

— Então, se não sabe a razão para estar aqui, e se eu também não sei, é sinal de que estamos num impasse — falo com certa acidez de que não gosto em mim.

— Posso entrar?

Abro mais a porta, permitindo a passagem. Vendo-o sentar-se na única cadeira que possuo, fico de pé encarando ele. Durante segundos permanecemos em silêncio, até que ele tosse daquela forma típica dos homens quando querem puxar um assunto incômodo.

— Venho pedir desculpas por tudo que eu disse naquela manhã. Fui deselegante, mal-educado e expressei pensamentos com que não concordo. Sei que fui extremamente rude.

— Nossos pensamentos se chocaram e, como eu disse, você foi preconceituoso em relação à minha aparência — declaro.

Querendo parecer mais alta do que sou, aprumo a coluna. O Leonardo tem um modo de fazer com que as pessoas se sintam inferiores, mesmo sem intenção. Há homens que ostentam a postura de Hércules, como se soubessem que não são meros mortais, mas algo mais que todos os outros anseiam ser. Ele *é* assim. Caminha ereto demais e com um olhar sempre em frente. Poucas pessoas têm essa capacidade, e por isso é que ele se destaca em qualquer lugar. Além disso, é alto, elegante, e o cabelo escuro, que contrasta com o azul dos olhos em meio a um mar de olhos castanhos, faz com que sobressaia ainda mais na multidão.

— Nem eu sei por que agi daquela forma. Falei absurdos que passaram do limite. Não sou assim.

— Está desculpado. — E é verdade. Nunca fui de ficar remoendo o que as pessoas pensam sobre mim, principalmente quem pouco conheço.

— Não costumo agir daquele modo ou perder a compostura, mas foi o que aconteceu. Sou homem suficiente para aceitar a minha falta de educação.

— Fico feliz por saber que você é alguém com a capacidade de admitir um erro e pedir desculpas. Isso é raro. Em outro momento qualquer eu adoraria ficar conversando, mas estou atrasada e preciso sair. Tenho dez minutos para estar no cais e poder apanhar o navio — falo rápido, colocando tudo na sacola e pegando as chaves. — Do fundo do coração, você não imagina como fiquei feliz por ter vindo, mas realmente estou atrasada.

Ele se levanta, segurando meu pulso.

— Vem. Eu levo-te. Não quero ser o causador de mais estresse, muito menos atrasos.

— Ok. — É tudo que consigo dizer.

Dentro do carro, explico o destino com um sorriso no rosto. Hoje vou fazer um curtíssimo cruzeiro no Douro Vinhateiro, que é um dos lugares mais indicados nos pontos turísticos e foi classificado pela UNESCO como Patrimônio da Humanidade.

— Vais sozinha? — pergunta, retirando momentaneamente o olhar da estrada.

— Sim. Ainda não tenho uma amiga para fazermos turismo juntas, e, mesmo que tivesse, não sei se ela viria. Compreendo que seja chato para quem vive aqui a vida inteira ter que passear por locais que já conhece.

— É complicado viver noutro país sem termos ninguém — comenta.

— Muito. Nunca imaginei que fosse tanto.

Voltamos a ficar em silêncio, comigo olhando o relógio de cinco em cinco segundos.

Quando chegamos ao local, no momento em que vou agradecer a carona ou, como se diz em Portugal, "boleia", Leonardo retira os óculos de sol do porta--luvas e sai do carro comigo.

Caminhamos lado a lado e ele pede o bilhete que comprei, explicando que precisa ver algo no guichê para me ajudar. Agradeço, mas fico nervosa quando demora uma eternidade e o navio em que eu deveria embarcar começa a recolher as escadas.

— Vais naquele — fala, apontando para um navio bem maior.

— Pensei que ainda dava tempo para ir no outro, pois só parte daqui a cinco minutos.

— E dava, mas tomei a liberdade de mudar o cruzeiro que *vamos* fazer — explica, segurando dois bilhetes.

— Mas...

— Este cruzeiro é mais completo. Vais conseguir conhecer melhor o Douro e, como nunca fiz o percurso, mesmo a morar toda a minha vida aqui, resolvi ir contigo, isto é, se não te importares, claro — diz, como se fosse algo natural a sua presença caída do nada na minha vida.

Fico de cabeça erguida tentando ler o seu rosto, porém os óculos frustram a minha intenção e ficamos lado a lado, à espera da hora certa para partirmos.

— Você não precisa vir como penitência ou pena por eu estar sozinha.

Ele se vira para mim com aquela imponência corporal.

— Eu nunca, em momento algum, faço algo que não quero. Além do mais, se ficar em casa o mais certo é passar o dia enfiado entre livros, e preciso relaxar. Ando cansado. — Sei que fala a verdade. Se *eu* estou soterrada em trabalhos, imagino quem está fazendo o doutoramento com o professor Saraiva. Embora seja dos professores mais simpáticos que tenho, é também o mais exigente e rígido em relação a tudo que pede. Em certos dias consigo ver a transpiração nervosa de determinados colegas e especulo se também fico assim, se conseguem ver que estou definhando.

— Pensei o mesmo, por isso comprei o cruzeiro. Queria poder descansar o meu pobre cérebro.

Sorrio levemente, ainda pouco à vontade perto dele.

— E não te preocupas em andar sozinha?

— Bem, sendo Portugal um dos países mais seguros do mundo e o fato de eu gostar da minha própria companhia, não vejo problema.

— És uma dessas pessoas que se veem a viver sozinhas sem quaisquer problemas?

— Mais ou menos. Eu não me importo de ficar sozinha, porém adoro estar rodeada de gente. Acho que a solidão só é boa em alguns momentos, em outros pode ser devastadora. Além do mais, somos seres sociais. Não está na nossa natureza vivermos sós.

— Concordo com tudo, embora eu seja mais reservado e prefira estar sozinho a ficar rodeado de pessoas.

— Não duvido.

Ambos sorrimos daquele jeito que dois desconhecidos sorriem quando encontram algo que os une.

Já no navio, passamos a manhã conversando sobre o Douro, e o Leonardo vai explicando a importância do Vinho do Porto e desta região ao longo dos anos. Quando digo que não tenho conhecimento sobre vinhos e que é um assunto sobre o qual só imagino gente mais velha conversando, ele arrasta o meu corpo para a ala do navio onde está sendo oferecida uma degustação de diversos tipos e vou bebendo tudo que aconselha, avisando sempre para eu só provar o vinho em dois pequenos goles, e não mais. Para quem nunca bebe, aqueles golinhos são suficientes para me deixarem mais descontraída do que o habitual. Fico tirando fotografias a cada dois segundos, tamanha é a beleza do lugar.

Há pessoas que preferem ver monumentos e obras de arte construídas pelo homem. Outras optam pelos lugares luxuosos do mundo, mas, para mim, nada ultrapassa a beleza da natureza, embora com alguns toques do ser humano, pois nada é mais perfeito do que aquilo que já existia antes de pisarmos no planeta e que continuará se um dia formos extintos. Aquilo que nos mostra o quão insignificantes somos no grande plano do universo.

— Estou encantada! É lindo e puro. E mais bonito do que nas fotografias, o que raramente acontece. É tudo tão verde! — declaro com um contentamento genuíno.

Os socalcos formam degraus e os muros de xisto elevam as cores da terra, que contrastam com o azul-escuro do rio. São quilômetros e mais quilômetros de uma terra verdejante que me faz viajar para o passado onde eram só o homem e a natureza. O Douro passa pelo meio destes longos e altos muros verdes, e eu me sinto minúscula diante de tamanha beleza.

— Que paz! — Abro os braços um pouco ao estilo do Titanic e sorrio para o Leonardo, completamente feliz por conhecer um lugar tão lindo e por não estar sozinha.

Quando fecho os braços e os pouso nos ferros do navio, ele faz o mesmo e os nossos cotovelos se tocam.

— Não és nada daquilo que imaginei antes de entrar no gabinete, e muito menos o que pensei quando te vi.

Consigo ver pelo canto do olho que o rosto dele está virado para mim, mas continuo olhando as videiras que pintam a paisagem, e ele fixado em mim.

— Antes de entrar naquele gabinete, imaginei que iria conhecer a versão feminina do que sou. As tuas notas são quase tão boas quanto as minhas, e a forma como os professores do Brasil falam de ti é como ouço falarem de mim aqui. Entrei e vi uma mulher com um vestido tão vibrante e florido, que era capaz de iluminar o rosto da pessoa mais infeliz, e fiquei surpreendido. O resto do tempo em que estivemos juntos foi como se a cada minuto quisesses mostrar que és o meu oposto, e eu estranhei. Além disso, os objetivos que tens para o teu futuro não poderiam ser mais diferentes dos meus. Como disse, o meu oposto.

— Não acho que somos opostos, Leonardo. Apenas decidimos mostrar aos outros as partes que dominamos. Ninguém gosta de mostrar ao mundo o que ainda está em construção dentro de si mesmo.

— É verdade o que dizem sobre os psicólogos: conseguem analisar todos, menos a si próprios. — Confirma o que também penso.

— Seria uma chatice se pudéssemos compreender tudo que vai em nossa mente.

— Ou tremendamente assustador — completa ele.

— Posso te fazer uma pergunta?

— Várias.

Destinos Quebrados

— O que te levou a seguir essa área? É algo que eu gosto de perguntar a todos que conheço, por mera curiosidade.

— Queres a resposta padrão ou a honesta? — Vira-se, encostando-se e cruzando os tornozelos e os braços como se estivesse decidindo qual escolhe para me contar.

— Seja sempre honesto, mesmo se achar que não vou concordar. Se isso o deixa em paz, saiba que este cruzeiro é como uma terapia, o que falarmos aqui morrerá aqui.

— No começo foi escape — ele começa e eu fico atenta. — Os meus pais são pessoas com algum conhecimento e poder nesta área. O meu avô paterno é dono de muitos terrenos no Alentejo, e a minha família materna é recheada de gente relacionada a bancos e empresas de investimento de capital. Tudo ronda à volta de quem é quem e quais as pessoas com mais poder econômico ou prestígio social. Não vou dizer que não gosto de dinheiro, pelo contrário, adoro conduzir um bom carro, viver num ótimo apartamento na zona nobre da cidade e mostrar poder por onde passo, mas não quero que essa seja a minha imagem. Não conheço uma pessoa que não goste de ter poder de compra e não me posso desculpar por isso, porém o mundo em si é algo onde não me vejo incluído. A alta sociedade é algo tão fútil e falso que me incomoda. Encontrei na nossa área uma forma de ver os outros e, sem me dar conta, fui investigando mais sobre tudo. Hoje quero ser reconhecido por encontrar tratamentos inovadores, trabalhar com pessoas que enfrentam problemas raros que a comunidade tem dificuldade em diagnosticar. Quero poder ligar a psicologia a diferentes áreas da medicina, e não só isso. Quero criar formas de tratamentos que libertem as pessoas do uso de medicamentos que regulam a personalidade. Sei que pareço mais um clichê do menino rico que não concorda com o modo de vida que teve ao crescer e resolve entrar numa universidade pública para desagrado da família. Tenho certeza absoluta de que na área da saúde meus pais prefeririam que eu fosse neurocirurgião pelo status, mas o que começou por um desafio acabou por se tornar uma paixão.

— Todos nós somos clichês. Você é o menino rico batendo de frente com os seus pais, outros são os filhos que se tornam médicos para fazerem os deles felizes. Algumas pessoas tatuam o corpo para mostrar a revolta contra a tacanhez dos familiares, ou até mesmo da sociedade, do mundo... Enfim, todos podemos ser personagens de histórias porque somos reais.

Sofia Silva 34

— E tu?

— Eu também sou um clichê.

— Não acredito muito nisso.

— Verdade. Sou a filha que saiu de casa antes dos dezoito e não pretende voltar. Que decidiu viver com as pessoas que a mãe um dia tentou esconder. Que se revolta contra tudo que aconteceu na sua vida.

Ficamos novamente em silêncio até eu quebrá-lo.

— Acho que você daria um péssimo empresário ou o que quer que se relacione com negócios. Não te vejo bajulando os outros para fechar um negócio. Não consigo te imaginar em uma reunião tendo que rir de algo que não achou engraçado, indo a jantares de gala numa tentativa de se socializar, mas, em contrapartida, acredito que esse seu jeito confiante de ser vai abrir portas que, para outras personalidades, serão impossíveis. Ninguém consegue negar algo quando a outra pessoa mostra que tem certeza do que está dizendo.

Um grupo de ingleses que bebeu demais aproxima-se de nós, e o barulho deles é tanto que opto pelo silêncio; contudo, o Leonardo se aproxima mais de mim para falar.

— Eu fui incorreto sobre o que disse naquele dia. Além de mal-educado, estava tremendamente errado sobre ti. Ao longo deste mês percebi que se tivéssemos que escolher o melhor aluno do projeto, ganharias por uma margem confortável. O professor Saraiva está encantado com as tuas ideias diferentes e ele, apesar de simpático, é das pessoas mais difíceis de agradar. Sei por experiência. A tua tenacidade em dominar o que expões é estonteante, e eu fui o típico idiota que vê uma linda mulher e acha que ela atingiu méritos por outros meios. Deixei os meus preconceitos levarem a melhor. Que figura triste que eu fiz!

— Obrigada pelas palavras, Leonardo. Embora eu não tenha entendido o final.

Damos uma risada gostosa. O balançar do navio pelo rio adentro consegue nos embalar num clima confortável por muito tempo.

— Espero que consigas abrir a clínica e que um dia me convides para ir ao Brasil conhecê-la — declara quando pauso a sessão de fotografias.

— Prometo. — Trocamos um aperto de mão para selar a promessa e sorrio. — Afinal, você acredita ou não que eu conseguirei?

— Não, Rafaela. Não creio em tudo que achas que conseguirás, mas não por ti. Pelo que tenho observado de ti, sei que és única. Cativa-nos e, quando nos damos conta, também queremos fazer algo grandioso. Deixar a nossa marca nas pessoas, e não na área de estudos.

— Se acha tudo isso, por que razão imagina que eu não conseguirei?

— O crime no Brasil vai aumentar na próxima década. A corrupção política vai se alastrar mais à sociedade, e a cada dia que passa as pessoas estão mais egoístas. Ninguém vai querer saber do outro, a não ser que ganhe algo com isso. Além de tudo, o Brasil é um dos países onde as pessoas têm menos instrução e acabam por serem enganadas por charlatães que dizem curar doenças em nome de Deus ou falsos especialistas. Essas mesmas pessoas preferem gastar tudo que têm para um ladrão passar dedos imundos nas testas de doentes a dar um centavo a profissionais. São enganadas para acreditar que um homem que se diz a voz de Deus tem poder de cura e não procuram quem realmente percebe sobre doenças mentais.

— Nossa, quanto pessimismo.

— Não, é realismo. A matemática, as ciências políticas e tudo mais mostram que o Brasil vai piorar. Há algumas ideias de que vai dar a volta por cima, mas eu mesmo não creio.

— Não quero acreditar nisso, mas, mesmo que aconteça, é por isso que devo desistir?

— Não, Rafaela. Pelo contrário. — Retira os óculos e me olha com seriedade. — Acho que tudo o que conquistares será ainda mais grandioso devido a essas dificuldades que irás enfrentar. Talvez tua maior conquista seja conseguires vencer os obstáculos que te aparecerão.

— Não sei o que pensar e nem sei se tudo que acabou de dizer foi bom ou ruim.

— Foi bom. Foi um elogio à tua obstinação.

— Eu sei o que quero, pode parecer utópico e louco, mas sei que um dia alguém vai sorrir porque encontrou na *minha* clínica tudo de que precisava.

— Como o quê?

— Um lugar onde a vergonha pelo nosso corpo ser deformado ou a nossa mente ser traiçoeira não conseguirá ultrapassar os portões. Ali, doença alguma classificará a pessoa, e cada qual será conhecido pelo seu nome.

— Mas já pensaste que os teus métodos podem ultrapassar o que é ético e profissional? Que, além de todas as barreiras, o fato de veres a ligação com o paciente de uma maneira diferente poderá ser o prego no caixão do teu sonho?

— Claro que eu sei que muitas pessoas não concordarão com a metodologia. Que a forma como vejo pacientes se curando não é aceita na comunidade, mas, Leonardo, se há escolas com modelos tão diferentes de aprendizagem, se o que funciona com um aluno não funciona com outro, por que não abrir isso para a cura da doença mental?

— Porque não é ético.

— Se um dia um paciente meu conseguir encontrar a cura ou a felicidade na minha clínica, não me interessa quem não concorde. A minha clínica vai ser diferente porque as pessoas, mesmo com doenças comuns, são diferentes. Muitas pessoas com doenças mentais preferem não procurar ajuda porque alguns lugares são prisões. Elas já estão aprisionadas pela própria mente, por que não lhes dar liberdade num lugar lindo?

— É utópico.

— Será real, Leonardo. Será um pequeno paraíso para quem vive no inferno.

— O paraíso nunca existiu. É uma lenda escrita.

— Não acredita em Deus?

— Acredito em algo superior. Acredito que a nossa existência tem um fio que nos une, mas não sigo uma única religião.

— Explique melhor.

— Se me mostrares uma única que tenha praticado exclusivamente o bem, eu a seguirei sem olhar para trás. Até te agradeço imenso. Religiões são o mal do mundo. São o cancro que existe entre nós. Ninguém precisa delas para praticar o bem, basta praticá-lo. Ninguém precisa delas para respeitar o pai, a mãe e o próximo, basta respeitá-los porque é o correto. Na realidade, quase toda as religiões são a mais pura forma de preconceito escondido nas palavras *segundo a minha fé, isto está errado"*. Jamais acreditarei num Deus que nos tenha criado para depois sairmos matando pelo caminho porque a cor, o estilo de vida ou a sexualidade é diferente. Nenhum Deus quer que gastemos nosso dinheiro para pagar por algo abençoado, e o que mais vejo são "religiões" que impõem oferendas ou pagamento para a libertação da alma.

— Então, no que você realmente acredita?

— Que existe algo, como mencionei, e que esse algo apenas quer que vivamos sem ódio dentro de nós. Que se eu sentir que estou perdido no mundo, possa falar diretamente com Ele sem precisar de água abençoada ou mãos de

Destinos Quebrados

outros como eu sobre mim apenas se lhes pagar uma quantia estúpida de dinheiro. Que para Ele me ouvir, eu apenas precise chamá-lo e Ele virá. É nisso que acredito.

— Não consigo refutar o seu pensamento porque faz todo o sentido.

— De volta ao tema, espero mesmo que consigas tudo aquilo que sonhas — ele fala me olhando e sei que está sentindo cada palavra.

— Obrigada.

Pego a máquina fotográfica e disparo várias vezes.

— Quantas fotografias já tiraste? — Aponta rapidamente para a máquina presa a mim por uma alça no pescoço.

— Muitas! Sei que exagerei, mas não consegui me controlar.

— Pareces aqueles turistas que passeiam pela cidade e fazem milhares de fotografias da mesma coisa e depois criam um álbum que ninguém quer ver, mas não tem coragem de dizer.

— Eu *sou* turista! E acredito que você é bem capaz de falar tudo isso na cara da pessoa sem quaisquer reservas. Consigo vê-lo dizendo sem qualquer hesitação.

— A vida é muito curta para ficarmos sentados a ver os mil ângulos de uma árvore. Se uma pessoa não é interessante, prefiro nem estar com ela. E, Rafaela, quando vamos a algum lugar, devemos apenas tirar fotografias importantes. Qualidade e jamais quantidade. Só valoriza a quantidade quem nunca provou algo de qualidade ou quem já provou e perdeu. — Subitamente acho que não estamos mais falando de fotografias. — Agora mostra o sorriso.

Sem que eu tenha tempo de me preparar, ele se aproxima muito de mim. O seu rosto quase toca o meu e me atrapalho com o azul dos seus olhos, até perceber que me roubou a máquina quando ouço o som de disparo.

— Apague essa! Devo estar horrível! — exijo como qualquer mulher que tira uma foto sem se preparar.

— Impossível, Rafaela, impossível. Mas vou tirar outra. Prepara-te! Um... dois... três! — Sorrio com todos os dentes que tenho quando a máquina dispara.

— Tire uma comigo. Venha. Quando, daqui a muitos anos, estiver recordando a minha estadia em Portugal, terei uma lembrança sua. Mas irei escrever seu nome para quando contar este dia aos meus netos e eles me perguntarem quem é o homem ao meu lado, eu virar a foto e ler *Leonardo*.

— Espero que nunca precises de olhar para o meu nome escrito numa fotografia para te recordares de mim.

— Não prometo nada. A minha memória é bastante seletiva. Apaga recordações sem me consultar ou nunca mais esquece.

— Farei de tudo para ela me selecionar nos seus arquivos.

O corpo dele se aproxima e ambos sorrimos para a lente. O clique acontece, porém a fotografia não sai boa, pois estávamos um pouco afastados e metade do rosto do Leonardo acaba sendo cortado, por isso ele se aproxima ainda mais de mim.

— Pronta? — pergunta ao mesmo tempo em que o seu braço rodeia a minha cintura, puxando-me para si. Sua mão fica aberta sobre a minha barriga durante os vários disparos da máquina, e durante todo o tempo que passamos vendo como ficaram as nossas fotografias, ela não sai do lugar, nem eu a retiro.

❦

— Veste o meu casaco — oferece quando o meu corpo estremece pela terceira vez. — Já reparei que não és muito fã de te vestires conforme a estação do ano. Estamos quase no inverno e nem um casacão colocas.

— Por favor, não me recorde daquele dia. Você não imagina o meu constrangimento. — Tapo o rosto e ele ri alto.

Pela primeira vez ouço o seu riso, e como é lindo, principalmente por saber que deve ser raro. Todas as conversas que tivemos ao longo do dia giraram sobre os estudos, e fui percebendo que ele assume uma postura muito rígida e séria sobre si, como se sorrir fosse uma falha humana que as mentes geniais não podem ter. Na verdade, é um trato muito acadêmico. Como se quanto mais séria a pessoa for, mais respeitada é.

O dia está terminando e uma tristeza se abate sobre mim. Hoje, pela primeira vez neste mês, senti que o Porto poderá ser um bom lugar para mim. Irônico constatar que o homem que me deixou enfurecida no primeiro dia é o mesmo que hoje me fez sentir bem num lugar que ainda não é meu.

— Já viste o Porto à noite? — Interrompe a minha festa privada de autocomiseração.

— Se as imagens do Google contarem, já.

— Nada disso. O Porto é lindo a cores reais, e não num ecrã. Se quiseres podemos ir à Ribeira, a não ser que estejas cansada.

— Cansada? Eu?

Mentira, estou exausta, mas não quero que o dia termine.

Uma hora depois estamos caminhando pela Ribeira, uma zona de bares e restaurantes emoldurados por edifícios coloridos e algumas muralhas que conferem uma aura antiga ao local. A quantidade de pessoas é grande, e pergunto ao Leonardo se hoje é algum dia especial, mas ele explica que é comum este aglomerado, principalmente à noite nos fins de semana.

— As pessoas gostam de passear e beber uns copos para descontrair com os amigos depois de uma semana de trabalho. E aqui tu vês todo tipo de gente e várias faixas etárias.

O Leonardo pega na minha mão quando fica complicado atravessar o mar de gente. Pessoas jovens como eu, outras ainda mais novas ou muito mais velhas passeiam com copos na mão, irradiando felicidade. Turistas de vários países formam pequenos grupos. É uma mescla tão peculiar de etnias, contudo não poderiam se enquadrar melhor. Acredito que é a aura da cidade. O Porto acolhe todos como se dissesse que é um lugar para qualquer um.

Algo que aprendi com esta cidade é que o rico passeia ao lado do pobre. Que, ao contrário do meu amado país, a divisão entre as classes sociais não é tão rígida, e queria muito que todos vissem isso e compreendessem como é bom não nos dividirmos tanto.

Descemos a Praça da Ribeira, e paro quando vejo o que ele quer me mostrar. Luzes e mais luzes iluminam uma linda ponte e edifícios do outro lado da margem do Douro. O mesmo rio que está preenchido por barcos de madeira. O Porto é lindo nessa sua mistura do velho com o novo. Parece uma pintura famosa, daquelas que vemos em museus e pensamos como seria bom se pudéssemos visitar. O dourado das luzes e o ondular das embarcações traz uma melancolia de época.

— Chamam-se Barcos Rabelos e eram usados para transportar as pipas de vinho. No final da Idade Média, o Porto já era um posto comercial bem conhecido graças a eles. Hoje em dia são um símbolo da cidade e usados para transportar turistas como tu. — Sorri, nós ainda de mãos dadas. — Mas o que quero que vejas é a ponte D. Luís e a Serra do Pilar.

— Você que manda.

Olho para cima, e mais uma vez fico encantada com a beleza e o romantismo que transbordam. Ficamos sentados na margem do cais da Ribeira, segurando uma cerveja artesanal com o rio passando por baixo dos nossos pés. Estou sentada, olhando o mundo ao meu redor, e me sinto parte dele.

— Há amores que nunca terminam — ele fala com algo no tom.

— Como assim?

— Tenho vinte e quatro anos e perdi a conta do número de vezes que passeei por esta zona à noite, mas todas elas fiquei parado a observar a paisagem. Não conheço um portuense que não goste do que estamos a ver neste momento, e acredito que vou envelhecer e continuar a olhar com o mesmo encantamento. Quem é do Porto tem uma relação única com a cidade. — Seu rosto encontra o meu e ele me olha com intensidade. — Quando conhecemos algo realmente bonito, tudo que desejamos é poder voltar a vê-lo. Não interessa o número de vezes, não nos cansamos de olhar. Visitamos apenas para olhar, pois sabemos que precisamos de estar em contato com algo tão lindo.

— Estou sentindo isso pela cidade.

— Sim... pela cidade.

Ele me leva por ruas desconhecidas e encontramos um restaurante tipicamente portuense. Fotografias dos barcos que o Leonardo apresentou, marca registrada do rio Douro, decoram o ambiente, juntamente com inúmeras garrafas de Vinho do Porto.

— Não é o meu favorito, mas tem uma vista privilegiada — diz, segurando minha mão enquanto percorre o restaurante até uma pequena varanda com poucas mesas. Como sempre, puxa primeiro a minha cadeira num gesto de educação que começo a apreciar.

— O que me aconselha a experimentar? — pergunto quando o menu nos é colocado nas mãos.

— Antes de mais, tens algum alimento que não comas?

— Não. Como de tudo.

— Então, posso escolher nosso jantar? — Juro que vi olhos brilharem de antecipação.

— Sim.

Tudo que ele pede é refinado, e, se eu fosse daquelas mulheres que ficam contando calorias, tenho certeza de que já teria desmaiado. Pede uma belíssima tábua de queijos e uma de embutidos para começarmos.

— Só vais comer o que é português e podes dizer se gostas ou não. Este queijo é da Serra da Estrela. O seu sabor é um pouco mais forte e nem todas as pessoas gostam.

— Eu adoraria conhecer a Serra da Estrela. Nunca vi neve — comento, colocando um pedaço na boca e fechando os olhos pelo prazer de saborear.

— Nesta altura ainda está descoberta, só daqui a muitos meses. Acredito que possas gostar.

— Você não costuma ir?

— Não. Na realidade, desde os meus dezoito que não vou lá. A universidade ocupa quase toda a minha existência, mas, sempre que posso, viajo pela Europa e alguns países da Ásia.

— Qual foi a sua viagem favorita? — pergunto, comendo mais queijo e bebendo mais vinho num júbilo enorme.

— Japão. Não pelo lugar em si, mas pelo civismo das pessoas. A educação, a limpeza, o respeito pelo outro. É uma cultura que deveríamos abraçar. E tu, qual a tua melhor viagem?

— Portugal conta?

— Nunca viajaste para fora do Brasil?

— Primeiro, o Brasil é quase um continente, e se conhecermos dois por cento dele já será muito, mas não, a minha primeira viagem internacional está acontecendo.

— E quais os pontos positivos e negativos? Podes dizer à vontade.

— Negativo: a opinião que os homens têm sobre as brasileiras. — Vejo remorsos na sua expressão. — De positivo são muitas coisas, mas eu citaria algo que vocês não valorizam: a segurança. O baixo índice de violência. Existe, mas é tão esporádica que as pessoas se sentem à vontade.

Permanecemos sentados conversando calmamente. Comemos de tudo um pouco, até o famoso bacalhau que ele diz ser obrigatório. O ambiente é descontraído, e me vejo relaxar e rir mais neste dia do que no último mês.

— Escuta esta música — pede ele. — É sobre a cidade. Um poema de Carlos Tê, mas cantado por um dos maiores cantores portugueses, Rui Veloso.

— É melancólica — comento, sentindo a emoção do cantor.

— A melancolia é uma característica do povo português.

— Já percebi. — Em seguida, outras músicas são cantadas e continuamos jantando, até ele me pedir para escutar uma outra.

— Esta também é dedicada ao norte do país e à nossa pronúncia. Porque no Porto falamos com um sotaque diferente, um dos mais fortes de Portugal.

— Eu amo o sotaque do Porto.

— Ainda bem, porque é o melhor do país, mas se o meu avô ouvir isto dirá que o do Alentejo é o melhor.

Rimos porque, independentemente do país que conhecemos, há sempre rivalidades de sotaques.

Jantamos, bebemos mais vinho e passeamos pela ponte D. Luís, onde ele tira fotos minhas e eu outras tantas da vista noturna. Estou distraída entre um flash e outro quando ele pede licença para atender a uma chamada.

— Infelizmente, temos que terminar a noite.

— Ah, não faz mal. São duas da manhã, e a última vez que fiquei acordada até esta hora foi estudando. — Começo a guardar tudo na sacola. — Mas aconteceu algo?

— A minha namorada precisa que a vá buscar a uma festa de despedida de solteira. — As palavras saem como se estivessem voando.

— Ah... Ok — gaguejo, olhando para baixo enquanto espano uma poeira inexistente da roupa.

— Rafaela, eu deveria ter dito, mas não vi problema algum.

— Vamos. Temos muito que caminhar até o carro e não quero que a sua namorada fique esperando, pois é tarde e amanhã tenho que estudar.

Fazemos o caminho em silêncio e, quando ele tenta prender a minha mão para passarmos por entre as pessoas, seguro-a para segui-lo sem me perder.

— Obrigada por tudo — agradeço assim que chego em casa. — Gostei do dia, mas, o mais importante, obrigada por ter se desculpado. Acredito que hoje ambos partiremos com melhor opinião um do outro.

— Não tens que agradecer. Já não me divertia assim há muito, acredita. Foi um dia inesquecível e desejo que seja o começo de uma boa relação.

— Sim, uma relação de amizade. Ah, tome seu casaco, mas, Leonardo, ele está com o meu perfume e a sua namorada pode pensar outras coisas. Não sabia que você era comprometido.

— Ela sabe que eu estava acompanhado por uma colega de curso.

— Você contou que fomos passear e jantar?

— Contei.

— Mesmo assim... eu... eu acho que ela poderá ficar magoada se contar tudo e...

— Sinto que ficaste diferente depois de saberes que estou numa relação, mas não precisas.

— Não, apenas fui apanhada de surpresa. Nada mais. Bem, estou cansada e preciso dormir.

Abro a porta do carro com rapidez para escapar e despeço-me.

— Boa noite, Leonardo.

— Boa noite, Rafaela.

Leonardo
4

Há semanas que não sei o que é dormir. Entre o trabalho na universidade com o meu doutoramento, as consultas às vítimas de violência doméstica como parte integrante do curso e as aulas que dou aos alunos do professor Saraiva, não tenho conseguido descansar mais do que três horas diárias. Estou exausto, rabugento e sem paciência, principalmente com alunos considerados no topo e que fazem perguntas idiotas.

Em fila indiana, eles deixam a quantidade enorme de folhas escritas com as respostas à prova realizada.

Mais trabalho para mim.

Cumprimento todos com um ligeiro aceno de cabeça, ciente de que muitos são mais velhos do que eu e invejam a minha posição, mas nenhum quer sentir a pressão que sinto diariamente. Sei que alguns são abutres à espera de que eu caia, mas isso não vai acontecer. Meu pequeno movimento de saudação se modifica quando a Rafaela pousa as suas folhas. Não sorrio, mas sinto um canto da boca se erguer e ela faz o mesmo, contudo nada digo e meus olhos se alargam quando reparo que ela coloca algo entre as provas.

Confirmo que mais ninguém está na sala, começo a vasculhar o monte de folhas e, pela primeira vez desde o nosso passeio há semanas, dou uma gargalhada quando vejo a nossa fotografia e começo a ler o que está escrito na parte de trás.

Rafaela Petra foi uma aluna brasileira de vinte e dois anos que ganhou a Bolsa de Mérito para estudar durante dois anos no Porto. Quando voltou para o Brasil, abriu a melhor clínica de apoio social de todo o país. Com todo o sucesso profissional, um dia decidiu casar-se e hoje passa sossegadamente os seus dias tratando dos seus inúmeros netos, animais e plantas.

Leonardo, desejo que veja esta fotografia daqui a muitos e muitos anos, e que tudo que escrevi se realize. Não se esqueça do meu nome, pois escrevi o seu na minha cópia.

Beijos,

Rafaela

Permaneço segundos a virar a fotografia entre o texto e o rosto dela perto do meu. Felizmente, e para manter a sã consciência, o meu telemóvel toca.

— Es... — começo, mas a voz alta do meu amigo interrompe-me.

— Antes que encontres mais uma desculpa, tens dez minutos para estares conosco! Não vais ficar fechado na universidade numa sexta-feira à noite!

— Não posso. Tenho que avançar na leitura dos dados para a tese e depois vou estar com a Liliana.

Um conjunto de vozes vocifera e percebo que estou no viva-voz com o João, o Artur e o Joel.

— Leonardo, tens dez minutos ou vamos buscar-te. Existe vida além dos estudos. — A voz do João sobressai ao barulho de fundo.

Olho para a quantidade de trabalho que tenho, contudo estou tão exausto que sei que sou incapaz de dar o meu melhor e que é preferível relaxar, nem que seja por uma hora.

— Se aguentarem vinte minutos sem se embebedarem, apareço.

— Não peças o impossível e despacha-te!

E é isso que faço.

Sofia Silva 46

🙢🙠🙢

— Ele vive! Ele vive! — João levanta um copo assim que me vê entrar no bar e os restantes imitam o gesto.

— Ao contrário de um bando de preguiçosos, eu quero ser alguém nesta vida — acuso de bom humor, a retirar o casaco e enrolar as mangas da camisa, ao mesmo tempo que um copo para à minha frente.

— Vá, senta-te e para de te gabares. Já todos sabemos que és o queridinho dos professores.

Sento-me à mesa com eles, e a conversa gira sobre os assuntos de costume: desporto, estudos, ideias para o futuro.

— A Rita só quer casar depois de terminarmos o curso — desabafa Joel, claramente desconfortável com a situação.

— Vocês namoram há quantos anos? — questiona João.

— Quase quatro, mas acho que somos novos, e depois de terminar o curso quero tirar tempo para descansar antes de me matar a trabalhar no consultório do meu pai. Não me vejo casado, e ela já pensa em filhos e aquela vida que não quero.

— Por que não fala com ela sobre isso? — aconselho, mas acredito que nunca irá acontecer.

Continuamos a conversar, até eu me ausentar para combinar com a Liliana sobre os seus planos de passar o fim de semana no meu apartamento. Quando me volto a sentar à mesa, eles estão a rir.

— O que perdi?

— Eu devia deixar de ser teu amigo — ataca um Artur bem-humorado.

— E o que fiz? — Levanto ambas as mãos.

— O que não fizeste. Podias ter-me dito que aquela brasileira está nas tuas aulas. Que corpo!

Imediatamente percebo que está a falar da Rafaela e sinto algo… desagradável.

— A sério? — pergunta alguém, mas novamente sinto um aperto tão forte na garganta que nem reparo quem.

— Sim. Loira de olhos verdes, com aquele corpo de viola típico de sul--americana. — Morde um dedo e fecha os olhos como se a estivesse imaginando despida. — E depois, como se não bastasse aquele corpão, tem um rosto lindo com pequenas sardas no nariz. Uma mistura de boazona com santa. Só de imaginar o que lhe quero fazer passo mal. — Todos riem, menos eu.

— Como a conheceste? — interrogo.

— Ela pediu para assistir a algumas aulas de administração e eu fui ao ataque, quando, e para meu espanto, percebo que está a estudar contigo.

— Sim. É uma das melhores alunas e superaplicada.

— Achas mesmo que quero saber disso para alguma coisa? Só consigo imaginar mil posições com ela. Pensei que ia ser mais fácil levá-la para a cama, mas ela faz-se de difícil.

— Ou não está interessada — rebato.

— Com aquele corpo, e brasileira? Sabes o que dizem sobre elas.

— Isso é tão errado — comento sem esconder a perturbação e o nojo por ter pensado a mesma coisa quando a conheci. Ver-me refletido no Artur é uma estalada de luvas brancas da Rafaela. Só de imaginar o que lhe podem dizer na rua fico enojado comigo mesmo.

— Deste fim de semana não passa. Chega de viver sozinha e carente de afeto. — Ele fecha os olhos com um sorriso. — Já estou a imaginar que vou passar dois dias na horizontal. Se ela vestida já me deixa louco, imaginem nua e só para mim. Vocês não fazem ideia do corpo que ela tem.

— Deixa de ser porco — insulto-o, mas ele finge nem ouvir.

Completamente incomodado, falo que preciso ir embora. Nem as brincadeiras que outrora me fariam beber mais um copo conseguem convencer-me a ficar.

Fico parado num semáforo, atento para virar à esquerda quando aparecer o verde, contudo, assim que a cor muda, o destino é o oposto. Estaciono e tenho consciência de que não deveria estar aqui, porém estou.

Já no prédio, subo as escadas de dois em dois degraus, bato à porta e fico imediatamente preocupado quando a vejo.

— Por que estás a chorar?

— Eu... eu...

— O que se passa, Rafaela? O que aconteceu?

Olhos verde-claros deixam cair mais lágrimas, e sua expressão é devastadora. Sem saber mais o que fazer, puxo o seu corpo para o meu, a cobri-la com os meus braços e dar-lhe permissão para chorar tudo o que precisa.

Uma mistura de parada e voo do tempo acontece simultaneamente. Longos minutos em que o meu corpo prende o da Rafaela entre a proteção e a preocupação. As minhas mãos acariciam as suas costas, a tentar acalmar um coração frenético. O som de trovão das suas batidas faz-me fechar os olhos e pousar o queixo sobre a sua cabeça.

Nunca gostei muito de abraços ou demonstrações de afeto, entretanto estou a abraçá-la apertadamente.

— Desculpe — murmura, e a brisa da sua voz passa a roupa, a tocar na minha pele, a arrepiar-me.

— Está tudo bem. — Continuo num embalo de movimentos e, quando começa a ficar desconfortável para ambos, ela desprende-se de mim.

— Desculpe — repete o pedido e abaixa a cabeça com ar de vergonha.

Com uma das mãos seguro o seu rosto para que me olhe e veja que não há motivo para tal.

— O que aconteceu?

É estranho vê-la triste. Ela é apaixonada pelas suas ideias e ideais. Nas aulas é sempre a aluna que entra nos debates com mais convicção e, embora as suas visões sobre diferentes temas se choquem com as de outros colegas, no final tem sempre um sorriso para todos. É desconcertante ver uma mulher tão inteligente e com tanta perseverança ser simultaneamente uma das pessoas mais meigas e alegres numa área em que todos temos um nível de competitividade tão elevado, quase insano.

— Estou com saudades.

— De quem?

— Do Brasil, da minha irmã, dos meus sobrinhos e dos meus amigos. Me sinto tão sozinha que dói.

— Tens a mim.

— Tenho? Até há pouco tempo não sabia disso. Após o cruzeiro voltamos a agir como dois desconhecidos. Pensei que pudéssemos ser colegas, mas nem isso somos. Acreditei que aquele dia fora algo diferente. Uma espécie de fuga para ambos.

— A culpa é minha. Acredita quando digo que depois daquele dia eu passei a ver-te como uma boa amiga, porém estou com muito trabalho. Mal consigo respirar, e a minha vida social está em pausa. Tenho estudado feito um doido, trabalhado na tese de doutoramento dia e noite e preparado a minha apresentação para o Simpósio de Psicologia. Sou o único aluno a poder discursar, e isso está a afetar-me. É uma pressão enorme.

— Não ligue, eu exagerei. Hoje é sexta-feira e estava pensando nas vezes em que no Brasil íamos todos beber algo e depois passávamos a noite batendo papo. Sinto falta disso, sabe... Foram quatro anos com a mesma rotina, os mesmos colegas. Além de tudo, fiz uma videochamada com a minha irmã e estavam todos à mesa de jantar festejando o aniversário dos gêmeos, e eu comendo sozinha. Sei que existem problemas piores, mas hoje é aquele dia em que não estou suportando a solidão. Em que a minha companhia não me basta.

Caminha em direção à cama e senta-se. Olho em volta do quarto, à procura da cadeira, mas, quando eu vejo que está ocupada com a mochila e um casaco, sento-me ao seu lado.

— Compreendo. Se quiseres desabafar, estou aqui. Até podemos simular uma consulta. Deitas-te como paciente e eu serei o médico. —Tento fazer alusão à imagem clássica do consultório dos psicanalistas, porém quando os olhos da Rafaela crescem como dois faróis, percebo que estamos ambos na cama e a ideia foi interpretada com cariz sexual. — Não, não era isso que eu estava a dizer — acrescento rapidamente e ela ri pela primeira vez desde que cheguei.

— Eu sei, Leonardo. Obrigada. — Aperta o meu joelho e eu pego na sua mão.

— Imagino que é complicado. Muitos alunos de intercâmbio passam pelo mesmo. Alguns isolam-se e outros o oposto. Tiveste azar de estar numa turma onde quase todos são homens e onde todos, sem exceção, estão a querer dar o melhor para terem um futuro garantido. Eles sabem que vieste como a melhor aluna da tua universidade. És brilhante e tens a capacidade de conquistar os professores. Alguns homens sentem-se inferiorizados pela inteligência de uma mulher. Como se fosse impossível não serem eles os mestres do universo.

— Mas você não.

— Isso porque sou melhor do que tu. — Ela bate o ombro no meu com um sorriso. — Foi por isso que deste o teu número ao Artur, por te sentires sozinha? — pergunto e sinto a veia na testa a latejar na expectativa da resposta.

— Artur? — Fica pensando. — Ah! Ele é muito simpático e divertido. Mas como você sabe?

— Porque somos amigos de longa data, e por isso aviso-te para teres cuidado com ele. A noção de amizade que ele tem em mente é diferente da tua. Promete-me que vais ter cuidado?

— Combinamos apenas passear, mais nada.

— Tenho receio de que ele se aproveite do teu estado.

— Leonardo, agradeço a sua preocupação, mas sou crescida e há muito que cuido de mim. Sim, neste momento estou envergonhada por parecer uma garota insegura e ter chorado, não mais do que isso.

— Todos, Rafaela, todos temos o direito de quebrar de vez em quando.

Ela eleva o rosto, a olhar para mim com um sorriso muito doce.

— Obrigada por estar aqui. Apesar de tudo, acredito que possamos ser bons amigos.

Neste momento eu deveria levantar-me da cama e ir embora de forma educada. Deveria explicar que preciso estudar. Deveria pensar que tenho uma namorada que respeito e que não merece que eu esteja sentado na cama de outra. Deveria correr para longe, mas quando abro a boca sai o oposto.

— Queres ir passear?

— Não posso.

— Não podes ou não queres? Não estou a convidar-te para te fazer feliz, mas por querer sair contigo. — E é a mais pura das verdades.

— Não posso. Por causa do meu estado emocional acabei não avançando no estudo e tenho trabalhos para entregar, além de estar atrasada em algumas pesquisas. — Aponta para um monte de livros.

— Posso estudar contigo? Na realidade também tenho muito que escrever e analisar, e assim fazemos companhia um ao outro.

— Jura que era isso que você ia fazer hoje?

— Sim.

Sinto-me imundo por mentir a duas mulheres na mesma noite, mas, principalmente, por ter escolhido uma que pouco conheço, e ainda assim toquei de forma carinhosa mais vezes esta noite do que a minha namorada num ano inteiro.

— Ok.

— Vou só buscar as minhas coisas e já volto.

Desço as escadas às pressas, pego meu material de estudo e volto. Olho o tapete de entrada onde está escrito *Entre*.

Leonardo

5

Paro numa área de serviço e saio do carro para esticar as pernas. Ainda sinto vestígios da excitação a percorrer o meu corpo. Retiro o telemóvel do bolso e noto que tenho algumas mensagens, entre elas uma da Rafaela.

Rafaela: Boa sorte! Arrase com todos. Mostre que há alunos que superam seus mestres. Tenho certeza de que conquistará a plateia.

Encosto-me ao carro, a olhar as luzes de outros carros que passam em velocidade, e, sem me dar conta, faço a chamada que rapidamente é atendida.

— Como foi? — pergunta ela de imediato.

— Muito bem.

— Tinha certeza. Você nasceu para isso. — A confiança que ela tem em mim é desconcertante, e vejo-me a confessar algo.

— Eu… eu passei mal no hotel antes de ir. Estava muito nervoso por saber que havia uma enorme expectativa em relação a mim. Houve um momento em que as minhas mãos tremiam tanto que nem sabia se conseguiria sair do quarto.

— Só prova o que eu já sabia sobre você.
— O quê?
— Que é humano. Como nós, é um mero mortal à espera de que lá em cima decidam o nosso destino.
— Alguma vez disse que não era? — Percebo que ela preferiu não valorizar a minha confissão por saber o quanto me custou fazê-la.
— Você caminha como se fosse superior. Como se fosse Adônis ou Hércules.
— Tens a noção de que eu acabei de ter espaço para discursar num dos maiores encontros de psicologia e fui o primeiro aluno de doutoramento a fazê-lo? Acho que vou desligar e conversar com quem me elogie. De resto, se fosse um ser mitológico, seria Aquiles.
— Digo as coisas como vejo. Nada mais, nada menos. — O seu riso é tão natural que me pego a sorrir. — Agora falando sério, você sabe que eu te admiro muito. Sei que várias pessoas pensam que você é privilegiado, mas eu tenho visto o quanto é empenhado e comprometido. É das pessoas que mais respiram o mundo acadêmico, e sua eloquência ao discorrer sobre todos os assuntos é fruto de muita dedicação.

As suas palavras de consolo preenchem os próximos minutos, ao mesmo tempo que pergunta sobre o Simpósio, a escutar tudo que tenho para contar sem nunca interromper-me, a não ser para me elogiar.

— Mas vem cá, por que optou por Aquiles? Por ser o melhor de todos? — questiona ela com humor.
— Não, porque ele nunca se lembrou de proteger a sua única vulnerabilidade e veio a morrer em decorrência disso.
— E qual é a sua?
— Orgulho. Só tenho que saber como me proteger.
— Nada nos protegerá se formos orgulhosos, mas creio que o arrependimento acabe por melhorar tudo aquilo que fizemos de errado devido a essa caraterística. A melhor solução é deixar o orgulho de lado, porque ele nunca traz nada de bom.
— Vou tentar. E qual é o teu maior defeito?
— Tenho dificuldade em perdoar. Sei que não parece, mas se um dia você me fizer algo de errado, terá que rastejar. — Ri, mas eu não acredito que ela seja assim ou que algum dia nos desentenderemos a esse ponto.

Vejo-me a falar mais tempo do que é normal, até escutar o som inconfundível de alguém a mexer-se na cama.

— Já ias dormir? — Olho o relógio que marca 20:24.

— Não. Estou deitada assistindo a um vídeo sobre a baleia mais solitária do mundo. É tão triste, Leonardo. Já chorei e sei que nunca vou esquecê-la. — A facilidade com que ela externa os sentimentos é muito diferente da minha.

— Está em cativeiro?

— Não. É livre, mas está sempre sozinha. Como você sabe, as baleias são animais sociais com grandes ligações. Aqui explica que segundo os cientistas ela não tem família, não pertence a um grupo e nunca teve um parceiro. Ninguém consegue escutá-la porque as baleias normalmente vocalizam entre 15Hz e 20Hz, e ela canta a 52Hz, daí ser chamada de baleia 52Hz. Leonardo, tem imagens dela sozinha no oceano fazendo viagens enormes à procura de outra baleia, pois existem gravações dos seus chamados por companhia. Ninguém a escuta. Ninguém da sua espécie a compreende, e ela continua só. Vive todos os dias sem ninguém. Imagine a tristeza, a dor de não ter ninguém e passar a vida procurando. — Sinto que está emocionada e, estupidamente, penso em como gostaria de estar com ela neste momento.

Entro no carro, coloco a chamada no viva-voz e continuamos a conversar. Numa altura, ela até põe a gravação do cântico da baleia.

— Não ria de mim, mas, se pudesse, e se soubesse que ela compreenderia, eu mergulharia naquele oceano gelado e abraçaria ela. Estou devastada e não há nada que eu possa fazer.

— Não fiques assim.

— Eu sei que às vezes você deve pensar que sou meio boba, mas sempre me doeu ver alguém sofrer. Fico imaginando como deve ser triste não termos quem nos abrace quando precisamos.

— Não és nada disso; pelo contrário, admiro como trazes as emoções tão no exterior. E tenho certeza de que nunca te sentirás só. É impossível não seres escutada.

— Obrigada. — Pausa por uns segundos como se estivesse a pensar se deve falar ou não, até que o som da sua voz mostra que se decidiu. — Leonardo, fico feliz por sermos amigos.

Permanecemos mais algum tempo ao telemóvel até ela desligar devido ao sono, e eu faço o restante da viagem com o pensamento de que a minha vontade de conversar com ela é algo natural de dois amigos, de duas pessoas que partilham a mesma área de estudos e nada mais. Nada mais natural.

    Quase duas horas depois estou indeciso, mas toco mesmo assim e envio uma mensagem para ela não se assustar.

Rafaela
6

Estou quase dormindo quando ouço o interfone. Desperto, mas não dou muita importância, pois não é a primeira vez que alguém toca por engano, até receber uma mensagem no celular.

    Leonardo: Sou eu. Se puderes, abre a porta. Tenho algo para ti.
    Fico surpresa e curiosa, mas olho as horas e respondo.
    Rafaela: São 22:17.
    Leonardo: Só tenho que te entregar algo e depois vou embora. Estou exausto e preciso dormir.
    Rafaela: E não pode ficar para amanhã? Estou na cama.
    Leonardo: Demoro 2 segundos, e não, não pode ficar para amanhã. Está frio, por isso, decide-te.
    Rafaela: Vou abrir a porta.

Ouço-o subir as escadas e rapidamente vejo-o chegando à porta. Entreabro-a ligeiramente.

— O que está fazendo aqui a esta hora?

— Antes de mais: boa noite. E por que motivo só te consigo ver o rosto? — pergunta com humor e eu me escondo mais atrás da porta.

— Estou de pijama, Leonardo.

— E daí?

— E daí que não é normal. O que você quer?

Arrependo-me quando ele percebe o meu tom mais ácido e vejo que o seu sorriso, que é raro, desaparece.

— Tens razão. Não devia ter vindo. Amanhã falamos. — Começa a ir embora e reparo que tem uma pequena sacola nas mãos.

— Desculpe se fui rude, mas tendo a ser quando estou com sono. Hoje é o único dia que me deito cedo, e foi isso. Venha.

Ele entra e, claro, os seus olhos vagueiam pelo meu corpo.

— Gosto das meias. Dão um estilo diferente. — Olha para o par de meias com pelo branco que trago por cima do moletom. A verdade é que tem estado muito frio e eu ainda não me habituei às temperaturas de Portugal, por isso coloco roupa sobre roupa para me aquecer.

— Se eu não tivesse sentido ironia nessas palavras, até acreditaria.

— E eu nem comentei sobre o pijama.

— Nem tente.

— Mas se um dia não o quiseres usar, tenho uma prima de seis anos que iria amar. Isso são coelhos? — Pega no colarinho, inspecionando. Bato-lhe nas mãos para se afastar. — Meu Deus, são mesmo coelhos a comer cenouras.

— Pare com isso. É confortável e quentinho.

Ambos rimos com a brincadeira, principalmente por ser tão difícil ele se mostrar descontraído.

Ao retirar o sobretudo, reparo como está bem-vestido, o que não é nenhuma novidade. O Leonardo é aquele jovem de vinte e quatro anos cronológicos, mas a anos-luz de todos os outros. O seu estilo é de um homem mais velho e polido, mas não o imagino de outra forma, até porque seu cabelo preto, olhos azuis e pele morena combinam com tudo.

— O que queria entregar que precisava ser hoje? — pergunto, vendo-o retirar tudo da mesinha.

Senta-te — ordena ligeiramente, puxando-me a cadeira. — Agora fecha os olhos. — Obedeço, escutando-o tirar algo da sacola. — Abre.

— Não acredito. Ovos moles! Você me trouxe um pote de ovos moles!

— São de Aveiro, a terra deles. Particularmente não gosto porque é muito doce, mas disseste que provaste e adoraste, então aqui estão. — Encolhe os ombros como se não fosse nada de especial, mas sei que é. Imediatamente, sem pensar muito, abraço-o com força.

— Obrigada, rapaz. — Seus braços prendem o meu corpo ao dele. — Você é um amigo maravilhoso. — Sorrio com sinceridade, mas, quando ele coloca a mão no meu rosto e me olha com intensidade, perco o chão por um instante. Ficamos nos olhando durante aquela eternidade de dois segundos.

— Ainda bem que gostaste. Fico feliz em ver-te feliz. — O seu dedo frio passa no meu rosto com suavidade.

— Sim, sim. Muito. Obrigada. Foi a melhor surpresa que eu poderia ter. — Afasto os nossos corpos e começo a preparar um chá. Uma das vantagens de morar numa quitinete é que tudo fica perto de tudo.

— Melhor eu ir embora. Só vim mesmo para te entregar o doce.

— Fique. Preparo um chá para nós dois. Se não quiser comer ovos moles, e eu espero mesmo que não queira, porque sou gulosa, tenho aquelas bolachas de arroz de que você gosta.

Outra coisa sobre o Leonardo: com exceção do jantar, onde come de tudo um pouco, ele é muito regrado. Evita doces e salgados e nunca come frituras. É tão rígido consigo que me deixa confusa, mas tento não comentar.

Enquanto preparo tudo, ele fica encostado a uma das bancadas com os tornozelos e braços cruzados. É visível o seu cansaço, mas quero que conversemos sobre o seu dia. Sei que de todos que o conhecem, e por algum motivo que ignoro, sou a única a quem ele se permite mostrar falhas. Talvez seja o fato de saber que um dia vou voltar para o Brasil.

— Quantas horas dormiu na noite passada? — pergunto entre pequenas dentadas no doce.

— Duas, três. Estava com receio de me esquecer de algo. Havia uma parte que sabia que não há problemas em levar uma folha com linhas orientadoras, até porque poderia haver interrupções e seria fácil saber onde parei, mas eu queria impressionar.

— Conseguiu?

— Bem. Existe algo de humilde em aceitarmos o que somos. Perante os mais jovens eu sei que sou visto como o melhor aluno, mas ali, em frente a pessoas que tratam de pacientes há mais anos do que nasci, foi importante para compreender o quanto tenho a aprender.

— Fico mesmo feliz por você. Apesar de nossos métodos serem diferentes, concordo que muitas doenças estão sendo supermedicadas por várias razões que não visam à saúde do paciente, e sim a manipulá-lo com mais facilidade. Bem mais prático medicar a pessoa até ficar parecendo um zumbi do que trabalhar com afinco para tentar melhorar a sua qualidade de vida.

Ficamos debatendo muitos dos tópicos que foram apresentados no Simpósio. Em alguns momentos as nossas divergências se chocam, mas o Leonardo sempre respeita a minha opinião, até quando não tenho certeza do que estou defendendo.

— Você tem noção de que vai receber convites para continuar suas investigações?

— Não sei se é só isso que quero — diz, com os cotovelos fincados na mesa. Suas mãos seguram um rosto extremamente cansado.

— Como assim?

— Estava a pensar que talvez, e é uma ideia muito vaga, eu possa abrir algo. Nada como tu imaginas, mas um lugar só meu, onde poderei escolher casos. Fazer essa ligação entre a psicologia e a pertinência social.

— Como assim?

— Por exemplo, em casos de abuso sexual, nem sempre existe o cuidado de se contratar o melhor profissional para dar o parecer médico, e muitas penas acabam por ser mais leves porque não foi mostrada a total realidade das consequências. Não sei, mas quero usar a psicologia a favor da sociedade.

Meu sorriso é largo.

— Não me olhes assim. Foi uma ideia após uma apresentação no Simpósio. No final do dia fui para o quarto do hotel investigar e há pouca interface, como se fossem coisas distintas, e não são. Uma criança abusada sexualmente que vê o seu abusador sair em liberdade, porque aqui as penas são brandas, inconscientemente acredita que o que lhe foi feito não foi assim tão grave ou, muitas vezes, sente ainda mais revolta e medo em decorrência da impunidade. Criamos uma sociedade que permite esse tipo de ato, porque não percebe a catástrofe que representa.

Não consigo me conter e sorrio ainda mais pela felicidade de vê-lo querer o mundo.

— Para com essa expressão, ou não te conto mais nada.

— Estou feliz, porque se você fizer isso tenho certeza de que vai ajudar muita gente. E esse é e deve ser o nosso maior objetivo.

Não comento mais nada, por saber que ele não fica à vontade para partilhar as suas ideias.

— Já vai embora? — pergunto assim que terminamos o chá e ele se apruma todo para ficar de pé.

— Preciso, mas... é... fiquei curioso com a história da baleia.

— Quer ver? — pergunto, pegando o notebook.

— Sim. Isto é, se não fores dormir.

— Não conseguiria pegar no sono agora. Comi muito, e depois fico indisposta se dormir de estômago cheio.

Ficamos sentados no pequeno sofá e é uma imagem surreal, porque estou com o pijama cor-de-rosa infantil e o Leonardo parece ter saído da capa da *Vogue*, mas, estranhamente, não me sinto constrangida. Vamos vendo todos os vídeos que encontro sobre o tema. Eu, emotiva como sempre, sinto toda a dor do animal; já o Leonardo, bem mais científico, faz um monte de perguntas, obrigando-nos a pesquisar sobre as mesmas até obtermos respostas. Um dos vídeos é longo, e eu sinto o meu corpo relaxar com a música de fundo.

❦

Dois braços fortes pegam em mim e me aproximo do corpo.

— O que está fazendo? — pergunto sem abrir os olhos. Tenho receio de que ele veja algo que tento esconder.

— Adormeceste em cima do meu ombro.

— Desculpe.

Ele faz um movimento com os braços quando as suas costas se erguem comigo no seu colo. O movimento me faz balançar nos seus braços, e me aproximo mais do seu peito.

— Precisas dormir e eu de ir para casa — sua voz sussurra no meu ouvido e consigo sentir o calor do seu hálito me tocando.

— Obrigada pelos ovos moles — agradeço, ainda sem abrir os olhos.

Ele me pousa na cama, me cobrindo, mas consigo senti-lo se aproximando do meu rosto.

— Ainda bem que não abriste os olhos — confessa quase na minha boca.
— Por quê?
— Não sei se conseguiria sair deste quarto. Já não sei se eu continuaria fingindo... — sussurra tão baixinho que desconfio se escutei direito, porém, com receio, mantenho os olhos fechados durante todo o tempo que ele demora para sair do quarto. Assim que vai embora, abro-os e fico olhando a escuridão da noite sem conseguir dormir.

Leonardo
7

— Estás pronta? — pergunto, a olhar o relógio pela terceira vez. — Já vamos chegar atrasados.
— Sim — responde, a caminhar apressadamente.
— Estás linda! — O vestido preto e justo ao corpo dá-lhe um ar sensual e, simultaneamente, sofisticado.
— Obrigada.

Na curta viagem de carro conversamos sobre as férias de Natal, que se estão a aproximar, entre outros temas mais banais. Hoje é o aniversário do Artur e fomos convidados para ir jantar à sua nova casa antes de irmos descontrair para um bar.

As vozes vindas do interior da casa alertam para o fato de estarmos bem atrasados, e isso é visível quando a porta se abre.

— Aleluia! Pensava que vocês se tinham perdido! — exclama a irmã do Artur. — Estávamos todos à vossa espera. Foram os últimos.

— Desculpem o atraso — falo para a sala cheia de amigos, e todos levantam o copo num cumprimento clássico.

— E tu estás um arraso! — Aponta para o meu par, e observo como o seu rosto se abre com o elogio, porém paro de olhá-la assim que a voz do Artur penetra entre as conversas e a minha expressão fica mais fechada quando o olho e vejo quem está com ele.

— Ainda bem que chegaram! — ele volta a falar, caminhando na nossa direção com o braço envolto na cintura da Rafaela.

Cumprimento-os educadamente, mas fico tão surpreso que me esqueço de apresentar a Liliana à Rafaela. Por sorte o Artur faz isso, e mais pessoas se juntam a nós.

— Vou buscar uma bebida. Queres algo? — pergunto à minha namorada.

— Não, estou bem. — Ela me beija suavemente.

— Volto já.

Com a bebida na mão, decido apanhar ar e agradeço por estar uma noite de inverno sem chuva ou vento. Vou para a varanda e o ar frio arrefece os meus pensamentos. Já se passaram dois meses desde aquela noite no quarto da Rafaela, e a partir desse dia tem sido centenas de horas conosco juntos a conversar sobre as nossas vidas e aspirações, e comigo a tentar desvendar o mistério que ela é, assim como os motivos para ter saído de casa e negar-se a falar sobre os pais. Milhares de minutos em que tento convencer-me de que o que sinto por ela é amizade e nada mais. Faço-me acreditar que estudo com ela para não se sentir sozinha e não por estar encantado com as pequenas coisas que fazem dela a mulher que é. Todas as vezes que cancelo algo com a Liliana, desculpo-me com o pensamento de que não a estou a trair, afinal nunca houve nada físico entre nós. Pelo contrário, a Rafaela criticou-me mais vezes nestes dois meses do que todas as pessoas na minha vida toda. Fala que sou sério demais, rabugento e arrogante nas aulas. Que preciso sair do meu trono e que não sou *"Senhor da Razão"*. Critica a ausência de sorrisos e a forma como me visto. Diz que preciso descontrair. Já lhe expliquei que ninguém respeita o palhaço da turma, que os simpáticos não chegam longe e que não tenho paciência para parvoíces. Que vivo bem sem rir de cinco em cinco minutos.

Se qualquer outra pessoa dissesse um terço do que ela me fala na cara, estaria fora da minha vida, porém ela é a exceção. É meu reflexo invertido.

Dou as costas e apoio-me na varanda a observar o interior da casa através das portas envidraçadas. Vejo a minha namorada e deveria sentir-me mal por retirar o olhar dela para focá-lo na Rafaela, mas não consigo e estou tramado.

O seu enorme camisolão de malha grossa cor-de-rosa claro, que contrasta com as cores escuras das outras pessoas, consegue ter mais impacto do que o vestido justo da Liliana, que até há minutos queria arrancar do seu corpo. Ela procura alguém com o olhar e, quando não encontra, deixa-se descontrair ao lado do Artur, que permanece agarrado como uma lapa às rochas. As vozes misturam-se, porém consigo ouvi-lo a elogiá-la, enquanto conta que ela passou o dia todo com ele a criar o bolo de aniversário como presente.

O dia todo para um bolo! Como se um bolo demorasse um dia inteiro a ser feito.

Bebo o conteúdo do copo de uma golada só, respiro fundo e fecho os olhos para acalmar-me.

— Que frio! Que estás a fazer aqui fora sozinho? — Liliana corre e agarra-se ao meu corpo para aquecer-se, a prender-se no conforto do meu abraço.

— Estava a pensar.

— Está tudo bem contigo? Ando preocupada, Leonardo. Estás diferente.

A Liliana é uma mulher fantástica. Inteligente, ambiciosa, extremamente bonita e educada. Somos amigos há anos e, talvez por isso, tenha sido natural passarmos dessa amizade de infância para um relacionamento. Assim como eu, ela vive muito os seus estudos e a engenharia é o seu grande amor. A sua mente é sagaz e, além dos outros atributos, ainda é simpática com todos. É uma amiga querida.

— É só cansaço.

— De certeza? — Olha para mim como se soubesse algo, e não sei o que dizer.

— Quando puderem descolar um do outro, agradecemos que venham para a mesa — grita o sem-vergonha do Artur, e todos ficam a olhar para nós.

— Sim, já vamos para dentro.

O jantar é alegre e a Rafaela é o centro das atenções. Todos se divertem a ensinar-lhe expressões idiotas ou de cariz sexual, assim como ela nos ensina algumas e rimos com a estupidez de uma ou outra. E a cada segundo o Artur encontra uma forma de tocar-lhe ou de ficar mais próximo. Basta vê-lo para perceber que os seus planos iniciais de conquista mudaram. Ele quer mais com ela e isso pode ser bem pior. Consigo ver que está completamente apaixonado.

O jantar termina, as luzes são apagadas, a Rafaela surge com o bolo em mãos e todos cantamos os parabéns. O Artur apaga as velas e beija o seu rosto, a agradecer o melhor bolo de aniversário e o melhor presente que poderia ter.

Eu não provo e afasto o pequeno prato de mim.

Ele come três fatias, sempre com elogios, o que a faz sorrir o tempo todo.

A conversa continua e os planos de irmos para uma nova discoteca dançar começam a ganhar força.

— Não vou. Não vim vestida para uma boate, além de estar morta. — A voz da Rafaela caça os meus ouvidos, porém os meus olhos se reviram quando o Artur atira-se de joelhos à sua frente, a juntar as mãos num gesto de súplica e piscar os olhos de maneira exagerada.

Ela ri com a atitude e, passados alguns segundos de mais pedidos patéticos, aceita. O grupo começa a organizar-se quando a Liliana fala comigo.

— Vou despedir-me e depois vamos embora.

— Vamos com eles — sugiro casualmente.

— A sério? Tu numa discoteca? Odeias lugares barulhentos.

— Mas tu gostas de dançar e sei que queres estar mais tempo com o grupo.

— És o melhor namorado do mundo! — Beija-me e parte, certamente para avisar que também vamos.

Sou um desgraçado, isso sim.

— Não te importas? — pergunta pela décima vez.

— Não, Liliana. Vai dançar com elas. Eu fico aqui.

— OK. — Salta do sofá e caminha apressadamente para a pista com as outras pessoas do grupo.

Fico a conversar com alguns amigos que também preferem observar a dançar, até minha atenção prender-se na conversa do Artur e da Rafaela. Assim como eu, ela prefere ficar a observar, e nem os pedidos exagerados do meu amigo a convencem do contrário. Quando ele percebe que não terá sorte, vai para a pista onde, como sempre, é o centro das atenções. E os meus olhos acompanham a Rafaela quando se levanta e desaparece.

O piso de cima é uma espécie de lounge com sofás mais acolhedores e música de outro estilo num volume mais baixo. Talvez pelo fato de o DJ responsável pela música no piso de baixo ser bastante conhecido, este espaço está praticamente vazio.

— Por que não estás a dançar? — pergunto ao seu ouvido e ela se sobressalta.

— Não sou do eletrônico. Nem de dançar, na verdade — confessa e, antes que pergunte a razão, continua: — Sim, eu sei que sou brasileira e automaticamente as pessoas pensam que sei sambar e fazer movimentos sensuais. Mas não, nem todas as brasileiras sabem fazer o quadradinho ou o que todo mundo fica me perguntando.

— Não ia dizer nada.

Ela bufa para tirar o cabelo do rosto.

— Desculpe. Descarreguei na pessoa errada. Mas todo mundo diz a mesma coisa.

— Não faz mal. Também odeio dançar. Na verdade, sou péssimo.

— Eu não disse que *odeio* dançar, apenas não gosto do estilo, e, além disso, não sou muito fã de boates.

— Do que gostas?

— Rock e MPB. Meu pai sempre dizia que quem não gosta de rock bom sujeito não é. Ele me viciou, e o meu reportório musical só inclui cantores e bandas que hoje não tocam nesses lugares.

— Ele tem bom gosto musical.

— Tinha. Era o melhor! Por isso gosto de ouvir música dos anos 80. Além de tudo, é algo que me traz conforto. Engraçado como as nossas experiências são. Tenho mais anos de vida sem ele do que com ele, e mesmo assim a sua presença continua sendo a mais importante da minha existência.

— Sinto muito.

— Obrigada. E, Leonardo, talvez seja a bebida falando por mim, mas sei que vou conseguir ter a clínica, porque prometi ao meu pai.

— Era o sonho dele?

— Não.

— Então por que motivo?

— Se ainda hoje as pessoas não compreendem quem tem doenças mentais, imagine há décadas. — Ela fecha os olhos como se estivesse a ganhar coragem. — Não interessa a ninguém que o meu pai tenha sido um homem brilhante, que tenha construído uma enorme fortuna pela sua inteligência. Ninguém comenta o quanto ele ajudou na construção de escolas e no apoio a idosos. Ninguém fala no quão íntegro ele sempre foi. Como dava bom-dia à pessoa mais rica com a mesma simpatia com que apertava a mão da mais pobre. Não. Ele ficou conhecido como *"o maluquinho que se matou", "aquele que falava sozinho"* ou, e esta é a favorita

Destinos Quebrados

de muitos, *"o idiota que achava que conseguia voar"*. Por isso, Leonardo, ninguém, absolutamente ninguém terá força para me impedir. Tenho certeza de que, enquanto respirar, todas as pessoas com problemas mentais que passarem por mim serão tratadas pelo nome e serão vistas além das aparências.

— Rafaela...

— Todos, Leonardo. Há um tempo você disse que todos temos o direito de quebrar, mas se esqueceu de dizer que poucos nos ajudam a unir os cacos que ficam soltos dentro de nós.

A minha mão apanha um lado do seu rosto com muito carinho, a secar uma lágrima. Ela sorri com tristeza, e o meu polegar roda na sua pele quente.

— Um dia, Leonardo, eu ajudarei pessoas como o meu pai. Pessoas que de alguma forma foram traídas pela mente ou pelo corpo. Pessoas que não sabem como viver. Pessoas com quem o mundo foi cruel. Tenho consciência das minhas limitações e conheço o meu país, mas, se conseguir modificar a vida de uma única pessoa, já serei feliz. E também sei que existem mais pessoas como eu. Só preciso encontrá-las.

Sem pensar muito, aproximo-me.

— Se no final do primeiro dia em que te conheci eu já sabia que te tinha julgado mal, hoje confirmo o que sempre soube.

— O quê?

— Não existe ninguém como tu, Flor. Ninguém.

— Flor?

— Sim. — Sorrio, a secar a última lágrima que escorre. — És uma Flor. Tu, Rafaela, és excepcional em todos os sentidos.

O meu rosto aproxima-se mais do dela e quero tanto beijá-la que me chega a doer o corpo todo por não o fazer.

— Dança comigo — peço antes que cometa uma asneira.

— Mas...

— Por favor, dança comigo. Eu preciso que dances comigo.

— Só uma dança?

— Sim.

Retiro o telemóvel e os fones que sempre trago comigo no bolso da jaqueta, como quase todos os estudantes universitários, e procuro uma música.

— Apenas uma dança, mais nada, Flor. — Quero colocar a minha boca na sua, sentir o seu corpo nas minhas mãos, mas não posso.

— Não sei dançar techno.

— E eu que simplesmente não sei dançar nada!

— Sou capaz de pisar nesses sapatos caríssimos e brilhantes.

— Tenho mais sapatos brilhantes.

— E caros.

— E caros. — Sorrio. — Mas dançaremos aqui. Eu coloco a música. Tenho excelente gosto.

— Apenas uma dança, Leonardo.

— Apenas uma, Flor.

Coloco um fone no meu ouvido e, com movimentos meigos, puxo o seu cabelo para trás da orelha, a colocar em seguida o outro fone. A minha mão circunda a sua cintura e aproximo-a de mim, a sentir o ar sair dos seus pulmões com a proximidade dos nossos corpos. A sua mão agarra o músculo do meu braço, que se flexiona não para impressionar, mas pelo efeito do seu toque. Nunca me senti tão nervoso como agora.

As nossas mãos livres enlaçam-se junto ao meu peito quando os acordes de *Wicked Game* começam a tocar. Ouvir o Chris Isaak dizer que não se quer apaixonar e que nunca imaginou conhecer alguém como a amada, enquanto fito os olhos da Rafaela, é como ouvir os meus pensamentos verbalizados. Eu não queria estar sentindo isto, mas cá estou. Deveria estar no piso de baixo, mas é cá que me sinto bem.

A música continua, e eu imploro que ela não diga nada, porque sinto nossos corações a bater com força, como se falassem por nós. A sua cabeça repousa no meu peito, talvez para esconder as emoções, e a minha mão desce e sobe pelas suas costas. Aperto-a mais para mim e quero dizer tanta coisa, mas prefiro ser idiota.

— O que se passa entre ti e o Artur?

— Somos apenas amigos.

— Não aconteceu nada entre vocês?

— Não.

— Por que razão durante estes meses nunca falaste sobre ele?

— Pelo mesmo motivo por que você não fala nada sobre a sua namorada quando estamos juntos.

— Flor…

Destinos Quebrados

— Ela é simpática e apaixonada por você. Não cometa um erro por competição.

— Eu sei. Eu gosto dela.

— Então o que estamos fazendo, Leonardo?

— A tentar começar a dançar.

— Não é isso que estou perguntando.

— Não sei responder, mas nunca foi competição o que eu estou sentindo por ti. Vamos apenas dançar, Flor. Só isso.

— Não consigo. Sua namorada está aqui e o Artur também. Nenhum deles merece.

— É ele que queres?

— Não. — Os seus olhos brilham ao encontrar os meus.

— Ainda bem. Não consigo imaginar-vos juntos.

— Eu não quero o Artur, mas você não pode me pedir algo quando não sou sua.

— A ideia de ele beijar-te, de seres dele e feliz com ele incomoda-me, é algo em que não quero nem pensar.

— Então não pense. Basta lembrar que tem namorada e que o que está fazendo é errado. É melhor se afastar de mim. Será melhor se não estudarmos mais juntos e se cada um seguir o seu rumo. Sua namorada não merece esta nossa proximidade e eu mereço muito mais do que a confusão mental em que você se encontra. Nenhum de nós merece isso. Não quero ser a errada nessa história. Nem ela nem eu merecemos. — A sua tristeza é evidente.

— Não consigo afastar-me de ti, Flor. Eu tentei, mas não consigo. Queria que não fosses como és. Não queria que todas as vezes em que estudamos, perguntasses se jantei, se estou bem com a minha família, se estou feliz. Não queria que te preocupasses comigo. Eu queria, Flor, eu queria afastar-me de ti, mas não tenho forças porque o teu poder sobre mim é maior do que a minha capacidade de te resistir.

Toco-a com toda a meiguice que possuo.

— Não se preocupe, eu faço pelo dois. — Com isto, desprende-se de mim. — E, Leonardo, nessa música o cantor fala sobre como certas relações destroem as pessoas, e eu não quero isso. Um amor que nos machuca não vale de nada. Quero um amor que me faça sorrir, e com você isso não acontecerá.

Dá as costas e sai apressadamente.

Não chegamos a dançar e, quando vou atrás dela, sou parado pela minha namorada e percebo que o único errado sou eu.

Deixo-a ir, a acreditar que a ausência me fará voltar ao normal.

Rafaela
8

Desde aquela noite, eu e o Leonardo não estudamos juntos, não falamos por celular, nem trocamos mensagens. Ele tentou entrar em contato comigo, mas bloqueei o seu número. Também enviou e-mails que apaguei sem ler e nunca, em momento algum, fiquei sozinha com ele na mesma sala.

As únicas vezes em que as nossas vozes se cruzaram foram nas aulas. Eu saquei que ele abordava temas polêmicos só para me instigar a opinar. Era como se quisesse que eu falasse com ele de uma forma indireta. E, Deus, como as nossas discussões incendiavam as aulas, dando o que falar por nunca concordarmos e por raramente pararmos se ninguém interviesse.

— Então todos os psicólogos devem tratar apenas pobres e desfavorecidos?

— Não é isso que estou dizendo. Apenas considero que muitos se deixam levar pelo dinheiro fácil. Muitos que estão nas salas de aula estudando nunca vão colocar os seus mais importantes conhecimentos em prática porque, às vezes, os casos mais difíceis são os menos rentáveis. É preciso amar o que se faz. — Sinto a veia do meu pescoço latejando enquanto ele... ele parece sereno.

Sofia Silva 72

— Discordo, cada pessoa só precisa ser boa na sua área.

— Então de que adianta sermos bons se não ajudarmos quem mais precisa? Psicologia não são frases soltas em livros de autoajuda. Não é ficar lacrando. É muito mais! Nesta sala, por exemplo, não existe um único aluno participando de qualquer tipo de voluntariado. Nesta cidade existem grandes associações necessitando de pessoas como nós, mas, como não pagam, ninguém vai. Poderiam estar fazendo diferença na vida de alguém, mas ficam sentados com seus conhecimentos teóricos.

— Não podes decidir o que cada pessoa faz com a sua vida. Precisas sair do trono onde te colocaste sozinha.

— Não quero decidir, mas estou comprovando o que digo desde o começo, um psicólogo é como um bombeiro, ele deve intervir quando pode salvar. Imagine se um bombeiro ganhasse pelo tipo de fogo que apaga. Ele vê um incêndio com crianças pobres e pensa: "Não vou salvá-las porque não vou ganhar dinheiro com isso", deixando à morte pessoas inocentes cujo único erro foi serem pobres. Ou pior, serem filhos da miséria! É isso que está acontecendo com o mundo. Milhares de pessoas se suicidam todos os dias porque ninguém estendeu a mão. A vida de uns vale mais que a de outros, e isso é errado!

Quando ele olha para mim de uma forma estranha, entendo que caí na sua ratoeira. Ele fez de propósito para provocar uma reação em mim e conseguiu.

— Parabéns, Rafaela. Mostraste por que és a melhor da turma.

Volta a se sentar e eu fico impávida, observando como nunca perdeu a compostura, ao contrário de mim.

⸎

As aulas do trimestre terminaram e estou em pausa para as férias de Natal. Os únicos momentos de tristeza se devem às saudades de casa, pois não poderei visitar a minha irmã devido ao trabalho que estou desenvolvendo numa associação de apoio a crianças em risco de abandono. Sinto que a minha presença será mais importante aqui.

Pego a bolsa e observo a minha aparência. Apenas os olhos estão à mostra. Luvas, cachecol, gorro e camadas e mais camadas de casacos cobrem meu corpo. Em Portugal o Natal é em pleno inverno, e as temperaturas estão tão baixas que por vezes parece que congelei, mas, finalmente, sinto que esta cidade é minha. As pessoas do Porto são mais extrovertidas do que pensei, e caminho sempre com um ar de quem está à vontade por se sentir segura em qualquer rua, o que é bom porque minha irmã consegue relaxar e não liga toda hora.

Caminho pelas ruas do Porto pintadas por nuvens em vários tons de cinza. Será o meu primeiro Natal no frio. Passo pela Santa Catarina, uma rua muito comprida mas estreita, onde lojas diversas se espalham em edifícios antigos com um quê de modernidade. Entro e saio, comprando de tudo um pouco. Perto de um edifício antigo uns bonecos tocando uma melodia de Natal saem quando as badaladas do relógio tocam e eu, em conjunto com turistas e locais, fico parado assistindo. Aproveito e compro castanhas assadas que vão deixando meus dedos pintados de preto e cheirando a carvão, mas o sabor compensa.

Corro para casa com os braços carregados de sacolas, atiro-as num canto e tomo uma ducha quente e bem prolongada. Visto o meu novo vestido. É diferente de tudo que tenho no guarda-roupa, mas resolvi arriscar.

O restaurante está lotado e não consigo ver o grupo. Por sorte o Artur, que tem se mostrado um grande amigo mesmo após eu ter recusado delicadamente os seus avanços, é mais alto do que eu, descobre a mesa e nos juntamos ao pessoal, entre eles o Leonardo.

Já à mesa, a namorada do Leonardo conversa comigo.

— Quando vais para o Brasil? — pergunta, interrompendo a conversa que rolava entre os amigos.

— Não vou.

— E com quem vais passar o Natal? — continua interrogando.

— Vou passar sozinha mesmo. Eu quero aproveitar para adiantar minhas coisas.

— E a tua família não se importa? Os meus pais matavam-me se eu não passasse com eles.

— Não, não se importa. Compreende que não posso.

— Os teus pais são bem diferentes. Vocês não têm por tradição festejar? Não costumas passar com eles?

— Acho que a pergunta mais importante a ser feita e que eu preciso saber é simples: quantas pessoas vão deixar as compras para o último dia? — A voz do Leonardo se faz ouvir no grupo.

Diversas mãos se levantam e todos começam a falar sobre o novo tema. Os olhos dele apanham os meus e agradeço o que acabou de fazer. *Obrigada*, digo de forma a que leia meus lábios, recebendo um sutil sorriso.

Depois de trocarmos os presentes do amigo oculto, alguns vão para uma sala onde é permitido fumar e eu aproveito para fazer um pequeno vídeo da chuva que cai para enviar à Joana, que tem se queixado das altas temperaturas no Brasil.

— Amanhã saem as notas da prova. — A voz do Leonardo aparece atrás de mim.

— Obrigada por avisar.

— O Artur comentou alguma coisa sobre a maneira como te vestias? — pergunta já ao meu lado.

— Não. Nem compreendo por que perguntou isso.

O seu rosto vira-se para mim.

— Porque esta não és tu. Não te fica bem esse vestido vermelho-sangue. — Uma dor atinge o meu coração. Como qualquer mulher, tenho as minhas inseguranças, e ouvir a frase foi como um golpe de faca afiada.

— Ainda bem que a sua opinião não é importante para as minhas decisões de vestuário. Mas, para o seu governo, o Artur discorda. Acho que foi a noite em que mais me elogiou.

— Porque ele não te conhece. Ele vê um corpo provocante e nem repara que te estás a sentir desconfortável por o vestido ser colado ao corpo e os sapatos terem um salto alto que te magoa os pés. Ele não sabe que odeias saltos de agulha e nem gostas de vermelho.

— Nem você me conhece para dizer isso tudo.

— Como te enganas. Sou o único aqui que sabe quem és. Como tu és a única que me conheces. Passei mais tempo contigo naqueles dois meses do que com qualquer outra pessoa.

— Até mesmo com a Liliana?

— Até mesmo com ela.

— Então o melhor é usar o seu tempo livre para ficar mais com ela. Pode ser que aprenda mais sobre ela.

⁂

Retiro os últimos vestígios de maquiagem, penteio o cabelo e estou puxando os lençóis para trás quando uma batida tímida à porta me sobressalta. Com algum receio, espreito e vejo o rosto do Leonardo.

— O que está fazendo aqui?

— Posso entrar?
— Não. É tarde e estou com sono.
— Por favor. — Quero dizer que não, mas não consigo.
Abro a porta e ele entra, porém, ao contrário da confiança normal, este Leonardo está nervoso.
— Aconteceu alguma coisa?
— Antes de mais: desculpa. Estavas linda e o vestido ficava-te bem. Foram ciúmes estúpidos que falaram por mim. Mais, Flor, tu ficas linda com aquele vestido ou até com esse pijama cheio de coelhos. És linda independentemente do que vestes.
— Obrigada pelas palavras, mas não era preciso vir a esta hora por isso. — Tento parecer serena, mas as palavras dele tocam fundo dentro de mim.
— Não vim só por isso.
— Veio por quê, então?
Ele esfrega o rosto com força, como se estivesse tomando coragem.
— Eu... Flor.
— Desembucha, cara!
Sua mão toca no meu rosto com leveza.
— Estou aqui porque desde que te conheci, e sem saber como, quando ou por quê, a tua presença preenche os meus dias. Até quando não estás comigo eu penso em ti. Nunca conheci alguém como tu. És um conjunto de contradições fascinantes. — O seu corpo aproxima-se do meu e as suas mãos seguram meu rosto, fazendo-me olhá-lo diretamente. — Flor, tu fascinas-me. — Os seus olhos falam diretamente nos meus e o seu tom de voz é doce como nunca ouvira. — Vim porque imaginar-te sozinha é uma imagem de que não gosto. Não mereces a solidão quando tens mil corações batendo em ti. Vim porque não consigo estar longe de ti. Vim porque gosto de estar contigo. Vim... porque não vir era impossível.
— E a Liliana? — sussurro o nome.
— Eu adoro a Liliana. — Imediatamente tento retirar o rosto das suas mãos, mas ele o aperta com mais força. — Mas não sou apaixonado por ela.
Continuo tentando me desprender.
— Ouve-me até o fim, por favor. Conheço a Liliana há muitos anos. Sempre fomos bons amigos, e com o tempo cada um foi se aproximando. Não vou mentir e dizer-te que ela foi má namorada ou que cometeu falhas graves. Não, ela é uma pessoa excelente, correta e, quando há mais de um ano disse que

estava apaixonada por mim, não precisei pensar muito. Sermos mais do que amigos foi um passo natural. Também não vou mentir e dizer que vivi infeliz ao lado dela. Nunca. Pelo contrário. Odeio quando as pessoas culpam outros pelo fracasso dos relacionamentos, ainda mais porque sei que em momento algum ela errou. Terminar o relacionamento com ela antes de vir foi dificílimo, porque sinto que perdi uma amiga querida que não merecia sofrer por mim. Embora não a ame como um namorado deve, ninguém quer ver um amigo sofrer, e sei que neste momento ela está infeliz e a culpa é minha. Contudo, Flor, ouve-me com bastante atenção, hoje eu compreendi que gosto da Liliana como uma amiga, e só isso. E tenho certeza de que nunca foi amor com paixão, pois só contigo descobri algo novo.

— Como assim?

— A necessidade de estar sempre ao teu lado. A necessidade de ver-te e de conversar contigo sobre tudo e sobre nada. Não foi com ela que eu estudei durante dois meses num quarto minúsculo e desconfortável. Porra, nunca sequer estudei com ela! Nunca interrompi um dia de estudos para passear com ela pelo Douro. Nunca perdi uma manhã dentro de uma loja a comprar algo para ela pela ansiedade de ver a expressão do rosto. — Ambos olhamos para o pôster que ele me deu do Brasil, dizendo que era para eu não sentir tantas saudades de casa e para enfeitar a mesa com duas cadeiras onde muitas vezes jantamos. — Nunca contei as horas para vê-la, como fazia contigo. Nunca tive ciúmes dela. Nunca bebi em excesso por querer apagar o sorriso dela da minha cabeça. E, Flor, nunca receei que ela não gostasse de algo em mim, como sinto quando estou contigo. Nunca senti o medo que tu me provocas.

Ele pausa para respirar, fechando os olhos e retirando as mãos de mim. Imediatamente sinto falta, e minhas mãos que estavam caídas agarram a sua cintura.

— Receio que um dia vejas que és muito melhor do que eu. Muito melhor. Com ela eu não precisava fazer discursos sentimentais que sei que precisas ouvir. Não mostrava os meus receios porque sempre quis parecer perfeito — desabafa como se estivesse cansado de falar, mas revigorado por ter expelido tudo. — Com ela foram muitos *nunca* que passaram a *sempre* contigo.

Com cuidado separa-se de mim e ficamos frente a frente.

— Não te posso garantir a perfeição. O que sinto por ti é estranho demais para explicar. Foi como se entrasses na minha vida com o propósito de desarrumar a minha ordem. A única certeza que tenho é de que estou apaixonado por ti. Não vou mudar e ficar romântico, como sei que desejas e mereces. Não vou escrever-te poemas, cartas de amor ou fazer declarações grandiosas. Não sou assim, Flor. Mas também não quero que mudes por mim porque gosto de tudo em ti. Tudo.

Seus olhos movem-se rapidamente, como se estivesse tentando me ler.

— Por favor, diz algo.

Não falo, mas levanto as mãos, alisando as linhas de preocupação do seu rosto, e as suas mãos puxam o meu quadril até estarmos corpo a corpo. Um nariz gelado passa sobre o meu e, quando as suas mãos prendem o meu rosto, inclinando-o para cima, nos olhamos despidos de emoções.

— Vais ser tão feliz comigo, Flor. Tão feliz.

— Eu não sei o que é a felicidade.

A sua boca encosta de leve na minha.

— Dá-me uma oportunidade. — Os seus dedos vão subindo pelo meu corpo, arrepiando-me.

— Não vai me fazer sofrer?

— Não. Prometo-te que serás feliz, Flor. Muito.

No momento em que vou falar, os seus lábios tocam nos meus e as suas mãos seguram o meu rosto. Quando a sua língua encontra a minha, não quero mais falar, porque acredito nele sem imaginar que o seu orgulho ferido e a minha determinação cega em cumprir um sonho nos levarão ao sofrimento.

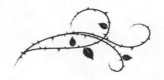

2ª PARTE

O meu amor e os meus desejos permanecem inalterados. Mas basta uma única palavra sua para que nunca mais lhe fale no assunto.

JANE AUSTEN
Orgulho & Preconceito

Rafaela
9

Presente — Brasil.

O uço passos e o meu coração acelera. Abro a mala. Abro o guarda-roupa. Abro as gavetas. Abro tudo antes de partir.

— Sua ingrata! Eu tenho vergonha de você e dela.

O "dela" se refere à minha irmã que há anos fez o que estou fazendo, mas, ao contrário da Joana, não levantarei a mão para a minha mãe. Não tenho coragem, mas sei que a partir de hoje também perderei o meu nome.

— Rafaela, se sair por aquela porta, você morre para mim. Se passar por aquele degrau que separa a nossa casa do exterior, deixo de ter uma filha.

— Duas filhas, você tem duas filhas!

— Ela morreu pra mim. Não queira o mesmo destino.

Nenhum sinal de arrependimento transparece na sua expressão, por isso pego a mala e começo a caminhar em direção à porta, ao futuro. À tão desejada felicidade.

— Rafaela — o tom de voz é baixo, mas gélido —, se ousar sair daqui, saiba que Deus vai castigá-la como fará com a outra. Se me der as costas, Ele vai usar o poder que tem. Tudo que acontecerá será por culpa de vocês. As ingratas não merecem uma vida de paz, e muito sangue será derramado, pois Ele, a quem eu entrego a minha existência, castiga quem maus caminhos escolhe.

— Mãe!!! — O grito foge dos meus lábios. Como pode desejar tanto mal às próprias filhas?

As palavras se silenciam. Ficamos quietas respirando o ar de ódio que ela emana. Expiro sonoramente e recomeço a caminhar, parando no primeiro degrau. Meus pés tocam o exterior e olho para trás.

— Você está morta para mim, Rafaela — declara, fechando a porta.

Continuo dando um passo após o outro. Não olho para trás. Não repito a conversa com medo de que ganhe raízes em meus pensamentos. Não quero ecos do que mamãe disse. Foram apenas palavras de alguém que perdeu a noção da realidade, não são verdade.

Não são verdade.

Não serão verdade.

Não poderão ser verdade.

⁂

Acordo sobressaltada, percebendo que adormeci no escritório. A sensação de vômito chega à minha garganta, mas imediatamente trato de contê-la.

Olho o reflexo cansado e tento relembrar se os meus olhos sempre foram tão opacos e sem brilho.

— Boa tarde, Rafaela. — Fecho o pequeno espelho e guardo o corretivo para olheiras que tanto tem me socorrido.

— Boa tarde, Carolina. Como estava a Emília? — pergunto, recebendo chá das suas mãos e tentando não parecer nervosa.

Há quase dois anos, num fatídico dia, a minha irmã, o meu cunhado e os meus dois sobrinhos gêmeos perderam a vida num trágico acidente de carro. A única sobrevivente foi a minha sobrinha mais velha, mas ficou com o corpo todo marcado, tendo que amputar parte de uma perna. Além de perder a família inteira, o covarde do noivo desapareceu de forma vil da sua vida, fazendo-a entrar em depressão profunda.

— Na mesma. Ainda está chateada comigo por eu tê-la obrigado a fazer o exercício até o fim, mas prefiro isso à apatia de sempre. — Senta-se à minha frente, soprando a xícara.

A Carolina é uma das enfermeiras voluntárias que estão comigo desde o começo. Ela me conheceu num dos piores dias da minha vida e, com o dobro da minha idade, foi se tornando a figura materna que sempre desejei. Os seus braços enlaçaram o meu corpo nas várias perdas e nas muitas conquistas. Na Clínica, todos os pacientes a temem por ter pouca paciência com lamentos, mas quem já a conhece sabe que opta sempre pelos casos mais difíceis, mais complexos — os pacientes que necessitam de alguém que os empurre quando é necessário. E, com certos pacientes como a Emília, cujo temperamento pode oscilar entre a apatia e a explosão, ter alguém como a Carolina é um trunfo.

— Aconteceu alguma coisa para vir quase no final do dia? Não é comum ficar tanto tempo ausente.

— Tive reuniões e depois passei no cemitério. Precisava conversar com todos. Deixei de lado toda a ciência que me guia e pedi por respostas.

— E?

Levanto-me, indo em direção à janela com vista para os jardins enquanto beberico o meu chá.

— Além da tristeza por ter que visitar a minha família num cemitério, não trouxe qualquer solução. — Encosto a cabeça na vidraça, expirando e vendo o vidro embaçar. — Estou cansada. Sinto que estou falhando em tudo. E que nem a única pessoa da minha família consigo ajudar.

Sua mão começa a se mover nas minhas costas num gesto de conforto necessário.

— Você é a mulher mais forte que conheço.

— Às vezes acho que estou pagando por algo. Não quero acreditar, mas em certos dias eu me pergunto se não é verdade. Me pergunto se fiz algo tão mau a alguém para sofrer tanto. Parece uma maldição!

— Não acredito, nem você deve acreditar nisso. Agora, quero acreditar que você necessita abrir seu coração, porque esta sua forma de vida te consome. Sabe muito bem que não acredito que precisamos de um homem em nossa vida para sermos completas, até porque sou mais feliz sem o peso morto do nojento do meu ex, mas, te conhecendo como eu conheço, sei que precisa de alguém te apoiando. Alguém que seja seu porto seguro num final de dia cansativo.

— Eu não penso nisso. Com tudo que vivi nesta vida, um romance é a última coisa que me passa pela cabeça. Preciso é de paz, Carolina. Não aguento mais ver pessoas que amo morrerem à minha volta. Parece que tudo que toco morre, e isso dói. Meu objetivo é ajudar quem precisa de mim.

— Mas não é saudável se esquecer das suas necessidades. Você é jovem, linda e inteligente. Tem uma fila enorme de pretendentes querendo uma oportunidade de te fazer feliz.

— As minhas preocupações não sumirão se um homem entrar na minha vida, pelo contrário, tenderão a piorar. Além disso, preciso de coração para amar outro homem, e esse órgão ficou perdido num lugar que prefiro não recordar.

Sinto os seus lábios tocando na minha cabeça e segundos depois escuto a porta se abrindo e fechando.

❧⁓⁓❧

Quando eu retornei de Portugal, e depois de tudo que aconteceu, meu ódio pelo Leonardo me consumiu por completo. Não consegui olhar para outro homem sem pensar em tudo que vivera. A primeira vez que partilhei a cama com outro foi por vingança, dor e fragilidade. Hoje me arrependo dessa noite com o Artur. Ele apareceu para a inauguração da Clínica dizendo que ainda me amava, e quando, sem querer, deixou escapar que o Leonardo estava numa relação séria, entreguei o meu corpo numa noite pouco memorável para ambos. No dia seguinte pedi que ele voltasse para Portugal, arrependida por ter me deixado levar pelo ciúme. Anos depois tentei ver se o problema tinha sido o homem com quem dormira e, pela última vez, me deitei com alguém que dizia estar apaixonado por mim. Foi horrível. Sexo sem *nenhum* sentimento é só vazio. A partir daí não consegui mais ter qualquer tipo de interação íntima, optando por me concentrar na profissão.

Além de toda a dor que o Leonardo me causou, a forma como me amava entre lençóis foi tão maravilhosa que nenhum dos outros conseguiu igualá-la.

Tento voltar a ler toda a informação que tenho em centenas de páginas, porém não consigo sair da mesma linha. Sem outra opção, vou caminhar pelos jardins na tentativa de relaxar e tentar encontrar soluções para os problemas diários que surgem. Gerir uma clínica onde vivem crianças, adultos e idosos com deficiências físicas e/ou mentais é complicado. Muitas famílias não têm condições econômicas de residir perto, e oferecemos teto e alimentação adequados. O voluntariado acaba surgindo como consequência. Quem não tem algo material para dar oferece as mãos de que tanto necessitamos. Este lar, como dizemos entre nós, é formado majoritariamente por profissionais voluntários e residentes de medicina. Oferecemos também estágios. Não é fácil, mas nada na minha vida jamais foi.

Eu sei que a minha comunidade profissional nem sempre concorda com o que fazemos aqui e já fui acusada de desrespeitar o código ético, mas acredito que estou fazendo algo bom e isso me basta.

Cansada, retiro os saltos altos que aprendi a usar e caminho com os pés tocando o verde suave. Com a escuridão da noite que se aproxima, nem parece que aqui vivem pessoas que sofrem demais.

— Está uma noite agradável. — Uma voz calma penetra a tranquilidade noturna.

— O que está fazendo aqui a esta hora? — O rosto cansado do Pedro surge entre as luzes.

— Fui chamado de urgência. O Mateus teve um episódio depois que os pais foram embora e não conseguia relaxar.

Ele se refere a um menino autista que fraturou um braço e, devido à sua condição, teve dificuldades em aceitar o gesso. Os pais, que têm mais dois filhos, estão exaustos, e a Clínica lhes assegura os cuidados fundamentais. Muitas crianças se ressentem dos irmãos deficientes, porque, como toda a atenção e cuidados se concentram neles, não resta aos pais energia, dinheiro ou saúde para serem tão presentes. É uma vida complicada para todos os membros, e muitas famílias são frequentemente desfeitas.

— Estava indo embora quando a Carolina falou que você estava aqui e que precisava de companhia.

— Essa Carolina... Você deve estar exausto.

— Um pouco, mas pisar na grama de vez em quando é bom. Preciso relaxar antes de pegar a estrada. — Passa as mãos pelo cabelo, sorrindo do alto para mim. Um sorriso meigo como sempre. — Além de tentar aproveitar esta chance tão rara de estar contigo e...

— Pedro... — começo o mesmo discurso que ele ouviu por diversas vezes.

— Não tenho nada a perder. Não me custa tentar mais uma vez.

O Pedro é um dos melhores profissionais que temos na Clínica. Todos os pacientes gostam dele, e trata cada um com a mesma dedicação. Simpático, educado e bom caráter. No papel, é o homem ideal para qualquer mulher.

— Com tudo o que está acontecendo com a Emília, eu...

Apanha o meu rosto entre as mãos, e eu queria poder corresponder, mas não consigo.

— Veja, não estou te pedindo nada. Eu sei esperar. Estou esperando há anos, não vou desistir tão facilmente.

— A culpa não é sua. Sou eu. Você sabe bem.

Vendo o meu desconforto, solta o meu rosto, optando por conversar sobre pacientes. Sei que é apaixonado por mim, que todos à nossa volta torcem para que um dia eu acorde e compreenda que estou desperdiçando um cara maravilhoso, mas tenho medo de voltar a sentir algo quando, por menos que eu queira, há alguém que ainda ocupa muito do meu pensamento.

— Sabe o que é pior, Rafaela? É que ambos vamos para casas vazias e não merecíamos estar infelizes. Que juntos poderíamos formar uma família.

Não comento e ele não diz mais nada. Ficamos passeando no silêncio, cada um perdido nos próprios pensamentos. Passado algum tempo, ele me beija a testa, vai embora e eu... eu tento adiar o sono ao máximo, porque a horrível verdade é que, mesmo com todas as pessoas que me rodeiam, nunca me senti tão só.

✦

Os dias cuidando da Emília passam a semanas e, inevitavelmente, a longos meses de luta contra a depressão e tentativas de suicídio que ontem me fizeram voltar ao cemitério, deixar de lado toda a ciência e pedir por um milagre à minha família enterrada.

Acordo mais cedo do que o habitual com o som do celular. Temendo que seja algo relacionado com a minha sobrinha, pego o aparelho. Expiro com calma quando percebo que é apenas uma mera notificação de e-mail. Como sei que não conseguirei voltar a adormecer, abro, reparando que é algo de uma colega com quem partilho informação. Baixo o arquivo e, quando ele abre, o ar que tinha em mim desaparece.

Ensaio sobre a Culpa do Sobrevivente
Simpósio de Psicologia
Apresentação: Dr. Leonardo Tavares

Não quer dizer nada, Rafaela. Uma mera coincidência. Não é a primeira vez que o nome dele surge. Converso comigo mesma na tentativa de ficar calma. Penso em fechar o arquivo, mas algo em mim pede que o leia, e é isso que faço, até porque a primeira frase não me dá opção.

"Não existe sofrimento maior do que sobreviver após ver quem amamos morrer ao nosso lado."

Durante páginas e páginas o Leonardo narra todos os acontecimentos das sessões com o seu paciente e vejo tantas similaridades com a minha sobrinha que linha após linha sinto que este e-mail é algo em que não quero acreditar. Seu paciente foi um militar português em missões de paz e o único sobrevivente de uma emboscada no Afeganistão. No ensaio, descreve que a preocupação do paciente não fora a sua segurança, mas resgatar os corpos dos amigos, ou o que sobrara deles, tentando carregar os três até desmaiar de exaustão. Em alguns parágrafos a dor que sinto por este paciente é tão similar à que partilho com a Emília que no final da leitura sinto que o conheço. Mas são as palavras do Leonardo que guardo como o reflexo dos meus pensamentos.

"As vítimas de eventos traumáticos também morreram num certo sentido e voltaram a nascer como outras pessoas. E, assim como em qualquer nascimento, elas precisam aprender tudo de novo, mas a sociedade não está preparada para aceitar que, às vezes, precisamos construir uma nova vida, e isso é moroso. Todos querem que sejamos os mesmos, mas como é possível, se aquele que querem morreu no evento?"

Leonardo
10

Portugal.

P*reciso de uma bebida para esquecer a porcaria de dia que tive. Quero chegar a casa, retirar a roupa e afogar- -me numa boa garrafa de single malt.*

Desligo o computador e as luzes, pois a minha secretária tem família e os seus horários, infelizmente, são bem mais curtos que os meus. Fecho a porta, chamo o elevador e começo a ouvir o telefone a tocar. Deixo que toque.

Toca. Toca. Toca e o elevador não chega. Quando não aguento mais o som irritante, torno a entrar no gabinete e sem paciência atendo.

— Estou! — Atendo num tom áspero. — Estou? — questiono quando não obtenho resposta.

Retiro o telefone do ouvido, prestes a desligar, quando escuto a respiração do outro lado.

— Quem fala? — pergunto.
— Boa noite, Dr. Leonardo Tavares.

O meu mundo para.

— Flor?!

Ficamos os dois ouvindo nossas respirações, e eu luto contra as emoções por saber que está nos despedaçando conversar um com o outro.

— Não...

Ouço-a expirar como se estivesse à procura de forças.

— Rafaela. O meu nome é Rafaela Petra — corrige de forma áspera, muito distante da leveza com que falava. — Liguei a propósito do ensaio que apresentou no Simpósio Nacional de Psicologia. Eu queria saber se está disposto a trabalhar comigo numa forma de terapia que pode ajudar o seu paciente e, consequentemente, uma paciente minha.

— Não estou a entender.

— Eu explico de novo.

— Não, não é isso. Pensei que o assunto do telefonema fosse outro.

— Pensou errado. Como eu disse, e volto a repetir, quero poder adotar um tratamento diferente, do qual o seu paciente será parte fundamental. Li e reli tudo sobre o seu empenho com ele, que achei impressionante, e acredito que poderemos fazer um trabalho fantástico com os nossos pacientes. Embora em estágios diferentes e com situações também elas díspares, acredito no sucesso da abordagem que tenho em mente e...

Interrompo o seu discurso.

— Percebi o que disseste. Não sei quanto a ti, mas estou abalado por ouvir a tua voz. São dez anos sem te ouvir. Uma década a imaginar como seria falar contigo. Fui apanhado de surpresa.

— A única situação que me abala é ter uma paciente profundamente deprimida, não comunicativa e com ideações suicidas. Peço desculpas, mas, neste momento, podemos deixar essas questões de lado? Como sabe, o tratamento de pacientes em risco de suicídio é uma luta entre a perseverança e o tempo. Perseverança tenho, mas o tempo é fugaz.

— O que te aconteceu? — pergunto espantado.

— Como assim?

— Tu não és essa pessoa fria. Eu sei que estás preocupada com a tua paciente e crês que o meu paciente é tão prioritário quanto o teu, mas nós os dois não conversamos há dez anos, e ages como se fosse uma mera conversa entre colegas. — Desato o nó da gravata que me sufoca e esfrego o peito que queima.

— É apenas uma conversa entre profissionais. Não vejo outro motivo para esta chamada.

O seu tom calmo enerva-me.

— Não, não é a merda de uma conversa entre colegas ou profissionais! Tu foste minha namorada por dois anos. Nós vivemos juntos por meses! Eu fui o teu primeiro!

— Leonardo, se algum dia eu quisesse falar sobre o passado, certamente teria ligado há uma década ou quando ainda havia algo que justificasse um diálogo. Passados dez anos, seria uma imbecilidade da minha parte tentar qualquer tipo de aproximação, e nem eu sou imbecil, nem, segundo me recordo, você aparentava qualquer tipo de deficiência intelectual quando nos relacionamos. As suas falhas foram outras, como deve saber, e paremos por aí.

— Por que estás a falar assim? Eu sei que não és estas palavras que saem envenenadas. És e sempre foste meiga. Eu conheço-te.

— Se ficar tentando falar no passado, desligo o telefone na sua cara com toda a grosseria, e não quero fazer isso. Não me sentiria nada bem sendo indelicada, portanto, por favor, não me obrigue a ser deselegante contra a minha vontade. O passado é isso, passado. Aconteceu. Não volta mais. O motivo do telefonema é o futuro da minha paciente e, claro, do seu. Infelizmente você e eu tivemos que cruzar caminhos, mas vamos agir como dois adultos conhecidos pelo profissionalismo.

Quem é esta mulher?

— Diz-me que não te tornaste uma pessoa ácida porque fui um merdas contigo. Diz-me que o que te fiz não te retirou o que de melhor tinhas. Não quero acreditar que esta és tu. Eras a pessoa mais doce que alguma vez conheci.

— Vou desligar! — avisa, e eu sei que fala a verdade.

— Não desligues, por favor. Eu... Tu... — Atiro a cabeça para trás, derrotado. — Conta-me por que razão ligaste. Prometo escutar sem paragens.

Quero ouvir a tua voz. Quero tentar encontrar aquela menina meiga que sorria para todos.

— Então, voltando ao que interessa...

Conversamos durante quase uma hora sobre os nossos pacientes. Rafaela relata tudo sobre a sua, e percebo rapidamente que a única maneira de continuar a me comunicar com ela é se concordar com a sua ideia. Jamais eu aceitaria colocar um paciente meu em contato com uma paciente de outro profissional, além de todas as questões éticas assentes em ter um militar a conversar com uma civil, mas conheço a Rafaela e sei que poderá resultar. É diferente, mas ambos gostamos de metodologias que saiam do comum.

— Agora que estamos entendidos, espero que consiga convencer o seu paciente. Sinto que poderá dar certo. Li toda a informação sobre ele. Sei que você não concorda com tudo que estou dizendo, mas confie em mim. Confie nos meus julgamentos.

— Preciso pensar. Está muita coisa em risco por uma paciente.

— Leonardo, a paciente é a Emília. Eu arrisco tudo por ela. — Demoro segundos a associar o nome à pessoa, até um raio atingir-me.

— A tua sobrinha? Quer dizer que... Flor, a tua família morreu naquela acidente. Como conseguiste superar?

— Um dia de cada vez. — Reconheço a dor na sua voz. — Leonardo, a minha preocupação é a minha sobrinha. Eu perdi muito, mas ela perdeu mais. É doloroso vê-la querendo morrer quando era uma garota cheia de vida, de projetos...

— Mas quem se preocupa contigo? Como consegues estar a funcionar?

— Já sou bem grandinha. Não preciso que cuidem de mim.

— Se quiseres, podemos conversar. Aponta o meu número pessoal... — Começo a tentar ditar o número, mas sou interrompido.

— Não é necessário. Se precisar de terapia, basta procurar um dos inúmeros excelentes profissionais que acreditaram no meu projeto. Deixemos nosso contato no âmbito profissional. Agora preciso desligar, mas fico aguardando notícias.

— Sim, comunicarei assim que souber, mas, Flor, queria falar contigo sobre o que aconteceu conosco. Eu quer...

O bipe repetitivo a sair do auscultador mostra que desligou.

Chego a casa e bebo até apagar, ciente de que ela odiaria quem me tornei.

Rafaela
11

Nossas conversas tendem a terminar comigo encerrando a chamada, enquanto ele tenta resgatar nosso passado. Tem sido assim desde que começamos a trabalhar em conjunto. Não aguento falar com ele sem pensar em toda a morte que aconteceu depois que nos separamos. Como enterrei todos da minha família, à exceção da Emília.

Há meses que a minha sobrinha e o paciente dele estão vivendo num mundo a dois. Nos olhos dela, antes sem vida, existe apenas uma pessoa. Fico observando-a quando sorri para o celular como se pouco a pouco os dias fossem menos dolorosos e um futuro estivesse sendo pintado em cores vibrantes. E sempre que vejo o quanto ela se modificou com a presença do Diogo, mais certeza tenho de que toda a dor que sinto ao conversar com o Leonardo não se compara à minha felicidade por saber que está dando resultado.

É véspera de Natal e foi um dia dificílimo para quem está aqui, principalmente para aqueles que foram abandonados na porta da Clínica, mas fizemos um jantar especial com familiares e voluntários. Como terminou cedo, aproveito para caminhar pelos jardins, onde ver tudo que conquistei acalma os pensamentos infelizes, mas essa tranquilidade termina quando o celular avisa o recebimento de uma mensagem.

Leonardo: Feliz Natal, Flor.

Por que ele sempre faz isso? Qual a razão para eu não conseguir bloquear o número dele de uma vez por todas?

Não tenho tempo para analisar meus pensamentos, pois recebo mais uma mensagem.

Leonardo: Consegues passar o Natal sem te lembrares de mim? Eu não.

E mais uma.

Leonardo: Lembras-te que passamos o teu primeiro Natal em Portugal naquele quarto minúsculo? Foi a primeira vez que dormi contigo. A cama era pequena e acordei com torcicolo, mas foi O MELHOR Natal.

E continua...

Leonardo: Desde que partiste nunca mais consegui passar o Natal com os meus pais. Estou no Alentejo com o meu avô. Lembras-te dele? Sempre foi o teu maior fã.

Claramente está bêbado. É fraco pro álcool e, numa das nossas discussões logo no começo das comunicações, na qual critiquei a ambição de ser perfeito, ele confessou ter um problema com a bebida. Quando namorávamos, ele só bebia um ou dos copos, e era coisa rara, quase sempre depois de discussões com o pai. Nessas ocasiões, ficava com discursos bem deprimentes. Isso sempre me preocupou, porque era como se ele alcoolizado proferisse todos os seus receios de forma mais honesta. Por mais que o lado arrogante e confiante parecesse frio para as pessoas de fora, eu sempre soubera que era uma capa que encobria todas as inseguranças que me fora confidenciando ao longo da nossa relação.

— Sozinha numa noite tão linda? — O vulto do Pedro aproxima-se e eu guardo o celular. Olho para trás e sorrio ao vê-lo tirar a roupa de Papai Noel que usou para entregar os presentes às crianças. Sim, é o tipo de homem que o Pedro é.

— Estou cansada. Acho que estou ficando velha e não consigo acompanhar a agitação da garotada — respondo, caminhando para um dos bancos onde nos sentamos lado a lado.

— Eles esbanjam energia apesar das limitações. Eu que o diga, tive que responder a mil perguntas antes de poder fugir, explicando que precisava entregar os presentes restantes a todas as crianças do mundo. — Passa a mão pelo pescoço, sorrindo para mim.

— Que coisa feia mentir para crianças inocentes! — Aponto meu dedo e começamos a rir.

— Que saudades — diz.

— Do quê? — pergunto.

— De ver você rindo. Deveria fazer mais vezes. Fica linda.

— Obrigada. Vou tentar, mas não prometo nada. Mudando de assunto, ganhou muito presente?

— Até um pintinho, acredita? Logo eu que sou vegetariano! Já estou com o porta-malas cheio. Vou deixar muita coisa aqui para vocês distribuírem a quem precisa.

— Sendo assim, já não precisa ganhar mais presentes.

— É... Veja bem... — Seu corpo se aproxima mais do meu. — Eu quero algo. Na realidade é o único mimo que eu desejo.

— O quê? — Os olhos, que são de cores diferentes devido à heterocromia, se fixam em mim. E as mãos apanham meu rosto.

— Um beijo.

Seus olhos vão se fechando com a mesma lentidão com que a boca se aproxima da minha. Como tudo nele, os lábios são suaves a tocar nos meus e, quando a minha boca se abre e a sua língua toca na minha, fecho os olhos e correspondo ao beijo curto e doce.

Sua testa se encosta na minha e ele volta a beijar minha boca.

— Eu te adoro, Rafaela, só preciso de uma oportunidade. — Repete o beijo suave e se levanta. — Não vou forçar mais, mas fico aguardando uma decisão. Feliz Natal.

Fico sem saber o que fazer, tocando nos meus lábios.

— Feliz Natal, Pedro.

No restante da noite, converso com a Emília, que narra a surpresa do Diogo em apresentar os seus pais via chat, me mostrando que ter alguém na nossa vida que nos ame é transformador. Já na cama, fico pensando no Pedro quando o celular começa a vibrar e recordo que não olhei mais para ele. Queria ter coragem de não ler o que ele escreveu, mas isso não acontece.

Leonardo: Se pudesse voltar atrás, nunca teria feito o que fiz contigo. Sei que me odeias, mas, Flor, eu também me odeio por tudo. Se me desses uma oportunidade, eu iria até ti neste momento e te convenceria de que ainda podemos ter uma chance. Sou miserável sem ti.

Vendo que tenho mais uma mensagem, abro-a, mas, para meu espanto, é do Pedro.

Pedro: Desejo que esteja pensando em mim, porque não paro de pensar em nós. Só quero uma chance.

Desligo o celular e tento não pensar na confusão que está a minha vida.

Rafaela
12

— Em que país você está? — pergunto com um sorriso, já sabendo a resposta.

— Desculpe, estava distraída. — Minha sobrinha pousa o celular no colo e voltamos a olhar para as crianças que brincam com o apoio de funcionários. Na Clínica tentamos proporcionar uma vida normal aos mais novos, para que tenham a infância mais saudável possível.

— Como vão as coisas com vocês?

— Muito bem. — Seus olhos brilham de felicidade. — O Diogo estava me mostrando fotografias de alguns lugares por onde viajou, e às vezes me pego imaginando que somos um casal comum. Sei que é bobagem e que talvez eu esteja fantasiando, mas cada vez mais penso em nós como casal.

— Não é bobagem. Há diversos relacionamentos com pessoas que se conheceram a distância. A mãe de uma colega minha de curso conheceu o marido através de cartas e ainda hoje estão casados e felizes. Como ela, existem muitas outras mulheres.

— Mas certamente nenhuma dessas mulheres é amputada e tem as cicatrizes e carrega o fardo gigante que trago comigo e vive um trauma sem fim e... O Diogo pode ser totalmente diferente dos homens que conheci, mas, no fim das contas, ele é homem. Além de tudo, com tantos homens no mundo, fui me apaixonar logo por um que trata o corpo como um templo.

Aproximo-me dela, deixando a sua cabeça cair no meu ombro.

— Acredito que um dia vocês se conhecerão pessoalmente e, quando ele olhar para você, vai ver que sim, é amputada e ainda tem um caminho a percorrer, mas é uma mulher bonita e que deseja dar a volta por cima. O Diogo não vai deixar de ter os mesmos sentimentos porque existe uma prótese no lugar da perna e o corpo tem marcas de sobrevivência. Com certeza ele vai entender.

— Tenho medo de que se ele me vir... as fantasias que tenho criado... sejam eliminadas quando a realidade tomar o seu lugar. Eu sei que não sou fácil.

— Que realidade?

— Que ele faça o mesmo que o covarde do Lucas.

— Isso nunca vai acontecer.

— Como você sabe?

— Porque, ao contrário do Lucas, o Diogo é um cara decente. E um verdadeiro homem não se rege por idade ou status, mas por caráter. Ele viajou pelo mundo em missões de paz. Viu o melhor e o pior da humanidade, por isso não será uma prótese que o assustará. Ninguém sai pelo mundo tentando fazer dele um lugar melhor para se assustar com uma mera prótese.

— Ele é maravilhoso, não é? — Seu rosto se ilumina todo e fica tão bonito quando sorri, e eu não poderia estar mais feliz por tudo que lhe tem acontecido.

Permanecemos mais um tempo sentadas até as crianças começarem a desaparecer dos jardins. A maioria volta para casa com os pais e é sempre uma imagem que me entristece, pois é visível o cansaço de muitos. Nesses minutos, queria ter mais poder para ajudá-los.

Várias horas depois, percorro os corredores da ala pediátrica e entro no quarto que procurava. Enquanto acaricio o cabelo da minha princesa, abaixo o rosto e beijo a sua testa com ternura e amor. Um amor que até há poucos anos pensava que já não pudesse ter em mim, mas ela mudou isso.

— Adormeceu faz tempo — a sombra envergonhada do Cauê fala do seu canto e eu já não me assusto quando ele aparece do nada. Nem as roupas escuras me causam estranheza. Raramente está longe da irmã, e eu senti a sua presença antes mesmo de me aproximar da cama.

— Tive uma reunião e não consegui sair mais cedo, mas a Carolina me entregou um presente da sua irmã e vim agradecer.

Levanto o braço e mostro a pulseira colorida.

— Você não precisa vir todos os dias. Eu consigo tomar conta dela. Fiz isso durante anos e não me custa nada. — Tenta ser bruto, mas é tudo menos isso. É o meu menino bravo com coração de ouro.

— Eu sei que não existe ninguém que cuide melhor da Liefde do que você, meu amor, mas eu virei mesmo assim, porque gosto demais dela.

— Não é normal. Você não é mãe dela, mas vem todas as manhãs e todas as noites. Compra roupa nova para ela quando aqui vestimos o que é doado. Ela não precisa de uma mãe porque já teve uma.

Suas palavras doem, mas sei que é isso que ele quer.

— Como já notou, aqui não fazemos as coisas como nos outros lugares.

Levanto-me, caminhando em sua direção.

— Cauê, eu nunca vou querer tirar o seu lugar na vida da Liefde, muito menos o da mãe de vocês, mas quero que ela saiba que é amada por muitos. A sua irmã merece ser amada, assim como você.

Passo a mão pelo seu rosto, mas logo me arrependo quando ele se afasta. O Cauê não permite que o toquem, muito menos no rosto. Os terapeutas que o acompanham acreditam que isso está relacionado com o abuso sexual a que foi submetido, e eu tento respeitar ao máximo as suas limitações.

— Basta só amar a Liefde. — O rosto continua baixo. — E eu sei que não quer roubar o lugar dela, mas tenho medo de que um dia a Liefde goste mais de você do que da nossa mãe, e isso é injusto.

— Nunca vai acontecer.

— Será mesmo? — A voz é tão baixa que tenho dificuldade em ouvir.

— Porque você jamais deixará de contar como a mãe de vocês amava os dois, nem eu.

Passo por ele, sabendo que ainda ficará mais horas observando a irmã dormir como se tivesse receio de que algo de errado pudesse acontecer.

— Descanse, porque amanhã teremos muitas atividades.

O Cauê é um garoto que apareceu na porta da Clínica carregando no colo a irmã, quando tinha quase sete anos, e ainda hoje me recordo desse dia em que descobri que podemos amar alguém à primeira vista.

— *Dra. Petra! Dra. Petra, a senhora precisa descer até a entrada, é urgente!*

A voz de uma enfermeira no corredor gritou por mim, fazendo com que eu saísse voando do escritório. Quando cheguei ao portão, encontrei um menino desnutrido, sujo e com marcas de sangue seco nos lábios, agarrando uma menina pequena mas corpulenta. Suas palavras eram as mesmas e repetiam-se em ciclo: "Chamem a dona Rafaela. Eu preciso encontrar a dona Rafaela."

— *Estou aqui. Estou aqui.*

Falei com calma, mas por dentro estava em pânico com aquela imagem. A cada passo que eu dava ia vendo mais feridas no corpo do garoto e, quando olhei o rosto da menina, não foi o fato de compreender que ela era portadora da Síndrome de Down que me marcou, mas o espanto por perceber que estava limpa e as roupas também pareciam novas. Era o oposto.

Só largou a irmã quando me viu. Assim que peguei a menina ele desmaiou, sendo de imediato carregado para a emergência da Clínica. Rapidamente meus colegas conseguiram descobrir que ambos tinham sido sexualmente abusados, porém os abusos da menina aparentavam ter sido realizados num passado mais distante, enquanto o garoto apresentava marcas recentes de sodomização. Bem mais tarde, e com a ajuda de depoimentos inocentes de uma criança Down, descobrimos que a Liefde fora abusada sexualmente pelo pai e que o seu útero sofrera danos irreparáveis.

Em relação ao Cauê, acreditamos que foi vítima de vários pedófilos, mas não conseguimos descobrir toda a extensão dos abusos. Sua bulimia tende a piorar, assim como a automutilação, os cortes nos braços tornam-se mais usuais sempre que tem crises. A única pessoa que consegue acalmá-lo é a pequena Liefde e, quando percebi que os dois iriam para orfanatos diferentes, fiz algo de que não me arrependo: menti e subornei a peso de ouro pessoas desonestas para forjarem documentos atestando que o Estado tinha me concedido a guarda dos dois. Sei que foi errado e que é um crime, mas não consegui imaginar como seria o futuro deles se fossem separados. O coraçãozinho de ambos não iria suportar e o Estado jogaria o Cauê num lugar qualquer, onde seu bem-estar físico e mental não seria a prioridade. E eu sabia que, se isso acontecesse, o garoto tentaria o suicídio.

❧❦❧

— Está indo para casa? — A voz da Carolina retira-me dos meus pensamentos.

— Estou.

— Então é melhor passar no seu escritório antes. Dei um pulinho lá e seu celular estava tocando.

Imediatamente coloco a mão no bolso, percebendo que não está comigo, o que raramente acontece. Meu celular é quase um membro do meu corpo.

— Obrigada, Carolina. Boa noite. — Passo a mão no seu braço e caminho em direção ao escritório.

— Até amanhã, Rafaela.

Ao chegar à porta, ouço meu inconfundível som de chamada e me apresso a atender. Vendo o prefixo de Portugal, congelo, mas, com esperança, tento acreditar que pode ser outra pessoa, afinal ele não é o único português com quem me comunico.

— Alô!

— Flor, não desligues. Por favor, escuta-me. Não precisas falar, mas, por favor, escuta-me. Prometo não falar do que aconteceu, mas hoje… hoje preciso falar consigo.

Não digo nada, mas também não desligo. Talvez hoje, apenas hoje eu possa deixá-lo falar como não tenho permitido.

— Não esperava que me desses esta oportunidade, agora nem sei por onde começar. Estava à espera de escutar o som de chamada desligada na minha cara. Já no passado, quando brigávamos, batias sempre o telemóvel na minha cara. Eu ficava furioso, mas sabia que fazias isto para não falarmos coisas de que depois nos arrependeríamos. — Respira fundo. — Estou nervoso.

Algo em mim se aquece com a declaração. Ele sempre comentou que eu era a única pessoa com essa capacidade.

— Queria perguntar-te como foi o teu dia, mas sei que não vais responder. Meu Deus, Flor, como queria falar sobre toda a merda que fiz e como ainda hoje me odeio por tudo aquilo. Eu sei, eu sei que não tens motivo para confiar em mim, mas se eu pudesse prometer-te que te faria feliz, desta vez iria cumprir.

Levanto a mão para desligar, percebendo que ele não consegue parar de falar no passado, mas paro quando ele recomeça.

— O meu avô fez noventa anos e acredito que tenha mais noventa pela frente. Lembras-te dele? — Aceno que sim já com os olhos marejados. Como poderia me esquecer? — Bem, fui passar o dia com ele. Continua a viver no meio dos campos de trigo e não quer ir para um lar, muito menos vir para o Porto, contudo aceitou ter uma enfermeira a viver com ele. Podes imaginar o quanto ela sofre com aquele homem teimoso que pensa ter vinte anos?!

Rimos os dois. Eu de forma silenciosa, e o meu coração se aperta com o som do riso dele. Uma das suas melhores características.

— Sempre que eu estou com ele acabamos a falar em ti. Pergunta se sei alguma coisa sobre a tua vida.

E o que você responde?, quero perguntar.

— Eu digo que continuas a expandir a Clínica e que o teu trabalho é reconhecido em todo o Brasil. Digo que permaneces fiel aos teus sonhos e que mesmo quando a vida bate de frente contra ti, não cais. Digo que continuas linda, a mulher mais linda que os meu olhos já viram. Porque, mesmo sem te ver ao vivo há uma década, tenho certeza de que as minhas palavras são verdade.

Volta a parar e consigo escutar o som do seu corpo se levantando. A respiração ainda continua tensa e me pergunto se consegue escutar a minha.

— Flor, não consigo visitar os campos de girassóis sem relembrar tudo que fizemos neles. Fico fechado dentro de casa e recuso-me a passear com o meu avô por eles. Ainda hoje eu recordo tudo que contaste sobre as lendas que os envolvem. — Neste momento, as minhas lágrimas escorrem. — Também, como posso caminhar por aqueles campos sem relembrar que foi entre eles que te olhei e compreendi que te amava como nunca pensara? Eu já sabia que estava apaixonado, mas quando colocaste um girassol no teu cabelo e disseste, de sorriso enorme, que ele retira a tristeza de dentro de nós, eu sabia que tu eras a tal. A minha vida ficou tão melhor contigo nela.

Volta a expirar, permanecendo em silêncio, e eu quero lhe contar que seu avô disse para eu ter sempre um girassol comigo. Colher um toda vez que me sentisse triste, sem imaginar que sempre coloco um no quarto da Emília, na esperança de que as lendas sejam verdadeiras e aquela flor cure a minha sobrinha.

— Outro motivo para não conseguir estar naqueles campos infinitos são as lembranças daquela tarde em que fizemos amor entre eles. Lembras-te? Porque eu ainda consigo sentir aquela terra seca nas minhas costas e as tuas mãos abertas no meu peito. Consigo ver-me deitado contigo sobre mim a lentamente subir e descer. Sempre que abria os olhos via o teu cabelo loiro entre o amarelo dos girassóis e quase explodia de prazer. As minhas mãos ainda se lembram do peso dos teus seios que segurei e... porra, eu não consigo ir para lá por saber que fiz merda e perdi o melhor que aconteceu na minha vida.

As mãos tremem, o corpo vibra, as memórias fluem para o passado e quase não consigo controlar a vontade de falar com ele. Dizer que me recordo de tudo da mesma forma.

— Preciso parar de reviver esse dia ou dou em louco. Flor, eu quero que saibas que tudo o que fiz... eu sei, eu sei que foi a pior coisa. Que não dá para apagar e não foi um erro simples. Tenho nojo de mim e só de pensar sinto uma enorme vergonha, mas, se um dia conseguires, perdoa-me.

Não é possível.

— Consigo ouvir o teu choro na respiração. Não quero que chores mais. Não por mim. Não depois de saber tudo aquilo que viveste. Talvez, e desesperadamente, gostaria que me perdoasses, mas, se soubesse que eras feliz com alguém, eu me afastaria na hora para não te fazer chorar mais por mim. Porque mereces a felicidade que não te dei.

Penso em dizer que estou dando uma oportunidade a um homem que está apaixonado por mim há anos. Que tenho tentado seguir em frente, mas não falo nada, preferindo escutá-lo.

— Eu sinto falta da nossa intimidade. Se nada que eu falar parecer verdade, quero que saibas que nunca ninguém conseguiu me fazer tão feliz quanto tu, e mesmo que nunca nos cruzemos nesta vida, fica sabendo que foste a melhor parte da minha. Aquela que eu mais prezo. Obrigado por me escutares e... feliz aniversário, Flor.

Não aguento mais e desligo.

Leonardo
13

𝓕az uma semana que o Diogo entrou no meu escritório em pânico porque a Emília tinha escrito uma mensagem de despedida. Nesse instante compreendi que ele precisava saber os verdadeiros motivos para a mulher que ama ter cortado o contato de forma repentina, por isso dei-lhe o endereço da Clínica e no dia seguinte ele partiu para o Brasil. Hoje, após vê-la frente a frente, descobriu sobre a amputação e como, aos olhos da Emília, o fato de não ter parte de uma perna a diminui como ser humano.

Nesse mesmo dia conversei com a Rafaela para vermos como poderíamos resolver tudo. Hoje estou no Brasil sentado num carro ao lado do Diogo, com o meu coração a ser esmagado pela falta de oxigênio. Não consigo respirar, pois sei que daqui a uns minutos vou estar com ela pela primeira vez em dez anos.

— Preparado? — A voz do Diogo abafa os tremores que sinto, mas tento não deixar transparecer a angústia.

— Isto é sobre ti, não sobre o meu passado — relembro a ele.

Como o local de encontro escolhido foi o restaurante do hotel onde estou hospedado, o ambiente é mais intimista.

Quando uma cabeça loira se ergue e nos olha, sinto o meu corpo a colapsar.

As minhas mãos voltam a tremer e eu desapareço na minha mente numa tentativa falhada de acalmar o corpo.

Não existe Diogo, nem pessoas à minha volta.

Não existe a música do piano, nem o som das conversas que preenchem o ambiente.

Não existe nada e, contudo, os meus ouvidos sangram com o som do meu coração.

Os meus olhos ardem e pisco-os lentamente para não verterem emoções que raramente demonstro.

As minhas pernas perdem força e somente um milagre permite-me não cair neste instante. Não tenho forma de descrever tudo que sinto ao vê-la à minha frente. Não foi um ano de ausência, não foi uma separação normal.

Ela se levanta e vagas tumultuosas embatem contra o meu corpo. Elevo a cabeça na tentativa de não me afogar. Sempre que venho à tona outra onda surge. Não consigo respirar. A cada passo que nos une, mais no fundo do oceano me encontro.

Flor...

Cabelos sem as ondulações rebeldes, mais suaves.

Olhos verdes sem alegria de vida, porém brilhantes.

Lábios sem o sorriso doce, mas ainda volumosos.

Vestido que a favorece, todavia sem as cores alegres que preferia.

Não é ela, entretanto tudo é igual.

Continuo a olhá-la porque, apesar de tão diferente, está mais bonita do que nunca.

Ela olha para mim com a mesma intensidade. O meu azul mergulha no seu verde, e tanta coisa passa entre nós. Quero esfregar o peito que arde, mas estou paralisado.

Quando percebe que não estamos sozinhos estende a mão e cumprimenta o Diogo de forma doce, mas a tremer. Não é a única.

Continuo a observar-lhe o corpo, a postura, e como ela se modificou ao longo de tanto tempo. A mão, que anteriormente tocou a do Diogo, estende-se na minha direção e é como se os relógios parassem para nos ajudar.

Aproveita o momento, dizem eles.

— Oi, Leonardo. — A voz vacila ligeiramente, mas nada em comparação com a mão. Meus dedos se fecham em volta dos dela e meu polegar começa a rodar na sua pele. Queimo-me com flashes das vezes em que passeava por todo o seu corpo sem pedir permissão, pois ela era minha como eu dela. Apenas com a Rafaela o toque foi uma constante, uma necessidade. Uma perdição. Um vício. Nenhuma outra foi tocada como ela.

— Olá, Flor — sussurro no seu ouvido com vontade de puxá-la para mim e por isso decido afastar-me. — Vou deixar-vos a sós para conversarem mais à vontade. Estarei no bar. — Aponto para o local e, sem conseguir falar mais uma palavra, encaminho-me para longe daquela de quem quero estar perto.

Fico sentado no bar com o corpo virado para a mesa onde estão. Continua linda, porém a expressão está marcada por uma tristeza perpétua. Quando, passadas horas, vejo rios de lágrimas a cobrir-lhe o rosto, levanto-me e dou dois passos na direção da mesa até ver a mão do Diogo bater delicadamente na mão dela, o que a faz sorrir. Ciúmes doentios apoderam-se de mim. Deveria ser eu a acalmar o seu choro. *Hipócrita*, penso sobre mim e volto a sentar-me. Continuo a beber e tento parar de olhar.

Impossível.

A conversa de ambos termina e sigo o corpo da Rafaela até desaparecer da minha visão, mas, de repente, o Diogo volta a chamá-la. Ambos olham para mim e, depois de algumas palavras trocadas, ela começa a caminhar na minha direção. Ergo o copo em forma de agradecimento ao Diogo e vou ao encontro da mulher que me consome.

Aproximamo-nos um do outro como dois animais amedrontados que, depois de viverem em cativeiro durante vários anos, ficam desconfiados quando alguém abre a jaula.

O seu corpo encaixado em saltos altos faz com que o rosto fique quase ao nível do meu, e, quando vejo linhas pretas na sua face, consequência de lágrimas, tento limpá-las, mas ela retrai-se como se a fosse magoar.

— Só vim agradecer toda a ajuda. Eu acredito que o Diogo e a minha sobrinha tenham um longo e árduo caminho pela frente, mas hoje compreendi que não existe alguém mais capaz de fazer a Emília feliz do que ele. Obrigada, Leonardo.

Agarro a sua mão quando ela se vira e começa a ir embora sem se despedir.

— Janta comigo. Apenas um jantar — peço.

— Estou cansada e não temos nada para conversar. — As olheiras dizem que é verdade. Depois de horas com o Diogo, acredito que nem tenha forças para estar de pé, mas sou um filho da mãe, e depois de tê-la visto não quero deixar que o seu rosto volte a ser uma mera recordação na minha memória.

— Só um jantar. Conheço-te e sei que vais pensar na conversa que tiveste com o Diogo. Estás cansada para conduzir. Não precisamos falar sobre o passado. Prometo. — Coloco a mão sobre o meu peito em juramento e vejo algo no olhar dela mudar.

— Uma taça de vinho e nada mais. Não faço isso por você, mas pelo Diogo. Ele não esconde o quanto te admira e, independentemente de tudo, você veio de muito longe por ele.

— Ele precisa de mim. Eu tinha que vir. Agora sei que devemos ir atrás de quem é importante.

— Preciso ir ao toalete. Volto já.

— Ok. Vou pedir uma mesa.

Enquanto fico sentado à sua espera, observo como os homens olham o seu corpo quando volta, e me questiono por que nunca se casou quando, claramente, continua a ter o mesmo efeito sobre todos.

— Apenas uma taça, Leonardo — avisa, a sentar-se.

— Combinado — concordo e levanto-me educadamente.

⁂

— Onde está a chave? — A sua mão procura nos meus bolsos e segundos depois a porta está aberta. A Rafaela continua a segurar o meu corpo até eu ficar encostado à parede. Observo-a pousar o cartão na mesinha juntamente com o casaco que lhe emprestei quando percebi que estava com frio. Tantos anos se passaram, e ainda não coloca um casaco.

— Vais embora? — pergunto quando ela começa a caminhar na minha direção, que também é a da porta.

— Sim, Leonardo.

— Mas também bebeste.

— Vou chamar um Uber.

Quase de saída, o seu braço toca em mim e eu prendo-a entre a porta e o meu corpo.

— O que está fazendo? — O seu corpo se arrepia e encosto mais o meu, a passar o nariz pelo seu cabelo. — Ambos bebemos. — A voz enfraquece e a testa encosta-se na porta.

Sopro com leveza e parte do seu cabelo voa, a revelar o pescoço.

— Leonardo — sussurra e eu beijo-a ali uma e outra vez. — Pare — murmura, e o meu corpo é empurrado quando ela se vira, a ficar com o rosto perto do meu. — Não podemos. Não devemos. Não quero ser o tipo de mulher que abomino — fala baixinho, mas os nossos corpos se aproximam ainda mais.

— Passa a noite comigo? — peço para a sua boca, a mesma que quero beijar.

— Não. Afaste-se, por favor. Está me magoando. Não quero mais dor, não agora que comecei a sorrir.

Afasto-me dolorosamente para o outro lado do quarto ao ver a convicção no seu olhar. Coloco as mãos nos bolsos e vejo-a a respirar fundo. Em silêncio, arranja a roupa e começa a abrir a porta.

O som do puxador dá-me coragem.

— Flor! — Ela solta a maçaneta, mas não se vira. — Sou eu, o Leo. O *teu* Leo. — Um gemido sai da sua boca, que rapidamente tenta encobrir com a mão, e eu ganho coragem. — Sou eu, Flor, o Leo. Somos nós dois juntos.

Eu não caminho. Ela não se vira.

— Tu sempre foste a minha Flor. A única. Nunca houve outra.

Ela olha para mim, e o seu rosto começa a se cobrir de lágrimas.

— Leo?

— Sim, sou eu, Flor.

Ela continua a olhar para mim com lágrimas a escorrer e eu corro antes que ela fuja. Corro para ela, por ela, por nós. Corro pelo tempo que fugiu.

A minha mão apanha a sua cabeça e quando a boca se abre com espanto eu desço a minha e a beijo com paixão. Imediatamente as suas mãos apanham o meu cabelo com força e o beijo é retribuído com a mesma intensidade.

Finalmente sinto que cortei as algas que me prendiam ao fundo do mar e nado rápida e desesperadamente até a superfície.

Beijá-la é voltar a respirar.

Os sons das nossas línguas, bocas e mãos a tocarem-se preenchem o quarto com erotismo.

Beijo-a como se a minha vida dependesse dela. O meu corpo se aproxima do seu até sentir todas as suas curvas na minha dureza. E a minha mão puxa o seu vestido para cima, a pegá-la em seguida, a fazer as suas pernas rodearem a minha cintura. Caminho para trás até os meus joelhos embaterem na cama e eu me sentar com ela no meu colo.

Desesperadamente, ela puxa o vestido mais para cima e se posiciona de forma a que nossos centros quentes e úmidos se toquem. Não consigo falar com o prazer, pois todo o meu sangue desceu. Coloco as mãos na parte do seu corpo que roda sobre mim, e juntos criamos um ritmo que nos enlouquece, principalmente por conseguir sentir o quanto me deseja mesmo através das camadas de roupas que ainda teimam em nos separar. A minha mão direita abandona o seu quadril e desce até onde ela arde. Puxo o tecido umedecido para o lado, a substituí-lo pelos meus dedos que rodeiam toda a zona até estarem encharcados com o seu prazer.

— Aaah! — grita, a morder a minha orelha quando dois dedos entram no seu corpo, e quase apago com a sensação.

Apressadamente, ela retira o vestido, abre a minha camisa sem se preocupar com os botões que saltam pelo caminho, e eu baixo a calça e a boxer numa eficiência que desconhecia.

Pego no seu corpo, retiro-lhe o sutiã e levo um seio à boca ao mesmo tempo em que a pouso na cama e a cubro com o meu corpo.

— Eu quero mais! — exige num gemido gutural, enquanto abre as pernas e permite que eu me encaixe onde sonho. Sem delongas, entro nela, e um ganido sai em uníssono.

Olhamos um para o outro durante longos segundos, conscientes de que aconteceu. Somos novamente um. Percebemos nessa troca de olhares que nunca poderemos negar como os nossos corpos se reconhecem e se encaixam tão perfeitamente.

Tremo com a força que faço para controlar o corpo e acalmo-me ao perceber o desconforto dela com a intrusão. Aquela parte animalesca e primitiva fica satisfeita por saber que essa pequena dor deve-se à ausência de relações sexuais, e quero dizer-lhe que desde que ela me ligou nunca mais estive com outra mulher porque sabia que seria impossível.

Com força, ela me empurra e fica novamente por cima de mim. Eu nos puxo até estar sentado e encostado à cabeceira, e ela começa a se movimentar com intensidade, a fazer com que todos os pensamentos desapareçam.

Amo-te, quero dizer-lhe. Gritar enquanto entro nela com virilidade.

Amo-te, Flor. Tanto que dói não poder dizer-te, mas silencio os pensamentos.

As nossas bocas continuam a gladiarem-se e aumentamos o ritmo até ela deixar cair a cabeça sobre o meu ombro, a mordê-lo e gritar nele. Abraço-a e, com ela sentada sobre mim, penetro-a com energia e desespero, a sentir que se prende a mim com toda a força. O som dos nossos corpos a embaterem um no outro percorre as paredes, mas são os gemidos da Rafaela que me levam à loucura e eu mudo a posição, a deitá-la na cama por baixo de mim sem nunca nos separarmos. Entro e saio do seu corpo a ouvir os seus uivos de prazer e baixo a cabeça, a apanhar os seus seios, ao mesmo tempo que os meus dedos circulam o seu centro até um grito ecoar no quarto acima de todos os outros sons que fazemos, e, ofegante, deixo-me ir.

Ficamos deitados a respirar com força depois da intensidade. Passado um tempo, pego com carinho no seu rosto e quando ela abre os olhos beijamo-nos. Meus dedos secam algumas das suas lágrimas em silêncio. Beijo a sua boca sem nunca desviar o olhar. Preciso que veja o que sinto por ela e, quando suas mãos acariciam o meu cabelo em movimentos lentos e meigos, percebo que quer mostrar que também está a sentir o mesmo. O desespero anterior passa a reverência e eu volto a beijar os seus lábios, agora amorosamente. As minhas mãos começam também a acarinhar o seu cabelo com ternura. O verde e o azul continuam fundidos na intensidade e os meus lábios percorrem todos os cantos do seu rosto como sonhei durante tantos anos. Beijo cada lugar até as nossas testas se encostarem. Seguro o seu rosto com delicadeza e volto a beijá-la como se não houvesse amanhã.

As suas mãos posicionam-se em cima das minhas como se estivesse a dizer que necessita desse carinho. Um misto de prazer e culpa abate-se sobre mim. Eu deveria ter feito isto todas as noites. Beijá-la com ardor e desespero quando os nossos corpos pedissem prazer e beijá-la apaixonadamente para ela nunca duvidar do quão maravilhosa é. Ou, simplesmente, tê-la em meus braços quando precisasse de afeto.

— Leo. *Meu* Leo — chama, a olhar para mim.

Ficamos abraçados durante muito tempo, mas, quando começo novamente a tocar no seu corpo, sinto-a nervosa e compreendo que está consciente da sua nudez.

— Estás ainda mais linda, Flor — murmuro no seu ouvido, a beijá-la.

Não é um beijo de reencontro desesperado, nem lento de carinho. É um tocar de bocas que promete mais. As minhas mãos encontram os seus seios redondos e pesados e os meus dedos acariciam as pontas excitadas, retirando lamúrias ofegantes dela ao mesmo tempo em que a minha boca continua entre beijos e mordidas.

Volto a segurar o seu rosto quando me posiciono e vejo novamente algo passar no seu olhar. Estes momentos em que ela pensa assustam-me porque não sei o que vai na sua mente.

— És linda — falo nos seus olhos e volto a beijá-la. — Deixa-me cuidar de ti, Flor — imploro.

Este momento não é o sexo animalesco de dois amantes que tentam fazer as pazes, não é o ato de duas pessoas que procuram prazer. Não. Isto é o começo da minha redenção.

— Olha para mim, Flor — peço, a segurar o seu rosto e ver as lágrimas.

— Leo. — Os dedos dela passam pelo meu nariz, pelos meus lábios, e fecho os olhos quando acariciam devagar as sobrancelhas, como se fossem pincéis.

— Sim, Flor. O *teu* Leo.

— Leo — sussurra novamente, como se precisasse confirmar quem sou.

— Estou aqui. Ficarei contigo, Flor. Prometo.

— Não prometa. Não me faça acreditar. Não minta mais para mim.

— Nunca mais te magoarei. — Fico desesperado.

— Não quero falar. Não vamos falar. Apenas me beija! — suplica.

— Perdoa-me. Perdoa-me, Flor — imploro entre beijinhos carinhosos. — Perdoa-me e deixa-me cuidar de ti como deveria ter feito.

— Por favor, não vamos falar. — Puxa o meu corpo para o dela e eu cedo.

Fazemos amor com a lentidão e a ternura que nunca consegui com mais ninguém, mas, antes de adormecer, ainda consigo escutá-la.

— Só queria que você nunca tivesse me deixado. Que jamais tivesse feito o que fez comigo.

Leonardo
14

Acordo e não preciso virar o corpo para saber que ela não está mais aqui. Por muito que as minhas mãos desejem que eu esteja errado, pois apalpam o lençol, o frio da ausência da Rafaela é gritante. Estou sozinho. Sem olhar para o outro lado da cama, sento-me com os cotovelos em cima dos joelhos e esfrego o rosto inúmeras vezes, a observar a luz do sol que entra envergonhada pelas janelas do quarto de hotel.

Como pude acreditar que uma noite intensa como a que tivemos bastava para apagar tudo?

Se é que um dia... de fato acreditei.

Passei a noite toda a tentar relembrá-la como juntos somos bons. Que o nosso nível de intimidade é surreal e raro, mas de nada adiantou.

Levanto-me, olho-me ao espelho e fico em dúvida se entro no chuveiro, ciente de que irei eliminar a Flor de mim, ou se me visto e parto; contudo, o reflexo de um papel chama a minha atenção e corro para pegá-lo.

Leonardo,

Há anos a nossa vida mudou e, consequentemente, eu mudei. Não sou a mesma que um dia conheceu. Infelizmente não somos donos do nosso destino, apenas das decisões que tomamos, e depois temos que viver com as consequências das mesmas. Passar a noite com você foi uma decisão mútua, mas foi apenas isso, uma noite. O que aconteceu neste quarto foi a despedida que nunca tivemos oportunidade de ter. Apenas isso. Uma noite em que voltei a ser aquela garota que acreditava que palavras lindas curavam tudo. Que promessas eram para serem cumpridas.

Encerramos um capítulo demasiado longo das nossas vidas e não podemos continuar com o pensamento fixo no que fizemos no passado; acredite, não dá certo. Resta-nos viver o presente da melhor forma possível e não cometer os mesmos erros.

Peço que não me procure. Não há nada mais que nos ligue, mas quero lhe agradecer por tudo que fez pela minha sobrinha. Quando tomei a decisão de pedir ajuda sabia que iria abrir feridas antigas, porém o meu amor pela Emília é maior do que qualquer sentimento doloroso que tenha em relação a nós dois. Sem você ela ainda estaria em sofrimento e, por isso, eu lhe serei eternamente grata, mas nada mais.

Fique bem e, mais uma vez, obrigada.

Rafaela

Leio a carta vezes sem conta e, como sempre, bebo para tentar esquecer tudo o que fiz de errado. Como deixei o orgulho me cegar.

A bebida me traz coragem. Então, parto em direção ao inevitável.

As estradas começam a dar lugar a ruas com diversas habitações e pouco a pouco surge um muro alto.

— Faz parte da Clínica? — pergunto ao motorista.

— Sim. Todo esse terreno, e tem gente que pensa que estou exagerando.

— Você conhece?

— Sim, senhor. A Clínica é bem famosa por estes lados. Uma coleguinha de escola da minha filha faz tratamento aqui.

Continuo a olhar e fico mais nervoso à medida que chegamos.

— O senhor quer que eu entre ou que eu espere aqui fora? — pergunta quando um portão com um segurança surge à nossa frente.

— Espere por mim cá fora. — E lhe entrego uma nota de cem.

Respiro fundo e saio do carro.

Caminho como se tivesse receio do que irei ver, mas sem imaginar a imensidão.

— O senhor precisa de alguma coisa, alguma informação? — indaga o porteiro, e quero dizer-lhe que preciso entrar e ver detalhadamente o que ela fez, mas não é necessário. Olho para tudo e sei que posso voltar para Portugal, porque ela não precisa de mim.

Tu conseguiste, Flor. Tu conseguiste tudo.

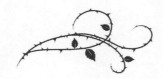

3ª PARTE

A distância é curta quando se tem um bom motivo.

JANE AUSTEN

Orgulho & Preconceito

Rafaela
15

Um mês depois.

Uma explosão de cores preenche a Clínica.
— Como estou? — O som de uma voz com alguns problemas de dicção alcança os meus ouvidos.

Sempre que olho para a Liefde, sinto um aperto no peito.

— Linda! — Continuo pintando seu rosto com tons brilhantes e fica difícil não sorrir quando ela está tão feliz.

Muitas pessoas olham para a Liefde e sei que veem o seu rosto marcado pela Síndrome de Down, porém, se olharem uma segunda vez, verão apenas amor.

— Você também! Muito! — Bate os lábios para espalhar o batom.

Ponho-a no colo, sentindo o calor que emana de seu corpo, e fecho os olhos para registrar este momento na minha memória. Caminho pelos jardins com ela, e vários pais perguntam se é minha filha, pois muitas vezes ela me acompanha quando estou fazendo visitas a pacientes e familiares.

Não, não é, respondo, porém queria dizer que dentro do coração é como se fosse. Até porque eu sempre me imaginei com uma família grande, o que, infelizmente, não aconteceu, e nem creio que será uma realidade futura. A Liefde entrou no meu coração na primeira vez em que a peguei. Era como se a sua presença na minha vida fosse uma dádiva. Amo-a com intensidade e não sei amá-la de outro jeito, mesmo sabendo que não nasceu de mim.

❧ ❧

Este é o Carnaval com mais público. No começo os moradores e as escolas não aceitaram os nossos convites para festejar a data conosco e doeu um pouco, mas os voluntários e os profissionais trouxeram os familiares e conseguimos criar uma bela festa. Nos anos seguintes, pouco a pouco as pessoas foram surgindo e o desconforto inicial desapareceu. Acredito que em muitos casos o preconceito é por falta de informação, em outros é pura maldade de mentes idiotas e, finalmente, existe o desconcerto inocente dos que não sabem como lidar com algumas peculiaridades dos nossos pacientes. Não é fácil interagir com um deficiente quando não há um convívio diário, então é ainda mais difícil vir a uma festa com portadores das mais diferentes e marcantes deficiências. O bom é que o público começou a conviver e a entender melhor que cada pessoa é apenas isso, uma pessoa. Não um louco, um aleijado, um coitado, mas apenas outro ser humano. Alguns convidados foram nossos pacientes, como é o caso da Paola, que está pintando pacientes com a ajuda do marido e da filha dele, a Sol. Os três, pintados na temática do universo, são das coisas mais lindas de se ver.

— Oi, Paola. Como está indo tudo?

— Muito bem. Este ano todo mundo preferiu vir para cá — comenta, olhando em volta. Os jardins estão lotados, e eu não poderia estar mais feliz.

— Sim, por isso, se precisar dar uma descansada, fale. — Imediatamente, a mão gigante do André acaricia a barriga proeminente da Paola, beijando-lhe o rosto de forma carinhosa, e fico muito feliz por eles.

O André é um homem que prende o olhar por ser extremamente alto e musculoso, mas foi o seu jeito meigo de pai coruja que conquistou a Paola. Ao contrário do marido, ela chama a atenção porque o rosto está bastante desfigurado. Uma das faces, completamente. Onde falta beleza exterior, compensa com o mais lindo dos corações.

— Estou ótima... estamos ótimos. — Pousa a mão sobre a do André, e me sinto constrangida por invadir o mundo deles. — Acho que ele está mais nervoso do que eu, e a Sol mais ansiosa do que todos juntos.

— Mamãe falou que eu vou poder escolher o nome do meu irmão ou irmã. Eu quero que seja um irmão porque o papai tá sempre falando que é muita mulher mandando nele e que precisa de um homem que fique do seu lado quando a gente decide que filme vai ver no cinema. Aí eu falei que ele tem o Cometa pra brincar e não ficar resmungando. — A Sol, como sempre, fala sem parar quando tem confiança nas pessoas.

— Cometa? — questiono.

— O nosso cachorro. Ele é assim como a mamãe. Não tem uma orelha e tem focinho com marcas porque foram maus com ele, mas é muito fofinho. E corre tipo assim, zim... zum. Eu até fico tonta quando ele corre sem parar e até preciso me sentar, mas ele tããão fofo. — Abraça o próprio corpo com movimentos que me fazem lembrar uma personagem do filme *Meu Malvado Favorito*.

A Paola foi quase morta por um cachorro e nem conseguia se aproximar deles sem entrar em pânico, por isso fico admirada com essa notícia.

— O Pedro achou que eu deveria começar a ser voluntária num abrigo de animais, e eu vi que existem muitos como eu — ela se explica, e fico ainda mais feliz em saber que, pouco a pouco, sua vida está melhor.

São casos como o da Paola, do André e da Sol que me dão força. Talvez muitas pessoas não acreditassem que uma mulher tão pequena e com feições tão destruídas pudesse ser amada com tanta intensidade, mas, provando aquilo em que acredito, devemos olhar além da aparência, ou corremos o risco de perder a maior história das nossas vidas.

Horas depois, ainda estou esbanjando energia e sinto o corpo leve de tanta alegria. Todos os anos as pessoas ficam espantadas quando apareço fantasiada e a minha vontade é dizer que esta, a que ri, gosta de cores. E que ser feliz é uma parte que ela enterra quase o ano inteiro, mas não faço isso. Que, ao contrário de muitos, no Carnaval eu gosto de ser eu.

Termino a dança com um caubói de doze anos, e quando me preparo para dar mais uma volta pela festa, uma mão me prende o braço e eu rodo. Toco um peito e, sem precisar elevar o rosto, sei quem é.

— Olá, Flor. Ou devo dizer: olá, bonequinha? — cumprimenta como se fosse algo normal e eu fico sem saber o que fazer, dando liberdade a ele para colocar o braço em volta do meu corpo. — Tão bom ver que voltaste a usar cores alegres, e esse penteado não poderia ser mais lindo. — O safado puxa um dos lados do meu cabelo. Fiz maria-chiquinha com pequenos laços nas pontas.

Sim, estou vestida de boneca!

— O que está fazendo aqui? — questiono, saindo do seu abraço e dando um passo atrás. Não sei se devo ficar mais mortificada por ele estar aqui ou por me ver assim, principalmente depois do nosso reencontro.

— O mesmo que tu. — Sacode os ombros como se o que está dizendo fosse lógico.

— Não estou entendendo.

— Estou a trabalhar.

— Como assim?

Ele pousa um dedo indicador sobre os lábios, como se estivesse pensando em algo.

— Achei que tivesses sido notificada, mas talvez tenha havido um ligeiro atraso na informação, visto a minha chegada estar prevista só para daqui a uns dias.

— Leonardo, fale português do Brasil se for preciso, pois não está fazendo sentido algum, e, pelo amor de Deus, tire essa expressão que em nada condiz com você.

O seu dedo sai dos lábios e as costas se erguem como se crescesse meio metro.

— Muito bem. Sou o novo professor que vai orientar os estagiários de psicologia que estão a participar do projeto que a Clínica tem com a Universidade do Porto.

Apenas a força divina faz com que eu não desmaie neste instante, por isso empurro-o e começo a caminhar em direção ao meu escritório com o intuito de esclarecer essa brincadeira. Ele caminha atrás de mim.

— Onde vais? — pergunta com humor na voz e isso me irrita ainda mais.

— Vou já desfazer esse engano. Você não pode trabalhar aqui, isso deve ser alguma brincadeira de mau gosto, e eu não tenho tempo *nem paciência* para isso! — Meu andar é furioso.

— Não estou a brincar! — Acelera o passo e apanha novamente meu braço. Desta vez o seu olhar é sério. — Isto não é uma brincadeira. Assinei contrato e tenho tudo organizado com a universidade e a administração da Clínica.

— A Clínica é minha, ouça bem: minha! Eu decido quem trabalha aqui, e não eles! Este projeto é meu, Leonardo!!! — grito, enfurecida.

— O contrato que fiz foi pelo projeto da universidade, e o poder de decisão não é teu, mas de quem o patrocina anualmente. Imagina a alegria deles quando eu aceitei participar deste projeto. Na importância do meu nome para tudo que será feito e na credibilidade que irei trazer. Não sejas imatu...

— Seu canalha arrogante! — Estou fervendo de ódio pela traição da minha equipe. — Pois pode ir embora imediatamente. Nem quero saber se assinou a porcaria de um contrato! Não te quero aqui. Ouviu?

— Não vou embora. Se achas que não te consegues controlar perto de mim, não tenho culpa. Estou aqui para trabalhar, e sabes perfeitamente que sou bom no que faço. Bom, não. Excelente.

— Claro que sei que é bom no seu trabalho, para você o trabalho está sempre em primeiro lugar. O restante nunca importou. *Eu* nunca importei! — Misturo tudo na confusão de emoções.

— Tu importavas, ainda importas e sabes bem! Achas mesmo que não estou aqui por ti? Claro que vim por ti, afinal acredito que ainda temos muito por viver.

— Ou veio porque viu o que fiz e agora quer ficar com parte dos louros? Quer roubar algo que é meu e só meu? É isso?

— Sabes bem que não é verdade. Posso ser culpado de muita coisa, mas tu conheces-me. Talvez estejas a confundir-me com o médico com quem ficas sentada à noite.

Como ele sabe sobre o Pedro?

— Então são ciúmes por eu estar com alguém? É isso? Quem te dera ser um terço do homem que o Pedro é. E pode ir embora porque não é permitido entrar na festa sem fantasia. — Empurro-o com força.

Não me orgulho da minha atitude, mas sempre que eu e o Leonardo brigávamos agíamos como dois perfeitos idiotas, e nem com tantos anos as coisas mudaram.

Sem esperar, ele leva a mão ao bolso e retira um nariz de espuma vermelho, colocando-o calmamente.

— Agora já posso ficar. E tenciono ficar durante muito tempo.

— Vá à merda com a porcaria do seu nariz! — Retiro o pedaço de espuma com força, atirando-o no chão e pisando nele. Em seguida empurro novamente o Leonardo e caminho apressadamente para o meu escritório, mas ele não desiste.

— Pare de vir atrás de mim. Juro por Deus que não estou achando graça no que está acontecendo.

— Para de fugir e conversa comigo.

Acelero e, quando entro no meu escritório, tento fechar a porta, mas ele é mais rápido e forte do que eu.

— Leonardo! — aviso exasperada quando ele entra e, com uma suavidade tão contrastante com o meu nervosismo, senta-se na cadeira, observando o ambiente.

Levo os dedos à cabeça que lateja.

— Preciso voltar para a festa e não estou com a mínima vontade de conversar com você. Faça-me um favor e vá embora antes que a minha dor de cabeça piore.

— Só quero conversar. — Continua totalmente relaxado.

— Conversaremos amanhã. Não vê que hoje não é dia para conversas? Por que apareceu hoje? Por que apareceu na minha vida? O que está fazendo aqui?

— Já disse o que vim fazer.

— Por acaso tenho *otária* escrito na testa? — Aponto para o lugar mencionado.

— Queres a verdadeira razão?

— Não, prefiro que minta. O que acha?

— Vim por ti, por nós. Sei lá. Vim porque este mês sem ti foi horrível.

— Horrível? Horrível? — Sinto que perdi toda a calma. — Um mês horrível? Você por acaso sabe o que é horrível, seu playboyzinho mimado? Leonardo, isso não é horrível. Saber que o meu pai se suicidou porque a doença levou a melhor, *isso* é horrível. Ser rejeitada pela própria mãe, *isso* é horrível. Perder a irmã, o cunhado e os sobrinhos, *isso* é horrível. Ver a única sobrinha sobrevivente perdendo parte da perna, ficando sem noivo e sem família, *isso* é horrível. Correr para um hospital no meio da noite porque ela tentou se suicidar, *isso* é horrível. Chorar todas as noites durante anos, ser o apoio da Emília, conduzir a Clínica e lutar por um apoio financeiro que a porcaria deste país teima em não dar, *isso* é horrível. Querer ter alguém para abraçar no final do dia e ouvir que tudo ficará bem, mas perceber que não há ninguém, que estou só, *isso* é horrível. Ser abandonada pelo homem que amava e viajar sozinha para o Brasil depois de ser chamada de puta pelo pai dele, *isso* é horrível. Não ver o homem que amamos agir corretamente, *isso* é horrível. Aliás, *horrível* nem chega perto de descrever tudo que eu vivi. Por isso faça-me um favor e não se queixe da sua vidinha de luxo e sem preocupações. Não há nada para ser dito. Estou cansada e você conseguiu estragar o único dia do ano em que sorrio verdadeiramente. Como sempre, você estraga a minha felicidade. Você me odeia tanto assim para aparecer aqui logo hoje?

    Sei que as minhas palavras o machucaram e me arrependo de imediato, mas é tudo verdade.

— Sou incapaz de te odiar e, por tudo o que viveste, só consigo amar-te ainda mais.

— Mas eu não te amo, Leonardo. Como posso amar alguém que já não existe? Como posso amar esse que está olhando para mim quando o odeio? Diga, seu covarde! Diga! — Bato no peito dele como uma louca. — Seja homem e diga! O Leo morreu naquela noite em que percebi que ele talvez não me amasse como eu o amava. E os mortos não voltam a viver, eu sei disso bem melhor do que ninguém. Você nem foi homem suficiente para decidir vir por achar ser o melhor, mas porque ficou com ciúmes ao saber que finalmente eu tinha encontrado alguém.

— Não foi isso. — Segura meu rosto com cuidado, querendo que eu veja seus olhos. — Talvez tenha sido o empurrão que faltava, não sei, mas não foi...

— Foi o quê? Acordou com vontade de ficar comigo?

— Todos os dias. Não houve um único dia em que eu não recordasse o que perdi. Um único dia que não vivesse arrependido.

— E nesses 3.650 dias que você diz ter pensado em mim, por que nunca entrou num avião e veio me ver?

— Porque fui um merdas e errei, mas agora estou aqui e tenciono ficar. Sei que ainda sentes algo por mim. Sempre disseste que devemos tentar perdoar quem está arrependido e tenta melhorar. Quero melhorar. Estou arrependido. *Vivo* arrependido.

— Não dá. Por favor, vá embora. Se realmente sente alguma coisa por mim, volte para Portugal. Você já me fez muito mal e eu já chorei tudo aquilo que tinha que chorar por você. Tudo que quero é ser *um pouquinho* feliz.

— E podemos ser *muito* felizes.

— Quero ser feliz com o Pedro. — Vendo a confusão no olhar dele, prossigo: — O homem com quem fico sentada no jardim.

— Vocês... é... estão juntos? — Um Leonardo arrependido dá lugar a um Leonardo sério.

— Estamos.

— Há quanto tempo?

— Não te interessa.

— Há quanto tempo, Rafaela? Vocês estão juntos há quanto tempo?

— Desde o Natal.

— Desde o Natal — repete e se aproxima. — Diz-me uma coisa: o Natal no Brasil também é em dezembro, não é? E nós estivemos juntos em janeiro. Quer dizer que quando dormiste comigo naquele quarto de hotel, quando passamos aquela noite juntos, quando tudo aconteceu entre nós, tu já estavas com ele.

— Sim.

— Está bem.

— Leonardo...

— Compreendo, Rafaela. Não tens que dizer mais nada. — Levanta os braços como se realmente estivesse tudo bem.

— Leonardo, não foi bem assim.

Quero dizer que aceitei o pedido do Pedro para darmos uma oportunidade a algo entre nós, mas que é tudo, porque ainda não me sinto preparada para mais. Sei que ele está pensando outras coisas e estou deixando. Não explico que só aceitei pensar em termos algo, mas que a nossa relação continua platônica. Talvez assim o Leonardo volte para Portugal.

— Não digas mais nada. Compreendo, acredita que entendo e até fico feliz em saber que estás bem. Espero que sejam muito felizes e que ele te faça sorrir como eu sempre desejei. — Toca em meu rosto e vejo dor nos olhos azuis.

— Preciso voltar para a festa. Não posso ficar ausente tanto tempo.

— Vai. Só preciso ficar um pouco a sós com os meus pensamentos e depois chamo o motorista do hotel.

— Vai mesmo voltar para Portugal? — Quero ter certeza de que nunca mais o verei.

— Eu vim por ti.

— Não me respondeu.

— Só ficarei se acontecer um milagre.
— Ainda bem que nunca acreditou em tais coisas.
Caminho até a porta, mas, antes de abri-la, chamo-o.
— Leonardo. — Olhos azuis, glaciais, vibram como se esperassem algo de mim.
— Sim.
— Boa viagem de volta.
Não espero qualquer tipo de resposta e fecho a porta.

Cauê
16

Milagre.

— Você tem os olhos mais lindos que eu já vi. Não fecha. Olha pra mim. — Não consigo. Só quero vomitar, mas as suas mãos grandes apertam a minha cabeça com força até doer. — Olha pra mim, garoto. Estou pagando, por isso vai olhar até eu terminar.

Lágrimas escorrem pelo meu rosto, mas me lembro que a Liefde e eu não comemos há dois dias, por isso abro os olhos com vontade de morrer.

— Nossa, acho que vou ter que voltar aqui todos os dias, garoto. Você é o mais lindo de todos. Tem a boca mais perfeita e os olhos mais hipnotizantes. Se pudesse, te levava comigo pra casa.

Olho a sua aliança colada no meu rosto que ele continua apertando com força e rezo para não vomitar como da outra vez.

Acordo sobressaltado quando o vômito jorra, assim como aconteceu naquela noite, e corro para o banheiro, deixando a água escaldante escorrer sobre a minha pele. Só quando sinto que está queimando é que me acalmo.

Os meus dedos passam rapidamente por mim. Não gosto de me tocar. Tenho nojo do meu corpo. Certamente sou o único adolescente que não se masturba, não vê filmes pornográficos e muito menos pensa em sexo.

Retiro a lâmina escondida e passo na pele. O sangue cai e fico aliviado. Cada gota é um demônio que sai de dentro de mim, e por isso corto mais um pouco e mais... e mais...

— Estou aqui. — Os braços da minha irmã dão a volta no meu pescoço assim que a encontro atrás da árvore. É a única que pode me tocar. Uma vez mamãe disse que o cromossomo a mais da Liefde era uma proteção contra o mal e que nada a mudaria. Quero acreditar que sim, que não a enveneno.

— Estou com fome. — A sua barriga ronca ligeiramente e começamos o percurso para a cantina, até algo atrair o meu olhar.

Sentado com uma expressão estranha está o mesmo homem que ontem discutiu com a Dra. Rafaela e com quem o Diogo conversou animadamente na festa de Carnaval. Existe alguma ligação entre eles. Continuo o percurso me perguntando quem será e por que razão está sozinho perto do escritório dela, mas rapidamente o esqueço quando a Liefde pede comida.

Quase uma hora depois, percorro calmamente os jardins e os meus olhos se fixam novamente no mesmo homem, porém fico em alerta quando reparo que tem uma pulseira da Liefde na mão, agarrando-a antes de levá-la ao nariz e fechar os olhos.

Imediatamente vejo todos os homens do meu passado e começo a sentir o fogo me consumindo.

Caminho na sua direção com os punhos fechados.

— O que tá fazendo com essa pulseira na mão? — Ele olha para mim e para a pulseira com espanto. — Isso, essa pulseira aí! Como você conseguiu?

Continua sem falar até olhar o meu pulso e ver uma igual.

— Ah, esta pulseira deve ter sido feita pela menina com quem estavas a brincar. Eu fiquei observando a vossa brincadeira e ainda sorri quando fingiste tropeçar para ela conseguir ganhar o jogo. Não te preocupes, não há nada de sórdido em eu estar com esta pulseira. — Pelo sotaque percebo que é português como o Diogo.

— Mas por que você está com ela? — insiste, um pouco mais tranquilo.

— Senta-te e eu explico, se tu quiseres, claro. — Estende a mão com calma. — O meu nome é Leonardo e eu sou psicólogo. E tu, como te chamas?

Não toco na mão dele nem digo o meu nome, mas me sento por querer saber a resposta. Ele observa novamente o meu pulso e, quando o fixa com atenção, sei o que viu. É tarde demais para tentar esconder. O que me surpreende é ele começar a desapertar o relógio e, quando vira o pulso para mim, vejo marcas brancas como as minhas. No lugar do relógio, coloca a pulseira colorida.

— A pulseira é da Dra. Rafaela, mas ficou caída no chão. Vou guardá-la até poder entregar-lha.

Continuo olhando as suas cicatrizes, que são bem mais largas do que as minhas, e sinto que ele sabe do que se trata.

— Não tentei o suicídio — revela seriamente, olhando o pulso e passando os dedos nas linhas. — Assim como as tuas marcas não são de quem quer partir de vez, mas quer morrer diariamente. São conceitos diferentes que mais tarde explico. Agora sobre mim: o meu caso foi uma noite solitária com fantasmas do passado que me levaram a beber mais do que alguma vez deveria, e, num ímpeto idiota, esmurrei a parede com um copo na mão. Sabia que ia sentir dor, mas qualquer uma seria menor do que a que estava a sentir dentro de mim. Assim como eu, queres deixar de sentir a dor do passado com algo físico no presente, daí a automutilação. — Gira a cabeça, falando diretamente para mim. — As tuas roupas e a tua postura são uma dicotomia entre o querer desaparecer na multidão e, simultaneamente, seres visto por quem és. O problema é que esse não és tu.

— E quem sou eu?

— Seria ótimo se já soubesse o teu nome.

— Ca... Cauê.

— Bem, Cauê, o ponto negativo de perguntarmos a alguém sobre quem somos é confiarmos na definição feita. As palavras têm um poder imensurável, por isso, antes de perguntarmos temos que nos conhecer um pouco ou existe a possibilidade de passarmos o resto da nossa vida como um reflexo de uma descrição incorreta. E tu, pelo que consigo ver, ouviste as vozes erradas.

— Como sabe disso?

— Porque somos humanos. É mais fácil acreditarmos nas palavras similares às que ecoam dentro de nós. Quando te olhas ao espelho não gostas do que vês, portanto acreditares que és tudo de negativo que escutas ao teu redor é mais fácil do que tentares ver o que tens de bom.

Levanta-se e eu sigo os seus passos até ele diminuir o ritmo e caminharmos lado a lado sem falarmos. Percorremos a Clínica, e percebo como ele observa tudo com atenção, parando em alguns pontos como se estivesse estudando cada detalhe. Estou tão habituado a viver aqui que não estranho a presença de tanta gente diferente.

Vendo uns bancos virados para o lado, senta-se e imito a posição.

— Você... você é o psicólogo do Diogo, não é?

— Sim.

— Ele contou tudo que viveu e... e falou que você ajudou muito ele. Que conversava com ele do jeito que a gente está fazendo.

— Sim. Com ele resultou assim, com outras pessoas existem outras formas. Cada pessoa é diferente, assim como cada profissional.

— Você... você acha que as pessoas que viveram coisas assim como o Diogo, ou outras coisas, podem ter vidas normais? Que podem ser normais? — Observo o seu rosto para ver se fica pensando em uma resposta igual às que eu ouço.

— Poderíamos estar semanas a debater o que é uma vida normal.

— Uma vida como a sua, por exemplo.

Ele ri com tristeza.

— Quase todas as vidas são normais se olharmos por fora. Desejamos aquela vida porque parece melhor, mas nem sempre é. Cada um luta com os seus demônios e uns são maiores do que outros.

Ele olha o lago e volta a mostrar a cicatriz.

— Não posso beber álcool. Não me consigo controlar. Sou capaz de ser o melhor profissional, mas se beber posso ser a pior pessoa. Há anos fiz algo de que me arrependo e ainda vivo com a culpa. Tenho fantasmas e segredos que me custam horas de sono e tentei encontrar na bebida algo que me fizesse esquecer, mas nunca aconteceu. Não, Cauê, não tenho uma vida normal, mas vivo da melhor forma que consigo. Ajudo outros quando, às vezes, tenho dificuldade em *me* ajudar. Por isso, e ciente de que não estavas a falar do Diogo mas de ti, acredito que possas ter uma vida boa. Não será perfeita, mas será o *teu* normal. E, quem sabe, um dia até possas encontrar a felicidade.

— E enquanto ela não chega?

— Combatemos o sofrimento da melhor forma que sabemos.

— Como?

— Vivemos a vida.

Rafaela
17

Não fiz nada desde que entrei no escritório. Continuo olhando a manta dobrada, juntamente com a pequena almofada. Nem precisavam ter me avisado que ele passou a noite aqui, ainda posso sentir o cheiro do seu perfume. É o mesmo que usava quando éramos mais novos.

Coloco os cotovelos em cima da mesa e cubro o rosto com as mãos à procura de uma desculpa plausível para a sua partida. Sei que parte da Direção não irá ficar satisfeita, mas a minha paz de espírito é a minha prioridade.

Começo a escrever o e-mail quando a porta se abre de supetão e entra a última pessoa que eu queria ver.

— O que está fazendo aqui? Você disse que ia embora!

Ele caminha até apoiar as mãos na mesa e se inclinar, pousando um quadro branco.

— Não vou embora, mas também não estou aqui só por ti. Ontem disse que ficaria se um milagre acontecesse, sem acreditar neles. Bem, esta manhã eu percebi que estava errado, eles existem.

— Do que está falando?

Sofia Silva 132

— Eu vim por ti, mas, Flor, hoje descobri que afinal eu preciso estar aqui.

— Você bebeu? — Tento ver sinais nos seus olhos.

— Não, nem um pingo. E não voltarei a beber. Agora, assim que puderes, marca uma reunião com o colega que acompanha o caso do Cauê.

— Você... você está louco.

— Não. Nunca estive tão bem. Assim que puderes, contacta-me. Ele precisa de alguém para falar.

— Ele já está sendo bem acompanhado! Não venha querendo impor as suas vontades.

Leonardo se aproxima ainda mais de mim. Odeio estar sentada com ele me subjugando com a sua postura. Seu sorriso adquire um ar convencido e sei que vai dizer algo enfurecedor.

— Mas não pelo melhor. — Empurra o corpo para trás, batendo com as palmas e esfregando as mãos. — E eu, Rafaela, sou o melhor que há neste lugar.

— Odeio a sua arrogância.

— Se for só isso, consigo viver bem. Se puderes, dependura o quadro, se faz favor. Virei todos os dias marcá-lo para te comprovar que, além de não me ir embora, não tocarei num copo de álcool e estou aqui para ficar.

Com isto sai do escritório e eu fico paralisada.

Como sempre acontece, não consigo tomar decisões no escritório e vou para uma área da Clínica exclusiva para os funcionários.

Retiro os saltos e deixo os pés tocarem na grama verde e fresca, tentando encontrar respostas para o tumulto em que a minha mente se encontra. Fico pensando se o Diogo pediu ao Leonardo para ajudar o Cauê e criando outras tantas teorias.

Minha cabeça está um caos.

Fico tão concentrada nos meus problemas que quase esbarro com o cavalete de pintura da Paola.

— O que está fazendo aqui? — questiono e ela pousa o pincel. Desde que deixou de viver aqui, nunca mais veio pintar nestes jardins.

— Foi aqui que o André me viu pela primeira vez.

Percebo que algo se passa e aponto o pequeno banco de jardim para nos sentarmos.

— Aconteceu alguma coisa entre vocês?

— É o bebê. — Ela passa a mão na barriga redonda.

— Há algum problema?

— Não. É completamente saudável. Só me preocupo com o tamanho porque sou pequena e, bem, o André é um gigante. Pelo que as ultras mostraram, este aqui vai sair ao pai e eu não sei se tenho espaço dentro de mim para um moleque tão grande. — Ri, esfregando a barriga sem perceber que a está pintando com os seus frágeis dedos.

— É um menino!!!

— Sim. — Seus olhos lacrimejam de alegria. — A Sol está nas nuvens, porque já vinha pedindo um irmãozinho todos os dias. Descobrir a gravidez foi um momento inesquecível para nós três, mas especialmente para ela.

— E por que veio para cá? Está com algum problema?

— Precisava vir ao lugar onde tudo começou. A primeira vez que vi o André estava com tanta raiva do que me acontecera que a pintura era grotesca e sobre o Roberto. Nunca, nem em um milhão de anos, conseguiria imaginar que naquele dia eu iria conhecer o homem que mudaria a minha vida. Que seria tão amada. Você sabe que acredito na força do universo e que todos estamos conectados por uma energia. Há algo superior que nos interliga.— Os artistas têm uma forma de ver o mundo que me fascina e a Paola não é exceção. — Acredito que eu e o André tivemos que viver experiências devastadoras para apreciarmos o que temos. Nunca, e eu tenho essa certeza, me apaixonaria por ele se o tivesse conhecido ainda jovem. Não conseguiria apreciar a gentileza escondida no seu tamanho e ele nem olharia duas vezes para mim com ou sem estas cicatrizes. Queríamos coisas diferentes. Éramos diferentes.

Ela olha para o céu e a lua começa a surgir. Sigo o seu olhar e tento ver o mundo pelos seus olhos. A Paola é tão especial que poucas pessoas conseguem compreender a sua gentil presença.

— Acredito que os amores avassaladores que marcam existências só existem porque contêm sofrimento. Nunca conseguiria apreciar a imensidão do que vivo com o André se um dia eu não sofresse por um simples toque. Talvez por isso é que em seis anos jamais olhei para outro homem e, subitamente, me entreguei sem reservas a alguém que poderia me quebrar com um dedo. Lá no fundo, eu sabia que ele sofrera demais e que nunca me faria mal, pois também sabia o quanto dói ser pisado.

— Mas você bem sabe que nem sempre precisamos sofrer para sermos felizes, não sabe? — Preocupo-me sempre com os pacientes que foram vítimas de abusos físicos. Alguns ficam com ideias distorcidas.

— Sim, claro, mas no meu caso e no de outros casais, o fato de termos sofrido nos dá a capacidade de, se um dia seguirmos em frente, sabermos que é um começo e que tudo aquilo que temos pode desaparecer rapidamente, por isso agarramos com força.

Fico observando a sua expressão pacífica, tão diferente de quando ela entrou aqui pela primeira vez e, como sempre, aprendo com os meus pacientes. Aliás, hoje sei que são eles os meus grandes professores.

— E você agora também tem um cachorro!

— Sim, um pitbull. É o cachorro mais dócil do mundo. Infelizmente está muito marcado pelos abusos que sofreu.

— Mas você não foi atacada por essa raça?

— Eu nunca quis um cachorro, muito menos igual ao que me atacou, mas também sei que eles foram treinados para isso e nunca fizeram mal por pura maldade. Quando fui no canil tinha ideias de, no máximo, trazer um como eu, pequeno, frágil, porém o destino trabalha de forma diferente e logo na primeira jaula tinha um completamente deformado. Eu sei que você não acredita nisso, mas me conectei com ele. Ambos sabemos o que é ficarmos sem parte de nós por culpa de alguém que um dia amamos. Não vou dizer que foi fácil, porque não foi, e que o André não entrou em desespero, porém, mais uma vez, foi a Sol que nos conectou enquanto família. Apesar da ligação que eu e ele temos, é com a Sol que o Cometa mais dá uma de protetor. São inseparáveis, e ele até a ajuda a conversar com outras crianças no parque, pois ela faz questão de explicar a todos que ele é inofensivo.

Ambas sorrimos. Consigo imaginar a Sol tentando fazer com que todos amem o cachorro, afinal, foi ela que fez o pai enxergar com outros olhos a beleza escondida da Paola.

Permanecemos na tranquilidade dos nossos pensamentos, comigo a observar a pintura, quando o André surge com a Sol sentada no cangote. A garotinha pede para saltar ao avistar o cavalete e a Paola vai ao seu encontro para mostrar o quadro ainda fresco. André dobra a coluna beijando a esposa com ternura, ao mesmo tempo que passa a mão de tamanho descomunal na sua barriga, e eu aceno aos três, deixando-os no mundo que criaram. A relação é tão peculiar que me sinto uma intrusa, mas sei que ficarão bem porque seu vínculo consegue superar qualquer obstáculo.

Tento olhar para o céu da mesma forma como a Paola faz, mas não encontro qualquer sinal que me indique o que fazer. O universo não fala comigo. Peço por algo no longo tempo em que fico caminhando pela Clínica, até ver o Cauê segurando a Liefde no colo. Os dois estão observando o lago que reflete diversas cores com o pôr do sol e sei que, por eles, eu preciso aceitar a presença de uma certa pessoa.

Rafaela
18

Alguns meses depois.

Clico desenfreadamente a tampinha da caneta e o som nervoso se espalha pela sala até a mão do Pedro cobrir a minha e os seus olhos suaves acalmarem o tornado que vem ganhando força a cada dia que passa. Em seguida, essa mesma mão desce e pousa na minha perna. Os olhos azuis que não me largam continuam fixos em mim, mas baixam para o ponto que os dedos do Pedro acariciam.

Desde aquele dia tenho vivido em constante nervosismo. Nunca imaginei que o Leonardo fosse ficar na Clínica por tanto tempo, mas, depois das reuniões sobre o Cauê e tudo que ele tem feito pelo menino, não consigo mais desejar que parta. Todos os dias, sem falhar, ele entra no meu escritório, dirige-se ao quadro branco pendurado na parede e faz um traço em tinta preta. Cada linha vertical é mais um dia em que não partiu, mais um dia em que não bebeu, mais um dia mostrando que deseja uma oportunidade.

Destinos Quebrados

Após um incidente no aniversário do Cauê, onde ele me beijou, nunca mais tentou nada igual, porém, em conversas de grupo, ele sempre menciona alguma viagem nossa ou algum momento inesquecível, como agora.

— Eu sei que não está na pauta da reunião, mas Leonardo, estou pensando em levar a minha esposa a Portugal. Desde o falecimento da minha sogra que as coisas estão diferentes e quero que ela se abra comigo, mas sem sentir que está falando com um médico e sim com o marido. Há algum lugar que me recomendaria? — pergunta um dos médicos por quem tenho mais carinho, claramente preocupado com a esposa.

— Existem vários, mas o meu favorito é a Serra da Estrela. Lá eu vivi algo semelhante, a pessoa que amo abriu-se comigo e depois disso a nossa relação ficou melhor. É o lugar perfeito para mostrar o quanto amamos alguém.

Seus olhos caçam os meus e tenho certeza de que está se referindo à nossa viagem. Eles ficam conversando e prefiro fechar os olhos. Sem querer, recordo tudo.

Sempre achei bonita a imagem da mão do homem pousada na perna da namorada enquanto dirige, mas o Leonardo torna-a algo sensual cada vez que os seus dedos compridos apertam a minha pele e ele desvia o olhar da estrada para ver a minha reação.

Estamos viajando, mas não sei o destino. Ele disse que era surpresa e que eu iria adorar, mas como é quase noite e chove torrencialmente não consigo apreciar a paisagem.

— Falta muito? — pergunto, apreensiva, pela centésima vez.

— A nossa noção de distância é bem diferente, portanto não te vou responder.

Uma coisa que aprendi ao viver em Portugal é que estar mais de dez minutos parado no trânsito é algo terrível e que uma viagem que demora três horas já é considerada longa. Aproveito para conversar esporadicamente com o Leonardo e descansar um pouco. Tive um longo dia de trabalho na Associação à qual pertenço. Hoje participei de uma sessão de terapia com vítimas de abuso sexual por parte de namorados e maridos e fiquei assustada com a quantidade de adolescentes presentes. Analisamos a pressão que sofrem por parte dos namorados para terem relações sexuais mesmo quando não estão prontas.

Dois dedos passam pela minha bochecha, meus olhos se abrem e encontram os do Leonardo observando o meu rosto.

— Chegamos, pequena dorminhoca.

— Não acredito que cochilei. Sou uma péssima companheira de viagem!

— Não faz mal.

— Onde estamos? — pergunto, mas quando ele abre a minha porta o meu rosto se enche de espanto. — Neve! Isso é neve? — Aponto para o exterior, saindo rapidamente do carro e começando a pisá-la. Levanto as mãos, sentindo os flocos caindo, e o frio intenso não me incomoda. — Não acredito que estou aqui! — O Leonardo ri da minha animação e eu me atiro nos seus braços.

— Gostaste da surpresa? — pergunta, beijando-me lentamente.

— Muito. Obrigada. Estou tão feliz...

A surpresa não termina. Quando vejo onde vamos dormir, meu coração salta. Um chalé fofíssimo de madeira escura, espaçoso e com uma lareira acesa preenche meus olhos de lágrimas de felicidade.

— Que lindo e... que romântico!

— Feliz Dia dos Namorados. Nós festejamos no dia 14 de fevereiro e quero que nunca te esqueças do teu primeiro, mesmo que para ti não seja a data oficial.

— Nunca poderei esquecer isto. Jamais. — Meus lábios estão gigantes com o tamanho do meu sorriso. Há quase dois meses que estamos namorando. Na nossa primeira noite ele prometeu que iria me fazer feliz e até agora está cumprindo à risca.

Depois de desfazermos as malas e eu abraçar mais umas mil vezes o meu namorado, vesti uma jaqueta impermeável, a seu pedido autoritário, e voltei para fora, apenas sentindo o frio e os pequenos flocos caindo. Não resisti, precisei voltar a sentir a neve. Cada pessoa tem um lugar que deseja conhecer. Umas sonham com ilhas ou países exóticos, outras com lugares onde viveram civilizações marcantes da história, para mim foi sempre a neve. Apenas o branco dela.

Leonardo fica olhando para mim de braços cruzados, com o casaco puxado até a boca, soprando nas mãos sem luvas. Quando uma lágrima me escorre ele percebe que algo se passa e, sem dizer nada, vem ao meu encontro e segura o meu rosto com um sorriso de compreensão.

— Já para dentro.

E eu, imediatamente, obedeço. De frente para a lareira, ele retira todo o excesso de roupa que temos e me deita no felpudo tapete, sem forçar uma conversa, mas curioso.

— Eu e a Joana adorávamos o Natal quando éramos mais novas. Ficávamos vendo filmes americanos sobre essa época, desejando que nevasse em nossa porta para fazermos um boneco com nariz de cenoura.

Enquanto eu falo, ele retira as minhas meias e acaricia os meus pés gelados.

— Num Natal, quando eu tinha uns quatro anos, acordamos e notamos que o nosso jardim estava branco. Leonardo, nosso jardim era gigante! — Abro bem os olhos, tentando demonstrar o tamanho. — Meu pai deve ter passado a noite inteira espalhando isopor pela grama. No centro estavam bolas de isopor de diferentes tamanhos e que eu e a Joana colocamos em ordem até surgir um boneco de neve.

— Por que nunca viajaram para um lugar com neve? Vocês tinham condições financeiras.

— A minha mãe não gostava de viajar e, honestamente, eu era muito nova para entender. Nunca pensei nisso.

— O que aconteceu com a tua família? Como passaram disso a tanto ódio? — A questão é tão direta que nem sei por onde começar.

— O meu pai sempre foi "diferente", mas achavam que isso tinha a ver com a sua veia artística e com a mente empreendedora. Acreditavam ser esse o motivo, e só quando piorou é que pensaram em procurar ajuda, mas aí a relação dos meus pais já estava desgastada pelas brigas. O meu pai era bom de esconder e a minha mãe de fingir que não acontecia.

— E os teus avós?

— Também fingiam. Leonardo, o meu pai era maravilhoso, a alma da festa em qualquer lugar. Aceitar que parte disso era consequência da esquizofrenia nunca foi uma opção. Eu sei que não é fácil conviver com alguém que tem uma doença mental, mas, embora fosse jovem, sabia que a minha mãe já não o amava. E eu perdoaria isso tudo, se ela não tivesse usado a sua amargura contra ele. Ao longo dos anos ela foi deixando de amá-lo, e tudo isso se transformou em ódio.

— E por que teve que ser internado?

— Porque uma vez subiu completamente nu num telhado dizendo que iria voar. Depois disso, e não sei como, ele foi internado num lugar horrível onde aplicavam eletrochoques ilegalmente. Leonardo, você tem que entender que o interior do Brasil é muito diferente das grandes cidades, e a mentalidade também era diferente há mais de dez anos. Olha que nós tínhamos dinheiro, conhecimento, e mesmo assim ele foi colocado num lugar horrível porque a minha mãe virou uma fanática religiosa. A típica crente que só fala em Deus, mas não faz a única coisa que ele pediu.

— O quê?

— "Amai-vos uns aos outros como eu vos amei."

— Como é que ela mudou tanto?

Sofia Silva 140

— Essa igreja, ou seita, depende como você queira interpretar, é daquelas onde a pessoa toma um banho e renasce outra. É frequentada por gente rica e influente, gente da política e da tevê. Acredito que a minha mãe procurou ajuda na religião para lidar com tudo, e até aí não posso criticá-la, mas eles seguem uma doutrina rigidíssima, segundo a qual os fiéis precisam se desligar de todos aqueles que lhes fazem mal, filhos incluídos, e ela acredita que a única forma de ser poupada da ira de Deus é se mantendo longe de nós.

— Nunca a procuraste depois que partiste?

— Na véspera do dia em que saí de casa, o namorado dela, que pertencia à seita, me bateu enquanto ela me agarrava pelos braços. Ambos seguem as leis daqueles loucos e acreditam que o processo de purificação passa pelo corpo. Não foi a primeira vez que me espancaram, mas foi a última. Tenho vergonha de contar isso porque é perverso demais.

Ele não pergunta mais nada, apenas continua massageando os meus pés.

— Eu amo a neve porque foi o dia mais feliz da minha vida. É a última boa recordação que tenho. A Joana ainda sorria, a minha mãe ainda beijava o meu pai e éramos uma família como as outras.

— E qual a melhor memória que tens do teu pai? Só dele?

Fecho os olhos, recordando.

— O meu pai era um excelente dançarino. Ele me descalçava e colocava os meus pés sobre os dele, depois, sem música, dançava comigo pela sala. Dizia que não queria música para sentir o meu coração batendo. Até hoje eu sei que era a sua maior prova de amor por mim. — Tento não fechar os olhos com receio das lágrimas, mas elas caem sem permissão. Leonardo abandona a tarefa e me põe no colo até eu adormecer entre recordações.

Acordo numa cama quente, mas sozinha. Meu corpo está coberto por uma manta branca bem felpuda e suave. Olho para o relógio e vejo que dormi apenas uma hora.

Saio da cama e sinto o desconforto de ter dormido vestida. Começo a me despir até ficar apenas de calcinha e sutiã. Estou procurando o meu suéter grosso quando a porta se abre e vejo um Leonardo imóvel, olhando para mim desde a ponta dos pés até o cabelo.

— Estás melhor? — pergunta quando fica a meros centímetros de mim.

— Sim, mas consegui estragar o nosso primeiro Dia dos Namorados — lamento.

— Não estragaste, pelo contrário.

— Como assim?

— Sempre disse que as tuas contradições fascinam-me, mas nunca as entendi por completo. Como alguém consegue ser tão inocente e experiente ao mesmo tempo. Como *num segundo és a pessoa mais meiga e no seguinte consegues enervar o mais santo dos homens com a tua obstinação. Uma hora és tão alegre e noutra tens esse passado com tanto sofrimento. Quando dizem que as mulheres são complexas eu penso em ti.* — Me beija com castidade e me derreto por completo.

Meu coração se acalenta com as palavras, principalmente por sentir que são verdadeiras. Ao contrário de mim, o Leonardo tem dificuldade em expressar publicamente as emoções e sinto que muitas pessoas não entendem como estamos juntos quando ele é distante do mundo de um jeito frio, mas sei que é uma máscara.

— Leonardo, por que eu? Por que motivo você é diferente comigo? — Seguro o seu rosto para ler em seus olhos a resposta.

— Porque tu és a minha Flor. — Adoro quando ele me chama assim e, embora não conte o motivo, sei que é algo maravilhoso.

Apanho o seu rosto, beijando-o.

— Feliz Dia dos Namorados — desejo, desapertando o sutiã.

Seus olhos caem para os meus seios expostos e consigo ver o apetite que sente por mim. O Leonardo sabe que nunca tive parceiros sexuais e sempre respeitou as minhas reservas.

O seu corpo encosta-se ao meu e consigo senti-lo.

— Não quero que te sintas pressionada. Trouxe-te para a Serra da Estrela por saber que sonhavas conhecê-la. Só isso.

— Eu quero isso — beijo o seu pescoço, continuando a passar as unhas.

Ele pega em mim com delicadeza e me deita na cama, despindo-me e se despindo em seguida. Os dedos vão subindo pela minha perna até tocarem no meu centro, e quando começam a fazer movimentos circulares eu...

— *Respira, Flor* — pede ele, beijando-me. Pouco a pouco, num ritmo lento e levemente doloroso, ele faz amor comigo.

— Onde você estava? O que houve? — questiona Pedro baixinho, pressionando os dedos na minha perna, e eu sinto o meu rosto esquentar. Todos saem rapidamente. Bem, todos menos o Leonardo, que fica embromando até perceber que o Pedro vai ficar comigo. Irritado, sai batendo a porta com força.

— Quem? Eu? Nada — respondo, levantando-me para organizar os documentos deixados nas mesas.

— Não minta. Tudo menos isso. — Consigo ver mágoa no seu rosto.

— Pedro, a minha vida está uma confusão.

— Já fui casado — confessa do nada. — Durante quatro anos vivi com a mulher que pensava que ia ser minha até a morte. Éramos tão diferentes. Onde eu era calmo, ela era um furacão. Não ligo para luxos e ela gastava o dinheiro com tudo o que era novo ou estava na moda. É viciada em tecnologia. Eu queria ser pai ainda jovem, ela queria esperar. O casamento terminou e eu encontrei nas nossas diferentes personalidades a culpa para o fracasso. Quando vim para cá e te conheci, sim, fiquei impactado com a sua beleza, mas foi nas nossas afinidades que vi que poderíamos ter futuro. Somos tão iguais que sempre pensei que tivéssemos tudo para sermos perfeitos juntos, mas não somos.

— Pedro...

— Deixa eu terminar, por favor. — Acaricia os meus dedos frios.

— Claro. — Sorrio tristemente, já prevendo a conversa.

— Quando você respondeu à minha mensagem, dizendo que ia tentar me ver como algo mais, fiquei tão feliz. Há anos que sonhava com aquele dia. Nestes meses eu fui me convencendo de que estávamos indo devagar, um beijo aqui, outro ali, por você ser reservada. Tentei acreditar que era isso em conjunto com todo o trabalho que temos tido. Meses depois compreendi que a culpa do meu casamento fracassado não foram somente as diferenças, mas sim a falta de desejo, a loucura e a cegueira que existem na paixão. Nunca houve amor verdadeiro. E compreendi isso quando olhei bem para nós e reparei que somos iguais, contudo não sou eu quem te faz tremer. Dói. Custa saber que talvez seja eu que não tenha o que as mulheres desejam, ou talvez seja apenas azarado no amor.

— Você é perfeito, Pedro. Perfeito. Por fora e por dentro.

— Sempre desconfiei... por que motivo um profissional tão conceituado, que recebe rios de euros na Europa, decidiu deixar tudo por uma clínica que quase não tem dinheiro para pagá-lo, nem traz a fama que ele sempre quis, e ainda segue métodos que na Europa acham absurdos. Pouco a pouco fui juntando as peças, e, sabendo que você estudou em Portugal, ficou fácil somar dois mais dois. Porém eu nem precisava disso, basta olhar com atenção para a forma como vocês interagem. Vocês já tiveram um relacionamento. Com certeza já tiveram.

— Eu nunca quis te enganar. Nunca, Pedro. Não quero ser a mulher que está com um homem pensando em outro. Quando disse que queria tentar algo eu realmente quis um futuro para nós, mas ele surgiu e...

— Não quero saber o que aconteceu entre vocês nestes meses. Não por ter receio de não gostar do que possa descobrir, mas porque de nada vai mudar

Destinos Quebrados

a minha opinião e decisão sobre nós. Queria muito que todas as minhas fantasias de anos se tornassem realidade, mas ambos sabemos que isso nunca vai acontecer. Não sou eu quem tem esse coração nas mãos e não é você quem estará comigo no futuro. Por algum motivo não ficamos mais íntimos, nunca cruzamos essa linha. Nem uma única vez você me mandou uma mensagem de *"Boa noite"* ou de *"Bom dia"* como é comum em relacionamentos. Talvez ambos tenhamos compreendido que era um passo grande demais para o que sentíamos. Você se enganou acreditando que se eu te amasse pelos dois isso bastaria, e eu acreditei que você era a mulher perfeita para mim, só precisaria ter paciência e esperar que visse isso. Se eu sair de cena ninguém sequer se dará conta, porque eu nunca tive espaço na sua vida nem para um mísero capítulo. Não sou relevante em nada. Você nem se recorda que eu existo, e isso dói.

Estou me sentindo o pior dos seres humanos ao vê-lo assim.

— O que aconteceu comigo e com o Leonardo terminou há uma década.

— Obviamente esse passado não está morto, até porque enquanto houver amor é impossível isso acontecer. Esta não é a minha história, e só vocês conseguirão perceber o ponto que desviou o destino que planejaram. Preciso sair antes que um de nós torne isto feio. Tentei fazer com que você fosse aquilo que idealizei, mas sem amor nada dá certo.

— Amor não é tudo, Pedro.

— Amor é tudo, Rafaela. Sem ele nada mais nos resta. Se vocês ainda sentem algo um pelo outro, lutem.

— O passado não deixa.

— Se ele só vier trazer mais dor, que fique lá atrás. A vida nem sempre é justa. Passei anos tentando fazer com que você me visse como homem e, quando finalmente você olhou e me viu, ele apareceu. Não é coincidência, mas destino. Por algum motivo nenhum de vocês teve relacionamentos sérios durante este tempo. Eu queria poder odiá-lo, mas não consigo. Nunca seremos amigos porque ele tem a mulher que eu queria para mim, mas a vida segue e vou agir normalmente com ambos. O meu profissionalismo jamais estará em jogo, isso eu posso assegurar.

— Queria tanto que tivesse dado certo entre nós. — E é a mais pura das verdades.

— Eu também, mas só temos uma vida para viver e não vamos desperdiçá-la ficando à espera de alguém que nunca nos amará.

— Desejo que você encontre alguém que te faça feliz. Queria muito ser essa pessoa, mas infelizmente... eu não consigo.

Pedro segura docilmente as minhas mãos. Até na despedida ele é maravilhoso.

— Nós passamos o dia dizendo aos pacientes para aproveitarem as segundas oportunidades que a vida lhes dá para recomeçarem. Precisamos praticar isso e não sair por aí falando como se o fizéssemos.

— Não sei se consigo.

— Tente. Se não funcionar, se não der certo, terá sempre em mim um ombro amigo. — Uma lágrima cai e ele a seca com cuidado. Meus braços rodeiam o seu corpo e ele abaixa o rosto beijando os meus lábios com a emoção de uma despedida definitiva e, pela primeira, me entrego ao beijo, sabendo que é um adeus.

Leonardo
19

Saio de mais uma sofrida sessão com o Cauê e decido passear pela Clínica para serenar a cabeça. Ontem estive a observar pacientes com vários níveis de paralisia na piscina e fiquei fascinado com a variedade dos recursos disponíveis. Nem a minha clínica consegue ter metade do que eles têm aqui.

Passo pelos corredores organizados por cores. Tudo pensado até o último detalhe. Tão Rafaela. Não seria de esperar menos dela. Um conjunto de fotos emolduradas prende a minha atenção. A Rafaela no dia da inauguração, austera como já era previsível, porém não é a sua aspereza que capta a minha atenção, mas sim quem está ao seu lado a segurar-lhe a mão.

As perguntas rebentam como explosões.

O que ele estava fazendo aqui?

Quando tento ver a lógica de tudo, a deixar o sentimento de traição para segundo plano, o rosto da Rafaela surge à minha frente com lágrimas que escorrem em velocidade furiosa. Assim que me vê, o seu corpo quase colapsa e eu a apanho.

— O que se passa, Flor? — O meu primeiro pensamento vai para a Emília e o Diogo. O casal se encontra a viajar por aí de carro e o medo assombra os meus pensamentos.

— Ela está no hospital. Ela... Ela... Eu não posso perder mais amores. Não aguento isto. Estou sufocando.

Os olhos mexem-se como se ela estivesse a conversar sozinha e a sua mão puxa o botão da blusa.

— Quem, Flor? Quem? — Seguro o seu rosto com as duas mãos numa tentativa de retirá-la do transe.

— Liefde. Ela rolou nas escadas e está... está... não sei como ela está.

Vendo que está frustrada com tudo, abro os dois primeiros botões da sua blusa para que consiga se sentir menos presa, enquanto ao longe a voz de uma enfermeira se faz ouvir.

— Dra. Rafaela, telefone para a senhora. A Liefde já foi para o hospital.

Atende a chamada com voz profissional e eu nunca adivinharia que está em frangalhos. Nesse momento o Pedro aproxima-se de nós, a tentar ouvir a conversa com uma atenção que rapidamente se perde.

— Carolina, cancele tudo que tenho na agenda para esta semana. Explique o que aconteceu. Ligue para a administração e eles saberão o que fazer. Já sabe que não admito que questionem coisa alguma. Preciso ir para o hospital, mas primeiro tenho que encontrar o Cauê. — A voz quebra no final e as mãos continuam a tremer.

— Eu converso com o Cauê. Acho que não estás calma para passar a informação — declaro.

— E eu dirijo. Nem pense em entrar no carro nesse estado — avisa o Pedro já com as chaves na mão.

As horas que se seguem são caóticas. Entre falar com o Diogo — que avisou que vinha de imediato —, conversar com alguns colegas da Clínica e contar tudo ao Cauê de modo a que ele compreenda que a Liefde está viva mas o seu estado é crítico, não tenho energia para mais nada. Nesse momento, recordo a tragédia que foi a vida da Rafaela e pergunto-me como conseguiu sobreviver e trabalhar com excelência enquanto recebia a notícia de que a Joana morrera, assim como o cunhado e os sobrinhos. Estou exausto e não fiz nada. Ela tratou de tudo sozinha e nunca se queixou. Se eu já tinha muitas dúvidas sobre merecê-la, neste momento tenho certeza de que ela é muito mais forte do que eu. Muito mais.

A porta se abre e, sem esperar que dê permissão, Pedro entra e senta-se na cadeira, a cruzar as pernas e fixar o olhar em mim. Como nada diz, o que me irrita profundamente, eu começo.

— Alguma novidade?

— Em relação à Liefde, precisamos aguardar umas horas, mas não foi isso que me trouxe aqui.

Pouso a caneta, endireito as costas na cadeira e cruzo os braços.

— E o que te trouxe aqui? — Aproxima-se da mesa, a pousar um cotovelo enquanto passa a mão pelo rosto como se fosse difícil falar.

— Eu e a Rafaela não temos mais nada um com o outro. E nós três sabemos o motivo. Se por algum momento pensou que a razão para vocês não estarem juntos fosse eu, esqueça. Preferi sair o mais ileso possível, mas é difícil avançar quando conhecemos alguém como ela. Não sei o que aconteceu no passado de vocês, nem quero, mas durante anos percebi que ela sofria por alguém e hoje sei que foi consequência da relação de vocês. O que quer que você tenha feito, espero que a sua chegada seja para curar essa ferida. Hoje, amanhã e durante o tempo em que a Liefde estiver internada, a Rafaela vai precisar de alguém e eu sei que não sou o escolhido. — Levanta-se, a fazer barulho com a cadeira. Já de pé, numa situação de incontestável superioridade, avisa: — Mas não se atreva a fazer mais merda. Não vou ficar à espera para ver se vocês dão certo ou não, mas não permitirei que volte a quebrá-la.

— Não tenciono fazer isso. Pelo contrário. — Levanto-me com pressa. — Obrigado por tudo. Noutra circunstância seríamos grandes amigos, tenho certeza disso. Agora preciso sair.

Corro pelo gabinete afora.

Paro de correr quando a vejo sozinha sentada numa cadeira de plástico. Parece tão pequena, tão frágil, tão abandonada. Tão devastada. Tudo que quero é poder dizer que ela vai ficar bem, mas conversei com alguns médicos que me puseram a par do prognóstico reservado da Liefde.

Caminho com calma, a observar como os braços dela envolvem o seu próprio corpo. Quantas vezes aqueles dois braços foram o seu único consolo?

Quantas noites ela desejou ter alguém? Se arrependimento matasse, eu cairia redondo neste chão, tamanho é o meu.

Por muito que deseje acarinhá-la, o Cauê é a minha primeira paragem. Ele precisa de mim, por isso sento-me ao seu lado, ciente de que a Rafaela segue cada movimento.

Durante estes poucos meses a minha relação com o Cauê estreitou-se e sinto por ele um carinho enorme, mas isso daria outra história. No dia em que conversamos, eu sabia quem ele era. O Diogo, com a sua vontade de ajudar todo mundo, confidenciou-me sobre o caso de um garoto que tinha sofrido abusos e disse que o queria ajudar, por isso, quando o vi nos jardins da Clínica, soube que a única maneira de ele conversar comigo seria se percebesse o quão iguais somos. Casos como o do Cauê são complicados, porque inúmeras vezes o paciente sente que ninguém consegue entender o quão profunda é a sua dor.

Ao longo dos anos, ouvi histórias terríveis de pacientes que nem o mais ardiloso ficcionista conseguiria criar sem que o acusassem de inverossimilhança. Em momento algum me senti compadecido e jamais os tratei de forma diferente por terem sofrido em demasia. Cuidei de pessoas com variadas doenças e, com exceção do Diogo, nunca tinha ultrapassado a linha ética pela qual sempre me regi, mas, e por muito que não queira, o ambiente da Clínica é diferenciado e sinto que a minha proximidade com o Cauê não é comum. Quero ajudá-lo, porém também sinto uma imensa necessidade de conhecê-lo. Todas as suas confissões ainda me abalam porque, embora eu tenha defendido a integridade de vítimas de abuso sexual num caso que abalou Portugal, nunca ouvira relatos de um garoto que houvesse vendido o corpo por uma promessa a uma mãe que morrera. Um garoto cuja mãe ele coloca num pedestal sem ver a realidade. Alguém que pôs um peso gigantesco nas costas do próprio filho. Mãe alguma deve pedir a um filho para se sacrificar por uma irmã, mas foi isso que ela fez.

— Estou aqui — falo no seu ouvido. Ele olha para mim e faz algo que a Rafaela nunca testemunhou, abraça-me enquanto o choro se abre como uma precipitação de inverno.

Ele não fala nada.

Eu não digo coisa alguma.

O Cauê não deixa que ninguém lhe toque e também odeia tocar nas pessoas; contudo, no dia em que pensei que ele iria morrer nos meus braços, a nossa relação mudou.

A Rafaela olha, surpreendida. Ela não sabe o que aconteceu. Ninguém sabe o que o Cauê fez, por isso o choque no seu rosto é imenso.

Fecho os olhos e abraço-o até as suas lágrimas cessarem, a repetir *"Estou aqui"* vezes sem conta. Durante este momento, a única amiga dele surge com garrafas de água mineral e, quando vê o que se passa, volta a sair, ao perceber que ele ficará envergonhado. A Mariana é uma garota que não deixa ninguém indiferente à sua presença. O cabelo longo, pintado de vermelho-sangue, contrasta com a tez branca, mas se encaixa bem no seu corpo volumoso.

Os dois não poderiam ser mais diferentes, contudo eu acredito que é a ligação mais pura e inocente que ele tem.

Subitamente, ele se solta de mim ainda com lágrimas nos olhos.

— Preciso respirar.

— Vai lá fora. Se surgir alguma novidade, eu ligo-te.

— Obrigado.

Com a facilidade dos jovens, eleva-se num movimento aeróbico e sai da sala, enquanto eu me levanto com mais delonga, e olho para ela.

Ela olha para mim.

Dou um passo. Mais outro. E mais outro.

Ela respira fundo. O peito sobe e desce. Os olhos brilham. Ela pisca-os e as lágrimas escorrem.

— Flor. — Mal termino de expelir suavemente o seu nome quando o seu corpo salta da cadeira em direção aos meus braços. — Prende-te a mim. Estou aqui. Vou ficar aqui.

E é isso que faço: prendo-a a mim. Abraço-a durante todas as horas em que as respostas não chegam. Todos os segundos em que a Liefde continua no seu sono profundo sem imaginar a preocupação de quem a ama. E, durante todo esse excruciante tempo, faço o que sempre deveria ter feito: apoio a mulher que amo.

O dia chega ao fim sem informações que nos consolem; pelo contrário, a cada hora que passa o receio do pior se transforma num monstro gigante.

— Precisamos descansar — falo baixinho ao vê-la sucumbir gradualmente.

— Vou ficar. Pode ir se estiver cansado. — Tenta sair do meu colo, a pensar que me vou embora.

— Se ficares eu fico, mas precisas colocar comida no corpo e repousar.

— Não consigo sair daqui sabendo que ela vai ficar sozinha. E se precisar de mim? — Olha para mim com tanta fragilidade que recordo aquela menina tímida que conheci há anos, cujo único desejo era ser amada.

Retiro com cuidado o cabelo caído no seu rosto e limpo novamente os vestígios de maquiagem que entristecem ainda mais a sua beleza.

— Esta noite não vai haver alterações, mas amanhã pode ser que sim e vais necessitar de toda a energia para tudo. Bem ou mal, aquela menina, que vai dormir a noite toda, quando acordar vai precisar de ti com toda a tua garra.

Continua sem se mover. Tem receio.

— O Cauê foi embora. Se ele foi descansar, tu também precisas. Voltaremos assim que repousares um pouco. Prometo trazer-te quando pedires.

— Está bem, combinado — concorda, a olhar em volta na esperança de que surja alguma notícia antes de deixarmos a sala.

Conduzo em silêncio e ela fecha os olhos. Estaciono na garagem do meu prédio e ela me olha com desconfiança.

— Não te ia levar para a Clínica, pois sei que o mais certo era ires para o quarto da Liefde ou ficares no gabinete a ocupar a mente com algo. A Carolina fez uma sacola com uma muda de roupa. O meu apartamento tem dois quartos, não precisamos ficar juntos.

Está tão cansada que não argumenta e sai do carro, sempre comigo atrás de si ou a apoiar o seu corpo. Já em casa mostro-lhe o banheiro e, enquanto ouço o som distante da água, preparo algo simples para ela jantar, ciente de que sempre gostou de comer o pouco que aprendi a cozinhar.

Fico sentado perto do balcão com o prato a arrefecer.

Continuo à espera.

Olho o relógio e noto que se passaram quarenta e cinco minutos.

Espero mais cinco e penso que não é normal ela estar tão demorada.

Abro a porta do banheiro após chamá-la duas vezes e só encontrar silêncio. Avanço pelo banheiro e, ao vê-la sentada dentro do box, não penso e entro até sentir a água fria a encharcar-me a roupa. O corpo despido da Rafaela parece sem vida, e apenas as batidas do seu coração mostram o contrário. Caminho apressadamente para o quarto com ela nos braços, puxo a roupa de cama para trás e a pouso. Em seguida, e com a mesma rapidez de movimentos, volto ao banheiro para trazer toalhas e seco todo o seu corpo com a maior suavidade.

Durante todo o procedimento, a Rafaela continua totalmente apática.

Tiro a roupa e, sem pensar duas vezes, deito-me na cama com ela. Os nossos corpos despidos e frios aquecem-se sem ser de um jeito sexual. Com esse sentimento de proteção, encosto o peito às suas costas e a minha mão pousa na sua barriga, que treme com o choro que começa.

Não falamos nada.

Ela chora tudo.

Eu a prendo mais a mim.

Ela chora mais.

Eu a acarinho mais.

Ela adormece.

E eu não a largo durante toda a noite que passo acordado com receio de que ela desapareça ou volte a chorar.

Já de manhã, acordo com dedos a percorrer suavemente o meu peito e demoro a compreender quem é. Não me movo até sentir que ela parou e só então abro os olhos. Ficamos frente a frente, a imitar a posição um do outro — a mão esquerda por baixo do rosto e a direita a acariciar o corpo do outro. Não vai acontecer mais nada, ambos sabemos disso, mas continuamos com maliciosas carícias. Passados longos minutos, ela para e fecha os olhos e eu pego na sua mão, a beijar cada um dos seus dedos até a minha mão segurar a sua.

— Acha que Deus me odeia? — pergunta ainda de olhos cerrados. — Pois eu acredito que sim. Primeiro me deu um pai maravilhoso, depois o levou. Passados anos conheci você e senti que era amada, mas também acabei sem você. Fiquei sozinha naquele aeroporto te esperando como uma louca.

Se eu pudesse, espancava aquele homem que fui até não sobrar vida no seu corpo.

— Em seguida Ele me deu esperança, para tirá-la de mim da pior forma. — Uma lágrima escorre em meio à dor devastadora. — Voltei a me reerguer e construí a Clínica sozinha, até a Emília vir viver comigo. E eu fiquei tão feliz. Tinha alguém comigo que me amava, mas paguei caro e Ele levou a minha irmã, os gêmeos e o meu cunhado. Agora você está aqui comigo, e eu pagando o preço pela sua presença. Ele quer levar a Liefde. Quando isso vai parar? Por que sempre que recebo algo Ele tira mais alguém que amo? Será que não mereço ser feliz?

A dor é avassaladora, mas também sei que muitas das suas questões foram fabricadas por uma mãe que usou a religião como nunca deve ser usada, para criar medo e não esperança e fé.

— Não existe ninguém neste mundo que mereça ser tão feliz quanto tu. Em relação a Deus eu não sei, mas, consciente de que não cumpri as minhas promessas anteriores, peço que acredites em mim. Vou fazer tudo para seres feliz. Não posso trazer de volta quem já foi, mas farei o meu melhor para que o teu futuro não seja de *Adeuses*, mas de *Olás*. Não seja de choro, mas de riso. Não seja contigo sozinha, mas comigo a teu lado.

— E se Ele tentar tirar você de mim?

— Eu luto e venço.

— Não diga isso.

Olho-a com firmeza.

— Nada me fará sair do teu lado.

— Eu sei, Leonardo, mas ainda sinto que a infelicidade me espreita.

E, lamentavelmente...

Leonardo
20

Três dias e noites com a Rafaela na minha cama a sofrer. Madrugadas em que não conversamos sobre nós, mas nos abraçamos.

Horas em que ela fica parada a olhar para o nada e sei que está a pensar sobre tudo que vivemos e como viemos parar aqui.

Quase setenta e duas horas de angústia terminadas com a chegada do médico à sala para avisar que a Liefde acordou após ser submetida a um procedimento cirúrgico. O Cauê é a primeira pessoa que ela chama e nenhum de nós se importa por ficar mais tempo sem ver a menina. Porém, como a Rafaela falara, sempre que recebe algo bom, é-lhe retirado algo depois. Juntamente com o médico, que traz boas notícias e um sorriso para todos... vem uma assistente social encarregada da proteção de crianças para referir que as informações acerca da Liefde apresentam algumas falhas e é preciso ter acesso a todos os documentos. Ao meu lado a Rafaela volta a ficar rígida e pálida, e percebo que algo de errado se passa.

— O que foi, Flor? — pego no seu rosto claramente mais magro, como todo o seu corpo. Nestes três dias, ela viveu praticamente de chá e salada.

Sofia Silva 154

Conosco estão a Emília e o Diogo, e, pela expressão deles, consigo perceber que têm a noção do que se está a passar. Sentamo-nos nas desconfortáveis cadeiras de plástico e a Rafaela começa a contar como forjou a documentação.

— Eu não sou má pessoa, Leonardo, mas sabia que o Cauê seria enviado para alguma instituição e deixado à mercê das suas ideações suicidas. Sabia que ele não aguentaria viver sem a Liefde. Nosso país está tão destruído socialmente que um garoto pobre, violento e com um passado como o dele não recebe apoio.

— Ei! — Levanto o seu queixo. — Ninguém está a criticar-te. O que fizeste pode ter sido incorreto, mas a vida do Cauê é a prova de que fizeste o melhor que sabias.

— O que podemos fazer? — questiona a Emília, e eu olho para ela com a consciência de que, no dia em que se recuperar, irá mudar muitas vezes, como acontece com a tia.

— Não sei. Tenho receio de que descubram tudo e que o nome da Clínica e todo o trabalho que ela faz fiquem manchados, mas não posso perdê-los. Não posso deixar que os levem!

— Não te preocupes, vamos encontrar uma solução. Usaremos os documentos que tens até pedirem mais. — Aproximo-a de mim e ela deixa a cabeça cair no meu ombro. O Diogo e a Emília olham para nós com expressões gêmeas de estranheza. Antes de saírem em viagem, ela ainda estava com o Pedro, e agora já não nos largamos.

Segundos. A vida muda em segundos.

Dois a dois, visitamos a menina que, ao contrário de todos, está com ar despreocupado. A Rafaela deixa cair lágrimas quando vê o pequeno corpo numa cama branca e estéril demais para alguém tão colorido.

— Oi, meu bem — fala, a beijar o rosto redondo da Liefde e eu faço o mesmo, a sentar-me na cadeira ao lado da cama, enquanto a Rafaela se acomoda no canto do colchão, sem parar de tocar na menina.

A Liefde beija a Rafaela com tanto amor que a minha respiração fica presa nos segundos em que os pequenos braços, um deles fraturado, agarram a mulher mais forte que conheço, como se a menina quisesse dizer que também a ama.

— Oi! — Sorri para mim enquanto a sua mãozinha acaricia o meu rosto.

Os dedos continuam a traçar as rugas dos meus olhos, quando a outra mão toca o rosto da Rafaela e nós dois nos olhamos e eu sei o que ela está a pensar, pois é o mesmo que eu: *Isto poderia ser a nossa realidade.*

Quando a menina abandona o meu rosto, pego na sua mão e na da Rafaela. E a Rafaela faz o mesmo. Ficamos a tarde toda de mãos dadas, cientes de que isto pode ser nosso quando todo o resto nos foi tirado.

E, se alguém falar que amor à primeira vista não existe, eu não terei como discordar, porém amor ao primeiro toque é real, porque é o que sinto quando os dedos da Liefde apanham os meus com toda a sua pouca força e ela sorri como se soubesse mais do que todos. Os seus olhos entram em mim e eu me sinto despido de todas as emoções quando sorri como se dissesse que tudo vai ficar bem. Que ela veio consertar algo dentro de mim e da Rafaela.

Rafaela
21

Encosto o ombro à parede sem fazer barulho.

— Dizem que a experiência de quase morte muda a vida de quem esteve prestes a partir, mas, neste caso, mudou quem não imaginava a devastação da morte — fala a Carolina ao meu lado com a mesma visão que eu. O Leonardo está sentado num tapete cor-de-rosa felpudo, que certamente deixará pelos na sua roupa, enquanto coloca, com muita dificuldade, pecinhas de plástico em fios que formarão pulseiras.

— Tenho receio de que não seja real.

— Aquele homem pode ter muitos defeitos, e você bem sabe que eu torcia por você com o Pedro, mas uma coisa posso afirmar, o Leonardo não é homem de fingimentos. Faz e diz o que pensa sem se importar em agradar.

— Ninguém muda tão de repente. Ele não queria esta vida e, num piscar de olhos, está rindo com uma criança vestida com tantas cores quanto o arco-íris. Receio que ele tenha percebido que a amo e a queira amar também por saber que eu adoraria.

O Cauê aparece, sentando-se com eles, e os três formam um grupo estranho, mas noto como o meu menino não se importa com a presença do Leonardo, quando comigo é o oposto. Como ele sorri para o Leonardo. Muitas vezes me pergunto o que ambos fazem quando desaparecem durante horas e o Cauê surge diferente, como se essa atividade fora da Clínica, seja lá qual for, estivesse dando certo. Desejo demais saber o que os dois conversam, mas tenho certeza de que é algo que nunca adivinharia.

— Não acredito que tenha sido repentino. Em dez anos nós mudamos e, Rafaela, embora não seja a maior fã dele, acho que o problema do Leonardo não é a incapacidade de amar outras pessoas, mas a dificuldade de demonstrar. E você me confessou, há muitos anos, que ele sempre quis ser pai. Há homens que acreditam que mostrar afeto é uma falha. Além de tudo, ele tem gasto rios de dinheiro com a situação dos irmãos. Até trouxe advogados especializados em casos de risco infantil. Talvez ele nem sempre saiba como mostrar afeto, mas uma coisa é certa, se está sentado fazendo pulseiras é porque quer, e nada mais. Se está arcando com todas as despesas dos irmãos é porque gosta deles, e não para te fazer feliz. Ele gosta das crianças, Rafaela, e essa é a única verdade.

A Liefde morde a língua quando não consegue encontrar uma peça que procura e o Leonardo ajuda, ao mesmo tempo que conversa mais seriamente com o Cauê, e eu desejo tanto estar com eles que não pedir para entrar naquele grupo faz doer cada músculo do meu corpo. Queria me sentar ali e dizer que o meu pai ficava criando pulseiras comigo, e quis passar essa recordação boa à Liefde, como todos os pais fazem com os filhos. Queria explicar que ela sou eu em criança.

— O que acha que eu devo fazer?

— Nada. Uma vez na vida deixe o vento soprar as velas e levar o barco ao destino. Vá com a maré.

— E se o barco afundar?

— Vira Kate Winslet e sobe numa tábua. Você vai ficar bem.

— E ele?

— Você decide se tem espaço na tábua para ele subir ou se solta as mãos dele e o deixa afundar.

Leonardo
22

A vida tem sido caótica e calma simultaneamente. Depois que a Liefde veio do hospital, a Rafaela nunca mais visitou a minha casa. Recusou todos os meus convites para estar sozinha comigo. Então, diariamente, levo-a para jantar na Clínica. Hoje não é diferente, estamos os dois no refeitório ocupado por muitos, mas a uma mesa distanciada.

— Queria poder jantar só contigo. Cozinhar para ti e conversarmos. Há tanto que te quero dizer. Quero mais, Flor.

Ela para de levar a colher à boca, pousa-a e olha para mim, a dobrar e desdobrar o guardanapo.

— Eu sei que precisamos conversar, não apenas sobre o que está acontecendo entre nós, mas sobre o passado. Não vou conseguir avançar se não arrumarmos o que ficou lá atrás, mas tenho medo, Leonardo. — Começa a rasgar o guardanapo em pedacinhos.

— Medo de quê? Que eu não te ame? Que eu volte para Portugal? Se for isso, não tenhas. Eu vim para ficar porque te amo. — Ela abana a cabeça rapidamente e eu pego na sua mão.

— Eu sei que não deveria, mas acredito quando diz isso. A verdade é que eu sempre te amei, mas durante anos te odiei e me odiei porque não conseguia parar de te amar. Tenho medo de que nos machuquemos novamente. Parece que estamos os dois com receio de falar por sabermos que seria mais fácil enterrar o passado, mas eu não consigo.

— Eu sei que errei, mas vamos falar.

Deixa-se escorregar na cadeira, a relaxar o corpo.

— Preciso de mais tempo. Necessito conhecer mais este Leonardo que sai espalhando amor sem medir. E, se uma parte minha não pode estar mais feliz por ver isso, outra fica zangada por você ter desperdiçado a possibilidade de termos esta realidade há dez anos. Você foi a pior pessoa comigo.

— Se pudesse, eu te pediria perdão eternamente.

— E se eu não conseguir te perdoar?

— Ficarei aqui até acreditares que sou outro homem. Nem que demore a vida toda para convencer-te.

— Eu quero acreditar, mas foram muitos anos sem você.

Não mais disposto a continuar a falar de algo que não nos levará a lugar algum, mudo de assunto.

— Quando eu tinha saudades tuas, e acredita que foram muitas as vezes, eu ia jantar àquele restaurante a que te levei quando fomos à Ribeira, e até cheguei a fazer o cruzeiro pelo Douro na tentativa de ver tudo aquilo pelos teus olhos. Foi um dia triste, porque tenho certeza de que foi lá que me apaixonei por ti. — Ela baixa o olhar porque uma vez, lá no passado, falamos que aquele dia fora a nossa segunda oportunidade. — Mas, quando estava mesmo deprimido, eu procurava alguém que temos em comum.

— Quem?

Retiro o telemóvel do bolso e mostro-lhe um site que encontrei há anos.

— A baleia continua sozinha. Ainda não encontrou ninguém como ela ou que a compreenda. Fico horas a ver vídeos e a tentar descobrir mais informações, mas não existe muito mais, contudo até canções foram escritas sobre ela, mas é melhor não escutares. Não é o nosso gênero. — Rio e vejo-a mais descontraída.

— Nunca mais me lembrei dela. Na época fiquei muito abalada, mas, com tudo que aconteceu na minha vida, fui me esquecendo — fala, a pegar no meu aparelho e começar a ver as fotos que doem.

— Eu procurei-a porque só após estar sem ti é que compreendi o quão solitária é a existência dela. Tu foste a única que me viu por completo, o resto do mundo jamais conseguiu.

Rafaela
23

A vida não é justa. Nem sempre é fácil e por vezes somos perseguidos pelos acontecimentos que pensamos terem mudado definitivamente quem somos. Acordar dói e dormir é impossível. Tudo que conhecemos é sofrimento, mas — existe sempre um mas —, quando pensamos que nada de bom poderia surgir, a vida percebe o erro que cometeu e une as duas pessoas com quem foi tão cruel.

※

Recordo as palavras do Diogo no casamento com a minha sobrinha e pouso a carta que estava lendo, quando uma batida à porta ecoa pela casa.

— O que está fazendo aqui? — Olho-o, vendo que ainda está com a roupa que usou no casamento.

— Posso entrar?

— Pode, claro. — Abro a porta e ele entra, mas a postura é nervosa. — Aconteceu alguma coisa?

— Hoje, no casamento do Diogo, eu compreendi que a vida dá segundas oportunidades e ela nos deu uma, mas estamos a desperdiçá-la, com medo dos nossos sentimentos.

— Eu quero muito, Leonardo. Quero acreditar que você está dizendo a verdade, mas...

Paro quando ele levanta a mão pedindo para eu esperar e retira da carteira um papel dobrado. Ao abri-lo, consigo ver que é a nossa fotografia do dia do cruzeiro. Contudo, o meu rosto está quase apagado, como se ele tivesse passado o dedo por cima vezes sem conta.

— Eu nunca me esqueci de ti, Flor. Nunca. Não precisava de uma fotografia nossa para recordar tudo que vivemos e quem foste na minha vida, mas ela esteve todos os dias comigo. Não houve um único em que saísse de casa sem ela. Mas mesmo que não tivesse uma fotografia nossa, eu continuaria a saber quem és porque, Flor, tu estás tatuada aqui... — pousa a mão sobre o seu coração — e ele só bate por ti.

Seguro a foto com mãos trêmulas e ganho coragem.

— Então por que você não veio comigo? — Coloco a mão na barriga. — Conosco?

Os olhos dele mostram vergonha, mas insisto.

— Se me amava tanto assim, como foi capaz de me deixar vir embora grávida? Como foi capaz de nos abandonar?

O rosto dele fica branco e sei que este é o momento em que não dá mais para negar. Precisamos conversar sobre tudo que aconteceu e por isso dou um passo atrás, e outro, e mais outro.

— Repito: por que não veio? Por que não veio atrás de nós? — As minhas mãos tremem em cima da minha barriga e dou mais um passo atrás.

Os olhos dele brilham, ele dá um passo à frente olhando para minha barriga e as suas mãos levantam-se como se quisesse tocar nela, mas dou outro para trás. Ele volta a avançar mais um passo e diz o que nunca imaginei.

— Eu vim. Eu vim atrás de ti. Eu vim.

— Não, não é possível, não minta. — Aperto a barriga com força.

— Eu vim e não havia um bebê. Eu vi-te e perguntei se tinhas algum filho, e todos disseram que não.

— Filha. Uma menina, Leonardo. — Minhas unhas perfuram a pele com a força do aperto como se sentisse aquele momento novamente.

— Sabias até o sexo da criança? E mesmo assim abortaste, quando sempre tinhas dito que o teu sonho era ser mãe?

— Eu não...

— E eu senti tanta culpa, ao mesmo tempo que também te odiei por teres abortado o nosso... a nossa filha. Eu vim tarde, mas vim porque não aguentava mais estar longe de ti, e eis que... não havia um bebê! — As palavras dele cortam-me e ambos choramos.

— Eu... — Minha voz não tem força, sendo atropelada pelas emoções. — Eu... eu não abortei, Leonardo. Eu nunca abortaria um ser feito com tanto amor. Eu não abortei a nossa menina.

— Mas... — O ar de choque abala a sua estrutura e neste momento percebo que algo aconteceu para nenhum dos dois saber a verdade do que de fato aconteceu.

— Eu não abortei a nossa filha, a nossa Esperança. Eu não matei a nossa filha. Ela nasceu, Leonardo. A nossa filha nasceu. Eu não matei a Esperança. Eu não abortei — repito, repito e repito.

Ele se aproxima com olhos perdidos.

— Flor, onde está a nossa filha? — Dá um passo e fica bem perto do meu rosto. — Onde está a nossa filha?

— Ela... — Começo a me sentir mal.

— Diz-me, por favor, diz onde está a Esperança. — A sua aflição cresce à medida que me sinto pior. — O que fizeste com a nossa filha?

— Ela... — O piso não para de se mover. — Ela...

— Flor! — É tudo que ouço antes que as trevas me abracem.

4ª PARTE

Só ficarei livre desse segredo quando ele tiver perdido todo o valor.

JANE AUSTEN

Orgulho & Preconceito

Rafaela
24

Passado — Portugal.

— Estou atrasada, Leo. — Tento retirar o braço pesado sobre mim, mas o safado aperta mais. — Vai lá, eu preciso ir trabalhar. O Artur está me esperando.

Como um leão, movimenta-se, prendendo-me embaixo dele. O seu peito toca no meu, assim como todas as suas partes, e o rosto ainda ensonado mostra bem como passamos a noite. Deus, como sou viciada nesse homem.

— Não quero que vás, principalmente com ele. — A voz rouca de sono afeta a minha capacidade de resposta, portanto apenas reviro os olhos porque, apesar de estarmos namorando faz mais de um ano, os ciúmes continuam desnecessariamente grandes.

— Senhor Leonardo Tavares, quer fazer o favor de sair de cima de mim? — Empurro o seu corpo devagar e com pouca vontade.

— Não vás. Até te deixo ficares por cima todas as vezes. — Com o joelho abre as minhas pernas, posicionando-se onde quer, e eu sei e sinto bem em que está pensando.

— Como assim, *deixa*? Quem decide sou eu! — Ele ri, mordendo-me em seguida no ombro. — Vai, levanta. O Artur já está me esperando faz vinte minutos.

Coloca os cotovelos ao lado do meu rosto enquanto as mãos penteiam o meu cabelo com cuidado, olhando para mim com ternura.

— Levanto, mas promete voltar para mim?

— Sempre.

O dia é longo. Agora faço parte de uma equipe que visita idosos em suas casas. O Porto é uma cidade antiga, e muitos edifícios no Centro são históricos e com arquitetura clássica, porém têm muitas escadas e tornam-se prisões para as pessoas com mais idade, isolando quem ainda tem mente sã, mas corpo fraco. Todos os sábados visito gente que apenas precisa de companhia, e eu não poderia gostar mais da experiência.

Enquanto converso com a Dona Rosa, uma senhora de oitenta e dois anos sem família, o celular toca e, pela insistência, peço licença para atender. Olho e o nome do Leonardo surge.

— Oi, Leo, que foi?

— Sei que estás ocupada, mas é o aniversário da minha mãe. Será que consegues estar pronta às sete? Vou sair para comprar-lhe algo e depois passo para te buscar. Não te esqueças de preparar roupa, vamos para a minha casa esta noite.

— Sim, claro. Mas não posso conversar agora, falamos depois. Beijo.

— Beijo.

— O que foi, querida?

— Nada. Só um jantar com os pais do meu namorado.

— Cuidado que no começo pode ser complicado.

Não menciono que namoro há mais de um ano e que não houve uma única vez que eles me tratassem com afeto.

Passadas horas, estou no carro com o Leonardo, mais calma após uma longa conversa com a Dona Rosa. A mão dele aperta o meu joelho e eu me esforço para abrir um sorriso sincero.

— O que se passa, *gata*? Estás calada e raramente isso acontece, a não ser quando estás chateada ou triste.

— Apenas cansada. — Não sou burra de dizer que sei que os pais dele prefeririam que ele ficasse em Portugal.

Volta a dirigir prestando atenção no caminho e tento me livrar da sensação de incerteza que me atormenta. Tentei impressionar os pais dele sabendo como eles são. O meu sotaque brasileiro foi a primeira barreira, entre muitas. O fato de o Leonardo querer ir comigo para o Brasil foi o último prego no caixão. Eles nunca imaginaram que ele pudesse se entusiasmar com o meu projeto, mas a realidade é que, de nós dois, tem sido ele o que mais planos tem feito. Por baixo daquela postura sempre esteve alguém que só quer usar a inteligência para ajudar o mundo.

Já na casa dos pais dele, o jantar decorre sem problemas, até o pai trazer à baila o assunto de sempre.

— Já têm data para a partida?

— Não temos data definida, precisamos averiguar alguns detalhes e esperar pela documentação, além disso necessitamos de capital, a parte mais demorada. O professor Saraiva está conosco no projeto, então fica mais fácil. — Continua a jantar, pegando no copo de vinho. Sempre que vimos à casa dos pais dele, o Leonardo bebe mais um copo do que o habitual. Não gosto muito disso, mas me mantenho em silêncio, por não ver grandes problemas.

— Lembra-te que isso é um projeto e não o teu sonho. Cuidado para não enterrares dinheiro sem certezas, para mais com o governo brasileiro. Ficas sem o projeto e sem o dinheiro. — O ambiente azeda rapidamente.

— Não se preocupe com isso. Está tudo pensado. — Apanha a minha mão por baixo da mesa, sabendo que preciso de conforto ante o discurso do pai, mas às vezes tenho receio de que seja ele que precisa acreditar.

O jantar já terminou, mas o papo se prolonga por tempo demais e o som do meu celular se faz ouvir. Como não para de tocar, peço licença para sair.

O que está acontecendo para todo mundo me ligar hoje?

Quando leio o nome, percebo que preciso atender. Levanto a mão, avisando que é importante, e saio correndo para o quarto. Meu coração descompensado é quem atende a chamada.

— O que você quer?! Já disse para não me ligar mais.

— Cheguei em casa e vi que você teve a ousadia de processar a gente.

— Só quero o que é meu. *Nosso*. Eu e a Joana estamos pedindo o que sempre foi nosso. Nem seu, nem dela.

— O dinheiro que ficou deve ser para a gente pelos anos que a sua mãe ficou tomando conta daquele louco.

— Como ousa falar de papai como se fosse um desconhecido para você? Como tem a coragem de ficar com um dinheiro que é meu e da Joana? Esse dinheiro é meu, ouviu bem? E eu vou fazer de tudo para ficar com ele. — Bato o telefone na cara do pilantra. Chega!

Volto para a sala de jantar e não consigo esconder meu estado de agitação. O Leonardo logo vem ao meu encontro. Ele me conhece bem e sabe que nestas horas preciso de serenidade.

De volta ao quarto, tiro a roupa e fico deitada na cama olhando o teto. Quando ele entra, senta-se na ponta, completamente vestido e com ar sério. Não aguento e choro, sempre de olhos fixos no teto. E ele fica ali, sabendo que eu não quero abraço, apenas chorar.

— Era a tua mãe ao telemóvel? — questiona quando me acalmo.

— Não. O meu tio. Como é possível que nunca tenha me procurado, e agora, que há dinheiro envolvido, eu e a Joana tenhamos passado a existir?

— Não sei, Flor. Honestamente, não sei. — Passa a palma da mão pelo meu rosto e eu preciso de mais.

— Transa comigo. Preciso esquecer tudo — peço diretamente e ele nega.

— Não estragues o que temos, para tapar alguém que não merece estar na tua memória. — Sai do quarto e eu fico envergonhada por ter pedido.

Minutos depois entra apenas de toalha e com a pele ainda úmida do banho. Caminha para a cama, deixando o tecido cair, e deita-se a meu lado, pegando em mim e me colocando em cima dele. Estamos ambos despidos, sentindo o calor dos nossos corpos, e eu percebo que ele está dando seu corpo, não como pedi, mas cedendo.

— Se eu não conseguir aquele dinheiro, não sei como começar o projeto — confesso, receosa. Quando nossa relação se tornou segura, contei a ele sobre a enorme herança do meu pai e dos meus avós que, com mentiras e esquemas, caíram nas mãos da minha mãe.

— Não vamos pensar nisso agora. Os advogados acreditam que não há a menor hipótese de eles ganharem.

— Eu preciso de dinheiro para começar meu sonho. Eu preciso.

— E vais conseguir.

— Farei tudo para conseguir. Tudo!

O resto da noite é passada comigo nos braços do Leonardo, e finalmente transamos, não porque preciso esquecer quem me fez mal, mas para me recordar quem me ama.

Leonardo
25

Caminho apressado, abro a porta e fecho-a com um estrondo. A voz da minha mãe ouve-se lá do corredor da casa, mas não me importo.

— O que fez? — pergunto no rosto do meu pai, a atirar as folhas que me chegaram a casa.

— Nunca pensaste na coincidência de ela gostar de ti? De tantos homens naquele curso, ela, por um acaso, apaixonar-se pelo mais rico?

— Pelo amor de Deus, pai, isso não é uma novela mexicana onde as pessoas forjam interesse. É a vida real! Só falta dizer que ela calculou a vinda para Portugal para me conhecer.

— Não digo isso, mas há pessoas que têm objetivos tão traçados que são capazes de tudo para os conquistar. Ela é uma mulher muito bonita e impossível um homem não a olhar, além de sentir-se tentado pelo exotismo de ter uma relação com uma brasileira. Eu sei bem como elas são irresistíveis.

— Não traga suas traições para o presente. O que fez e continua fazendo é opção sua. Não compare a Rafaela às mulheres com quem mantém relacionamentos degradantes.

No começo, e ainda jovem, fiquei zangado por saber que o meu pai tinha amantes, mas ainda mais chocante é perceber que a minha mãe sabe, mas finge que não existem ou que são casos normais de homens que precisam de algo mais. Já de si seria terrível, mas um dos motivos para me afastar da profissão e da vida dos meus pais é a prostituição ao mais alto nível que existe entre todos. Casamentos de aparências e mais casos extraconjugais do que deveria ser aceitável. Gente com muito dinheiro e pouco caráter, mas que olha os que estão abaixo como se fossem o problema da sociedade.

— Não interessa o que fiz, mas precisava descobrir mais sobre ela. Não é normal todo aquele dinheiro. Eu conversei com a mãe dela e com as pessoas que vivem naquela região, e as histórias deles não batem com a dela.

— Claro que eles não vão contar a verdade!

— Ela gastou dois milhões, Leonardo. Há três anos foi-lhe dado esse dinheiro e sumiu. Ninguém sabe o que foi feito a esse dinheiro! Ela dizia que era para uma clínica, mas onde está esse dinheiro? Pensa que ela fala muito, mas há muita coisa que não bate certo.

— Pare de se meter na minha vida, ou me verei na obrigação de sair da sua.

Saio do escritório intempestivamente e nem cumprimento a minha mãe. Já no carro relaxo e tento não pensar no que foi dito, contudo fico a refletir sobre esse dinheiro que ela nunca mencionou.

— Estás pronta? — Sinto que ainda está abalada por saber que os meus pais estão a fazer de tudo para eu não partir. Compreendo a preocupação deles até o ponto em que as objeções estão relacionadas com a Rafaela. Queria que eles a vissem como eu e todos que a rodeiam.

— Sim. — Os sapatos batem no soalho e, quando olho para ela, recordo o que o meu pai disse e concordo, a Rafaela é uma mulher linda. E produzida para sairmos torna-se deslumbrante. Extraordinária.

— Acho melhor ficarmos em casa — falo, a agarrá-la pela cintura e prendê-la a mim. Passo o nariz pelo seu cabelo e ela treme nos meus braços com um sorriso melodioso nos lábios. — Subitamente perdi a vontade de estar com a turma toda. Vamos ficar. Tenho muitas músicas e coloco-as todas para ti. — Ela ri, a beijar-me o queixo.

— Preciso respirar ar puro, Leo. Por mais tentador que seja ficar trancada naquele quarto, necessito não pensar por algumas horas. — Uma nuvem cinzenta passa pelos seus olhos como tem acontecido ultimamente. Além de tudo, tem perdido o apetite, e ando preocupado.

De mãos dadas, saímos de casa e, passados trinta minutos, entramos no bar onde todos já estão à nossa espera.

— Finalmente chegaram! — grita como sempre o Artur. A nossa amizade não voltou a ser igual, e creio que jamais voltará, talvez por eu continuar a pensar que se ele imaginasse que tinha chance com a Rafaela iria agarrá-la com todas as forças, ou simplesmente pela maneira como olha para ela quando pensa que estou distraído.

A noite é passada entre risos e muita conversa. Pouco a pouco a Rafaela volta à sua forma alegre de ser, e pouco a pouco seu corpo fica em cima do meu e ela começa a me fazer um cafuné, sabendo que não resisto. Com ela aprendi a aceitar o toque em qualquer sítio, sem problemas de quem vê. O seu carinho é tão constante que não me importo.

— Quando vais aceitar dançar comigo? — Sempre que saímos pergunto o mesmo.

— Um dia, Leonardo. — Por ela não me importava de mostrar que não sou perfeito e que ela pode dançar com alguém sem quebrar a lembrança criada com o pai.

Só quando a nossa relação estava avançada é que confessou que nunca dançara com ninguém porque a última pessoa fora o pai e ela queria preservar o acontecimento.

Chego o seu rosto ao meu e beijo-a lentamente, a senti-la derreter-se no meu toque. Tento sempre ser o mais meigo possível, pois sei que ela passou anos sem um carinho. O Artur levanta-se nesse momento, o que contribui para a minha desconfiança de que ainda gosta dela.

— Gosto de te ver assim. — Seguro o seu rosto, a retirar o cabelo transpirado da sua testa.

— Assim como? — Pega nas minhas mãos e as beija.

— Descontraída e a sorrir. — Mais uma vez os olhos dela traem-na. — O que se passa nessa cabeça que por vezes fica distante?

— Não vamos pensar nisso agora, Leonardo. Preciso parar de pensar por uma noite. — Abre as pernas e puxo-a mais para mim.

— Estás linda. Já te disse isso, mas não consigo parar de pensar na sorte que tenho.

— Fala isso porque estou usando um vestido.

— Não é o vestido, és tu. Tu, Flor, quebras-me com um olhar. Nunca tive a menor chance.

— Desculpe eu andar distante. Prometo que não vou ficar sempre assim quando os seus pais mostrarem que é um erro o nosso sonho. É que tenho receio de que um dia ouça o que eles dizem e compreenda que talvez tenham razão. Não quero pensar num futuro sem nós dois nele.

— Flor, isso nunca vai acontecer. Prometo-te. Amo-te demais para viver num futuro sem nós dois juntos. — Ela deixa cair a cabeça no meu ombro e as minhas mãos acariciam as suas costas.

— Quero acreditar nisso. Tem dias em que é mais difícil, parece que todos estão cavando um buraco para nós.

— Eu estou sempre contigo.

— Promete? — pergunta perto dos meus lábios.

— Prometo — respondo, a beijá-la.

Com cuidado, retiro-a do meu colo. Sento-a com o rosto elevado para mim, enquanto dobro as mangas da camisa e abro um botão, a passar em seguida as mãos pelo cabelo. Sorrio para ela e parto. Caminho entre o mar de pessoas e percebo que ela observa com curiosidade cada passo meu, claramente a pensar no que está prestes a acontecer. E eis que minutos depois a batida de *Purple Rain* começa e eu faço algo que nunca imaginei: canto para ela no karaokê. Humilho-me perante todos nos agudos que nunca conseguirei atingir, sabendo que ela adora Prince e é a sua música favorita dele.

Canto as pequenas estrofes completamente desafinado, mas só ela interessa. Não o rosto dos nossos amigos admirados, a cara espantada do Artur ou o sorriso compreensivo da Liliana, que percebe que com a Rafaela eu sou tudo que nunca fui com ela. Uma pessoa que voltou a ser uma boa amiga e finalmente encontrou alguém que a ama como merece.

O seu vestido rosa, como sempre, rodopia na escuridão do bar e ela vem ao meu encontro. O som da guitarra começa, eu abandono o microfone e caminho para o amor da minha vida.

Ela baixa-se e retira os sapatos.

Eu dou mais um passo e ela dá outro.

E, finalmente, nos tocamos.

Um pé dela sobe para cima do meu e a seguir o outro.

E, com o som das guitarras e de outras pessoas a cantar, eu e a Rafaela dançamos pela primeira vez.

Como dois amantes que se estreiam a fazer amor, tentamos calmamente encontrar um ritmo ideal que agrade a ambos.

A sua boca toca na minha garganta com pequenos beijos, e eu seguro-a mais em mim.

Os meus pés começam com pequenos passos, sem nos preocuparmos com quem não compreende. Essa é a maravilha de estar numa relação, o mundo exterior não precisa entender o que nós somos.

— Finalmente dançamos. — Respiro no seu ouvido. — A minha primeira vez...

— Não se preocupe, eu vou ser meiguinha e você vai adorar.

Durante os longos minutos que a música dura, nós ficamos assim.

A dançar. A beijar. A criar memórias.

— Amo-te, Flor.

— Te amo, Leo.

❧ ⁖ ❧

— Flor — gemo.

— Te amo, Leo. — Fecha os olhos quando o corpo desce novamente e as mãos apoiam-se nos meus ombros. Continuamos em passo lento na ondulação suave dos nossos corpos transpirados. Fazemos amor até o cansaço ser maior que a vontade de permanecermos dento um do outro.

A brisa quente do Alentejo entra pela janela da casa do meu avô. Rafaela continua a dormir e eu aproveito para passar o corpo por água e conversar com o homem que mais admiro. Quem olha para o meu avô não imagina que é dos alentejanos mais ricos da região, mas foi muito pobre durante a infância. Uma vez contou-me que passou três dias sem comer para os seus irmãos mais novos terem pão para se alimentarem. Talvez por isso ele valorize tudo o que tem e não compreenda a vida frívola que o meu pai leva... e eu tampouco.

— Bom dia. — Estou prestes a sentar-me quando ele se levanta, a indicar com a bengala para irmos caminhar.

— Quando partem para o Brasil?

— Assim que tivermos a abertura do financiamento. Eu consigo avançar o valor que tenho e que o avô contribuiu, mas estamos à espera do dinheiro da herança da Rafaela e da liberação da verba que pedimos ao governo do Brasil, mas sabe como é, há dinheiro para estádios de futebol no meio do nada, mas para ajudar quem precisa, o buraco é mais embaixo, como dizem por lá.

— Tudo se resolve. A Rafaela tem tudo tão esquematizado que só um tolo não concorda com as ideias dela. — Coloca a mão no meu ombro para se apoiar na subida do terreno.

— Como sabe tanto sobre o projeto?

— Às vezes liga-me e conversamos. Ela é como a tua avó, sempre preocupada comigo. — Percorremos os longos terrenos com lentidão, porque ninguém consegue caminhar pelos campos extensos do Alentejo sem ficar perdido na beleza do sol que queima o chão, das cores quentes que nos assaltam e dos pássaros que voam.

— Eu sei, mas ultimamente sinto que algo se passa e ela não conta. Este é o sonho dela, e mesmo assim há algo que me tenta esconder. Parece que tenho que andar sempre atrás de informações. Até a trouxe para cá a ver se relaxa, mas não sei se acontecerá.

— Ela desafia-te, Leonardo. Nunca poderias ficar com uma mulher passiva ou que só te acompanhasse nos teus sonhos. Precisas de alguém que te traga emoção. Vocês são como a lua e o sol. — Aponta para o sol escaldante que nos queima. — A lua segue o sol aonde ele for. E sabes o que acontece quando se encontram? Ficam juntos por pouco tempo, porque a melhor parte é a corrida. Tu vais ter que andar sempre atrás dela.

— Tem noção dos erros de astronomia que cometeu com essa ideia?

Ele bate-me na perna e rimos.

— Na vida pouco interessa isso. Ouve o que te digo, nada que amamos cai nos nossos braços sem esforço, ou não é apreciado. Tudo que tenho está marcado no meu corpo. — Aponta para os hectares de terra com o seu nome. — Sempre que as minhas costas doem, eu sei que foi por lutar para ser dono de mim, mas dava tudo isto num piscar de olhos por mais um dia com a tua avó. Não existe sentimento pior do que deitarmo-nos numa cama e a outra metade estar vazia. Eu dormi cinquenta e três anos com ela e agora não sei como dormir sozinho. — Tosse para encobrir a emoção. — A vida sem quem amamos é uma cama vazia.

Passamos o resto da manhã a conversar, e nos momentos de silêncio pergunto-me por que motivo a Rafaela nunca me disse que conversava com o meu avô. Pergunto-me o quanto ela não me conta.

— Ufa, por minutos pensei que estava perdida. — A voz dela dá sinais de cansaço. — Você podia ter dito que tinha vindo para cá. Fiquei procurando vocês por toda parte. — Senta-se ao lado do meu avô, que pega na sua mão, e então deixa cair a cabeça no ombro dele num gesto de carinho.

— A culpa é minha. Não consigo deixar de vir aqui todas as manhãs. É o meu lugar para pensar.

— Pensar sobre o quê? — pergunta, e a outra mão do meu avô acaricia-lhe o cabelo com suavidade.

— Sobre flores. Não existe nada mais bonito do que uma flor. — Retira do bolso da camisa uma silvestre que tinha apanhado quando caminhávamos e coloca-a no cabelo da Rafaela, que lhe dá um beijo em seguida.

Ficamos todo o fim de semana no Alentejo e, apesar de eu achar idiota, observei a interação deles e algo estranho se passou nos meus pensamentos. Dois dias depois de retornarmos do Alentejo, a Rafaela voltou a ficar feliz e uma soma de dinheiro de um patrocinador apareceu para avançar com o projeto.

Duas semanas depois...

O toque da campainha pausa o meu trabalho de organizar o que preciso levar para o Brasil. Se a pessoa passou pelo porteiro é porque tem autorização, e, como a Rafaela tem as chaves, não sei quem poderá ser. Abro a porta e o rosto sério do meu pai mostra-se.

— Precisamos de conversar. Posso entrar?

Ele atira a pasta para cima da mesa e encaminha-se para perto do bar, a servir dois copos.

— Abre e lê. Eu avisei-te.

Começo a ler e tento não acreditar.

— Além de ela processar a mãe, também processou um avô dizendo que ele ficou com os tais milhões que lhe tinham sido transferidos.

Tento não acreditar, mas os documentos não enganam. Por que motivo nunca me contou?

— E o dinheiro que subitamente apareceu como por milagre tem um nome bem conhecido. Lê!

Olho o nome que conheço desde pequeno: *António Albuquerque Sousa Tavares,* meu avô.

— Deve haver algum engano. A Rafaela não é assim. O sonho dela é abrir uma clínica para ajudar pessoas como o pai dela.

— Os maiores golpes vêm sempre de quem não contamos. Eu sempre disse que havia algo estranho nela.

Empurro a cadeira para trás, deixo os papéis caírem no chão e corro porta afora com a voz do meu pai a gritar por mim. Entro no carro e conduzo feito louco até o quarto dela.

— O que é isto? — Atiro os papeis quando a porta se abre.

— O quê?!

— Isto! — grito como um louco e ela pega os papéis.

— Isto é mentira. Eu te contei que fui enganada pela minha família. Confiei que eles iriam investir o dinheiro na Clínica. Eu te contei que era jovem e não queria estar sempre chateando a Joana e assinei tudo pensando que eles não fariam algo assim.

— São milhões, Rafaela. Milhões não somem sem mais nem menos. Nada faz sentido. Para que você quer tanto dinheiro, se já teve muito mais e sumiu com ele?

— Você precisa acreditar em mim. Não mentiria sobre isso! Eles entraram com processos e mais processos na justiça e eu confiei no meu avô, mas fui enganada! Pergunte à Joana. — Os seus olhos enchem-se de lágrimas, mas tento não ceder.

— E isto, Rafaela? Isto também é mentira? — Atiro os documentos da transferência milionária do meu avô. O mesmo com quem ela ficou meses a fingir que se preocupava só para sacar dinheiro de um velho que não resistiu aos seus encantos.

— Não. Ele doou esse dinheiro, mas não queria que ninguém soubesse. Foi ele que quis. — Ela começa a roer as unhas como sempre faz quando está nervosa.

Rio com acidez, mas estou morto por dentro com a dor que sinto por pensar que ela calculou tudo. Não teve vergonha em contar toda a sua vida, mas de forma a que eu nem pensasse em descobrir mais.

— Não tem qualquer lógica. Ele doa dinheiro e não quer que o próprio neto saiba? Achas mesmo que sou idiota? Achas? Por isso ligavas para ele. Meu Deus, que pessoa louca! Como pudeste enganar-me?

Nervosamente, ela conta uma história e outra e mais outra, e em todas é a vítima de algum esquema da família, mas estou tão convencido de que fui enganado que nem consigo escutar.

— Não tem lógica falares que foste enganada por todos e, além disso, ainda receberes uma enorme quantia do meu avô sem me contares! O que ias fazer com o dinheiro?

— É para a Clínica! — Ela chora desesperada... ou bem ensaiada. — Pare de acreditar no que está construindo na sua mente e escute o que estou dizendo! Eu nunca te enganaria. Eu te amo, Leo! — O choro é livre, e não sei se a agarro ou se me rio da sua representação. Não sei distinguir nada com a confusão que vai na minha mente.

Os nossos gritos e acusações são ferozes e só param quando algo captura o meu olhar.

— O que é isto? — Pego no objeto e sei imediatamente o que é.

Ainda a chorar, não fala nada e aproximo-me mais.

— O que é isto, Rafaela?

— Não é o momento certo, Leo. Por favor, não agora. Você vai distorcer tudo. — As suas lágrimas continuam a cair pelo rosto.

— Que merda é *esta*, Rafaela?

— Tô grávida — declara, ainda nervosa, e o meu mundo, que já se estava a desfazer, colapsa e eu faço a última pergunta que deveria, mas o orgulho ferido só nos faz sermos bestas.

— E é meu ou é do Artur? Porque vi que ele também doou dinheiro. Quantas vezes te deitaste com ele para isso acontecer? Porque comigo foram muitas.

A sua mão bate no meu rosto com força e tudo desmorona em seguida, porque o respeito dá lugar à cegueira que toma conta de nós quando achamos que a pessoa que amamos nos traiu.

Rafaela
26

Meses depois — Brasil.

— Ansiosa? — pergunta a obstetra, passando gel em mim. Olho para o monitor e sorrio.

— No início a minha barriga não estava crescendo e eu fiquei com receio de que fosse consequência da minha falta de apetite e das muitas horas de choro. Sempre que recordava os insultos do Leonardo e a desconfiança da minha gravidez como um golpe, só conseguia chorar. Fiquei horas esperando por ele no aeroporto. Entrei no avião e já sentada tive a esperança de que ele surgisse, mas não aconteceu. A partir do momento em que parei de chorar, ela cresceu e hoje está enorme.

— *Muuuito.* — A mão da minha irmã segura a minha enquanto a doutora manuseia o transdutor com cuidado e as imagens surgem. Esperei para estar com a Joana no dia em que descobrisse o sexo do bebê. Precisava da minha irmã comigo neste momento.

— Parabéns, mamãe. Vai ter uma menina — revela, e eu emito um som de felicidade.

— Parabéns, meu amor! Nem acredito que a minha irmã vai ser mãe! — Bate palmas de excitação. Minha felicidade só é nublada pela dor de saber que o Leonardo não está aqui para segurar a minha mão, quando ele dizia que queria tanto ser pai.

— *Queres ter filhos? — Estou sentada no seu colo, passando os dedos pelo cabelo escuro e fico paralisada com a pergunta. Observo o azul dos seus olhos e vejo uma curiosidade sincera.*

— *Sim, e você? — Ele toca nas minhas mãos para eu continuar o cafuné.*

— *Também. Mas não quero só um. Sou filho único e nunca gostei da solidão que traz. — A naturalidade do seu tom me assusta. Os homens raramente iniciam uma conversa sobre bebês.*

— *Dois?*

— *Três! É considerado o número perfeito — brinca, segurando-me pelos quadris e estreitando o espaço entre nós. — Mas não agora. Talvez depois dos trinta, quando estivermos com a vida mais estável. Quero ter tempo para estar com elas e sermos pais presentes.*

Algo que me confessou numa das nossas longas noites de desabafos, quando eu falava sobre a minha relação com o meu pai, foi a ausência do dele. Como isso o afetou.

— *Elas?! — Paro novamente a ação dos meus dedos, ele levanta a sobrancelha e eu retomo.*

— *Estou a falar a sério. É tão fácil pintar esse futuro. Tens perfil maternal. Consigo imaginar-te a cuidar delas com carinho e ensinares-me a ter paciência quando eu não souber lidar com tudo. Conheço-me bem, mas conheço-te melhor e sei que uma vida sem filhos seria uma vida desperdiçada para ti.*

Dessa conversa a única verdade é a menina que cresce dentro de mim e a quem já amo como nunca pensei ser possível.

— Quando você volta para Campinas? — pergunta com preocupação. Por mais que ame a minha irmã, cunhado e sobrinhos, este não é o meu lugar.

— Na próxima semana.

— Não quero imaginar que estará sozinha.

— Vou ficar bem. Milhões de mulheres estão na mesma situação e sobrevivem.

— Eu sei, mas por mim aquele português ficaria do seu lado, por bem ou por mal. Um homem não pergunta se o filho é dele e muito menos desaparece do mapa, mas estou aqui para o que precisar.

— Eu sei. Obrigada por tudo, Joana.

— Nunca agradeça. Vamos para casa? Preciso ajudar o Rafinha com um trabalho da escola, pois a Emília deve estar cavalgando com a Lana. Tem dias que acredito que se ela pudesse dormiria com a égua na cama. — Começa a rir, mas ambas sabemos que é verdade.

— Vai você. Preciso conversar com alguém e depois vou para casa.

— Com quem?

— Com papai. Tem alguém que ele precisa conhecer. — Esfrego a barriga e sorrio.

Entro numa capelinha e fico pedindo por saúde e forças para enfrentar o futuro. Converso com papai e tento encontrar fé para não desmoronar, sentindo algo bater no meu pé. Olhando para baixo vejo que é um bonequinho. Com alguma dificuldade, pois a barriga já é grande, apanho o super-herói e olho para trás, vendo uma mãe e um filho ajoelhados.

— Desculpe interromper, mas isto deve ser de vocês — digo baixinho.

— Ah, é sim. Peço desculpas. É do meu filho. Já disse pra ele que não pode brincar, mas sabe como são as crianças — fala a mulher, e vejo que seu rosto tem marcas arroxeadas.

— Não faz mal. A casa de Deus deve ser um lugar para nos sentirmos confortáveis — digo, passando a mão no cabelo do garoto que olha para mim, e fico surpresa com os seus olhos. Nunca vi um verde tão brilhante. — Você gosta de super-heróis? — pergunto, percebendo as semelhanças entre as feições de ambos.

— Gosto. Mas só tenho um. Mamãe é pobre — responde e percebo a vergonha no rosto da mãe. É fácil ver pelas roupas que passam necessidades.

— Mas sua mãe não te ama muito? — pergunto.

— Ama. Quando tô com a mamãe eu me sinto feliz.

— Então vocês são ricos de amor.

Observo mais de perto a mãe do garoto e vejo que tem o lábio inferior aberto.

Sofia Silva 184

— Você pode me fazer um favor? O pipoqueiro ali da entrada está vendendo pipoca doce e eu estou com uma vontade... Compre um saquinho para mim e outro para você.

Abro a bolsa e passo o dinheiro.

— Posso, mamãe?

— Pode.

— Venha depois de comer algumas. Eu e a sua mãe vamos continuar rezando.

Sento-me ao lado da moça e ela rapidamente desabafa sobre a vida. Foi mãe com quinze anos de um homem com mais do dobro da sua idade, autoritário. Sem estudo e sem dinheiro, sente que não tem para onde ir.

— O meu marido nunca me bateu, mas descobriu que eu estou grávida de novo e a nossa vida já é muito difícil — confessa num tom amedrontado.

— Fique com este cartão. Tem o meu número de celular e o da minha irmã. Vou para Campinas, mas se você precisar de qualquer tipo de ajuda eu encontro alguma maneira de vocês irem até mim. Por favor, não fique com ele se a coisa piorar. Estarei de braços abertos esperando por vocês. — Coloco a mão no pulso e retiro uma pulseira que o Leonardo me ofereceu. É uma pulseira com muitos charms que fomos colecionando ao longo do nosso relacionamento. Todos oferecidos por ele.

— É de ouro e vale muito. Venda ou faça o que quiser com ela se precisar de dinheiro. Se quiser, pode ir vendendo as peças. É ouro português antigo.

— Não, não posso aceitar. — Ela a empurra, mas eu fecho a sua mão de forma a que fique com a joia.

— Por favor, aceite. Ela me foi dada por alguém que ficaria feliz ao saber que está ajudando outra pessoa.

— Não posso. Tem coisas escritas e...

— O que quer dizer isso? Não é português, é? — O garoto surge do nada, apontando para uma das contas da pulseira, sem compreender a importância que poderá ter na vida deles.

Leio com atenção a palavra. O Leonardo me ofereceu este charm quando viajamos pela Holanda.

— Lê-se *liefde* e significa amor.

— Life de quê? — a palavra é estranha para ele.

— Por favor, fique com a pulseira. — Volto a pressionar e ela aceita.

— Toma aqui sua pipoca. — O garoto me entrega o saquinho e o troco.
— Perdi a vontade. Come você e guarda o dinheiro.
— Obrigado, senhora. — A sua felicidade é tão grande por algo tão simples.
— Não precisa me chamar de senhora, tá? Sabe de uma coisa, eu vim aqui falar com o meu pai que está no céu. Estava pedindo que me enviasse boas pessoas e um herói que me salvasse. E sabe o que aconteceu? — Ele nega com a cabeça. — Encontrei um boneco e em seguida olhei para você e vi que era o herói que eu tinha pedido.
— Eu não sou herói. Ele é que é. — Levanta o boneco na sua mão.
— Vou te contar um segredo: eu consigo ver corações e você tem coração de herói.
— Você consegue ver o meu coração?
— Sim. E é enorme como o dos heróis.
— Obrigado. — Mais uma vez sorri e eu fico encantada com a cor dos seus olhos.
— De nada, meu herói. — Me levanto e saio da capelinha pensando se algum dia tornarei a vê-los.
— Moça! — ele grita e eu olho. — Meu nome agora é Herói.

Rafaela
27

Colo as rosas com cuidado, ouvindo a voz autoritária da minha irmã, que ecoa através do celular pousado no móvel cor-de-rosa.

— Você tem descansado? Se alimentado direito? Não esquece que tem que beber muita água e os sucos que te falei. Tem passado o creme para as estrias? Depois que aparecem ficam para a vida toda. Não tem bebido mais aquele chá, tem? — As perguntas cruzadas com pedidos e orientações se espalham pelo quarto pintado em tons pastéis de cor-de-rosa. Sempre foi a minha cor favorita.

— Sim, tenho comido o suficiente, até demais. Não vou ficar desidratada, pois estou bebendo por duas. Em relação a descansar, fica difícil. Sempre que me deito, a tal da sua sobrinha, a senhorita Esperança, parece pressentir, pois chuta a minha barriga e eu corro para o banheiro. Teve uma vez que nem cheguei a tempo. — Rimos e esfrego a barriga que não para de crescer.

— Já me aconteceu isso com a Emília, e eu pensando que ela ia nascer, mas era só xixi. Acontece. O que você tá fazendo? — A voz no viva-voz parece distante do celular.

— Estou montando o berço.

— Como assim? Está montando o berço?! Rafaela, você não pode fazer esforço, e montar um berço dá trabalho. Eu sei porque tenho três filhos!

— Jô, relaxa. Estou só colando rosas. Só quis acrescentar uns detalhes. — Sento o corpo exausto na cadeira que balança levemente e olho para o ambiente, com felicidade.

— Você não deveria estar fazendo tudo isso sozinha e dormindo nessa casa sem ninguém.

— Estou ótima. Estamos ótimas. Temos uma à outra.

Ficamos conversando sobre a Esperança e sobre o dinheiro da herança, que finalmente é nosso. Joana enfrentou seu medo de multidão e lutou pelo que sempre foi nosso. No final ela disse que não queria a sua parte do dinheiro, doando tudo à Clínica.

Minha mãe nem uma única vez olhou para nós, e tenho certeza de que a pessoa que um dia amei morreu quando entrou naquela seita religiosa e nada a tirará de lá.

Dobro todas as roupinhas, colocando-as nas gavetas e deixando meu nariz sentir o cheiro de pureza que elas emanam. Preparo a sacola para levar para a maternidade. Minhas costas e pés gritam de dor e me deito na cama abraçando a almofada gigante que a Joana comprou para mim. Ajuda a aliviar a tensão e o peso da barriga, mas não substitui — nunca! — o corpo que durante quase dois anos guardou o meu. Muitas noites procuro por ele até meu pensamento racional prevalecer e eu compreender que estou sozinha.

Leonardo
28

— Ainda bem que decidiste aparecer. Já estava preocupado. — Paro ao lado do João no balcão do bar. — De todos os amigos é o único que consigo suportar numa fase em que a solidão é a minha aliada.

— Estava cansado de estar em casa. — Levanto o dedo para pedir a mesma bebida que ele está a beber. — Por isso resolvi fazer companhia a outro solitário. — Engulo de uma só vez o conteúdo e peço mais outra dose. Não confesso que hoje estou com uma sensação estranha, como se alguém estivesse com a mão dentro do meu peito a apertar com unhas afiadas o meu coração. E não consigo estar em casa porque senti o perfume da Flor e isso já não acontecia há meses.

— Leonardo, já nos conhecemos há anos. Somos todos amigos desde que ainda não tínhamos pelos no peito. Nunca te vi assim. Nenhum de nós consegue compreender o que aconteceu entre ti e a Rafaela. — Bate com a mão no meu braço quando vê uma mesa vaga e caminhamos para ter mais privacidade, mas antes peço ao barman para enviar uma garrafa do melhor uísque. Detesto pedir copo atrás de copo quando sei que bebo a garrafa. Preciso adormecer as imagens.

— Não quero falar sobre isso. Eu e a Fl... Rafaela terminamos. Ela partiu para o Brasil e eu fiquei em Portugal. Fim da história. — Ninguém sabe os verdadeiros motivos e prefiro que fique assim. Não quero ter que contar que ela foi acusada no Brasil de mentir sobre o desvio de quase três milhões de reais, nem que o meu avô passou-lhe esse valor por pena da sua história.

Ela sempre dissera que era rica, mas não neste nível. Quando, feito idiota, pesquisei a sua família, fiquei perplexo com a imagem completamente diferente; contudo, às vezes, acho que a Rafaela nunca mentiu, mas há muita coisa que aponta para o contrário.

— Ok, ok, não toco mais no assunto. — Levanta os braços em rendição. — Se não podemos falar sobre o passado... vamos para o presente. O que estás a fazer? Soube que não aceitaste o convite para ires para a Alemanha. Não consigo compreender. Era uma oportunidade única.

— Prefiro ficar por Portugal e prefiro não falar sobre mim.

A vantagem de ter um amigo de longa data é que ele sabe quando não insistir e opta por me deixar fazer a única coisa que preciso, beber.

Bebo um copo.

Bebo uma garrafa.

Bebo até perder a conta.

— Vamos, Leonardo. Acho que já atingiste o limite. — Sinto a cabeça do João debaixo do meu braço a tentar erguer-me. — Não queres falar sobre o passado, mas ele continua a assombrar-te no presente e provavelmente o fará no futuro. Anda, vou levar-te a casa, não estás em condições de conduzir. Ainda te matas pelo caminho, ou pior, matas algum inocente.

— Eu amo-a, João. Eu amo-a tanto, mas ela mentiu-me. Ela mentiu-me.

— Não sei o que estás a falar. — Pega no meu braço para apoiar-me e começamos a caminhar. — Se não me contas, precisas conversar com alguém porque nunca te vi assim, amigo. Agora, vamos para casa curar essa bebedeira e esperar uma boa ressaca. Estás um caco, Leonardo. Está na hora de avançares com a vida ou ires atrás dela. Conversa com alguém em quem confies mais do que eu.

Durante a viagem de carro, paramos diversas vezes para eu vomitar e, embora o João não me quisesse deixar sozinho, garanti que estava bem.

Entro em casa e sinto o chão a rodar. Percorro com cuidado os corredores e vomito no carpete sem me importar. Qual a importância de tudo, quando o meu coração está destruído? Pego na foto que tiramos no cruzeiro do Douro e acaricio o rosto dela.

— Eu te amo, Flor. Te amo tanto. — Perco o equilíbrio e caio em cima do vômito. Deixo-me estar até desmaiar, a acreditar que ela está bem melhor do que eu.

Rafaela
29

Acordo com uma sensação estranha e mordo o lábio com o arrepio que percorre o meu corpo. Será que ela vai nascer hoje?

Tento sair da cama, mas a dor se intensifica.

Ai meu Deus como dói.

Fico deitada à espera de que a sensação aguda no abdômen diminua, mas não acontece. Relaxo o máximo que consigo e fecho os olhos, respirando como aprendi nas aulas. Em seguida me visto, pego a sacola e aguardo o motorista.

Durante a viagem de casa ao hospital ligo para a obstetra, que confirma estar à minha espera, assegurando-me que não devo ficar nervosa. Passo as pontas dos dedos na barriga, depois os dedos por inteiro e a palma em movimentos circulares, tentando sentir a minha filha. Um dos momentos mais felizes do meu dia é quando ela se move ou toca na minha mão. Eu sei que não é isso, mas sempre que passo meus dedos em círculos ela se move como se quisesse dizer *mamãe, te amo*, sabendo que eu digo o mesmo a toda hora. É uma ligação única que nunca pensei ser tão linda. Mas, desta vez...

Como a dor volta com ainda mais intensidade, o motorista me ajuda pelos longos corredores da maternidade até o rosto da minha obstetra surgir. Abraço-a e falo imediatamente da minha preocupação.

— Algo se passa, Ju. Eu sinto que algo se passa. — Ao longo dos meses ela e eu estreitamos os laços e não existem formalidades entre nós.

— É importante que mantenha a calma. Vamos ver o que está acontecendo. — Entro na sala e me deito enquanto o ultrassom é preparado.

Na vida nós percebemos que algo está errado em menos de um segundo. Por vezes é um sentimento, outras uma brisa que nos arrepia os pelos, hoje foi o piscar lento dos olhos da Ju quando olhou para mim.

— O que está havendo? — questiono com medo, vendo a mulher alta e de porte atlético recuar como se estivesse medindo as palavras. Como se não quisesse dizer o que precisa ser dito.

— Rafaela, tem alguém que possa vir ficar com você? Algum parente? — pergunta, e eu tenho certeza de que algo errado aconteceu.

— Ju, o que a minha filha tem?

Depois que a enfermeira limpa o gel da minha barriga, a Dra. Juliana Mesquita informa que preciso permanecer deitada. Pega uma cadeira, segura a minha mão e expele uma lufada pesada de ar, olhando para mim como se lhe doesse algo.

— Rafaela, eu ficaria bem mais descansada se soubesse que há alguém presente sem ser uma enfermeira, um médico.

— O que há com minha filha? — As minhas lágrimas escorrem como se tivessem poderes de adivinhação. Ela segura a minha mão e com a outra penteia o meu cabelo, esquecendo o profissionalismo e mostrando que o que aconteceu é algo que vai me devastar. Consigo ver a opacidade da tristeza nos seus olhos.

— Rafaela, sinto muito... mas não encontramos batimentos cardíacos.

— Não... não... não... — Lágrimas correm pelo meu rosto. — Não, por favor. Por favor, não. — As minhas mãos tremem tentando tapar a boca. — Não pode ser. Não. Não. Ai, meu Deus, não, por favor, não. Não pode ser verdade. Ju, diz que não é verdade.

— Sinto muito. — Um grito de animal ferido solta-se de mim com a força de um furacão e as minhas mãos tapam o rosto enquanto o abano loucamente gritando *NÃO*. Sinto as mãos dela tentando segurar o meu corpo descontrolado.

— A minha filha... não... não pode ser. O meu bebê, o meu anjo. Por favor, meu Deus, por favor não faça isso comigo. Não pode ser verdade. É um engano. Ela está bem... é um engano... é um engano...

— Rafaela — chama a Ju, mas não a ouço.

— Minha luz do sol. Minha pequena flor, mexe os dedinhos na barriga da mamãe, mexe. Deixa a mamãe sentir o teu corpo. — Esfrego os dedos na barriga como faço sempre. — Vai, meu bem, reage. Mamãe te ama tanto, tanto, tanto... Por favor, filha, mexe o corpinho. — Continuo tocando a barriga sem parar. — Vamos, Esperança, mexe o corpinho. Coloca a mãozinha para eu sentir, meu amor.

— Rafaela. — A mão da médica para os movimentos da minha.

— Não! Não! Para!!! — grito, batendo-lhe na mão para se afastar. — Ela vai se mexer, eu sei que vai. Por favor, Esperança, mostra esse *"Te amo, mamãe"*. Até pode chutar pra valer. Hoje não me queixo de que machucou a mamãe com a sua força. Pode chutar quanto quiser. Não para de chutar — continuo falando para ela, tentando acreditar que é um engano. Ela não pode estar morta. Não pode.

— Rafaela, sinto muito.

— Oh, Deus. Estou morrendo com ela. — Arranho o meu peito, tentando fazer com que ele bata pelas duas. — Não é verdade. Não pode ser. Por favor, confirme, por favor.

— Rafaela...

— Por favor, confirme, por favor. Eu te imploro, por favor...

Ela assente e voltam a preparar tudo. E eu rezo tudo que conheço à espera de um milagre.

Deus, faz com que o coração dela bata, peço mil vezes enquanto ela surge no monitor, mas isso não acontece, então começo a falar com ela.

— Minha pequena flor, mostra que você está bem. Vai, meu amor, força. Reage, meu amor.

Suplico até quando a máquina desliga.

O que se passa em seguida é um nevoeiro denso entre médicos, exames, informações de que não preciso e perguntas a que não quero responder. Os olhares são tristes e apiedados como se imaginassem o que estou sentindo, mas não conseguem. Os segundos transformam-se em minutos que se estendem em horas.

— *Como você pode ter partido e ainda estar dentro de mim?*

— Rafaela. — As vozes da equipe médica que me acompanha me forçam a abrir os olhos. — Precisamos discutir o procedimento. Podemos induzir o parto ou optar por uma cesariana, mas a decisão final é sua.

— Indução — respondo automaticamente sem olhar para eles, pois continuo acariciando a minha filha.

— Mas ainda não explicamos o... — intervém um dos médicos.

— Não precisam. Nunca quis uma cesariana e a minha ideia se mantém. Minha filha vai nascer comigo ajudando-a a vir ao mundo. Mesmo que o seu coração não bata, ela é minha.

— É um procedimento emocionalmente doloroso. É muito desgastante e poderá abalar ainda mais o seu emocional.

— Mais doloroso é impossível. Eu quero dar à luz a minha Esperança.

⁂

— Vamos, Rafaela, empurre.

— Não quero... não quero... não quero — falo rápido, tentando fechar as pernas. Arrependida. Se ela sair eu a perco de vez. Se pudesse mantinha-a dentro de mim até o meu coração dar força ao seu e ela voltar a viver.

— Vamos, Rafaela, eu sei que é custoso, mas você é forte.

— Não quero. — Abano a cabeça. — Não me obriguem a ficar sem ela.

Uma das enfermeiras aproxima-se de mim e pega na minha mão.

— Já passei por isso. Dói, mas um dia não vai doer tanto. Ela precisa sair e assim você poderá vê-la e dizer o que sempre sonhou. — Seca as minhas lágrimas com carinho. — Um dia vai doer menos, acredite em mim.

Com a força que não tenho, ganho coragem.

Sinto-a sair e aguardo o choro, o sorriso, os gritos de desespero por estar nascendo. Nada disso acontece. Não há choro de bebê, apenas o meu pranto. Os rostos são tristes e o silêncio perfura a sala como uma doença terminal. Estão todos em silêncio limpando a minha filha sem vida.

— Posso pegar nela?

— Sim. — Eles a embrulham com cuidado como se estivesse viva.

— Obrigada — agradeço quando ela é colocada no meu colo com a roupinha que eu trouxe para o parto.

— Oi, Esperança. Olá, *minha* Esperança. Aqui é a mamãe — falo e choro ao mesmo tempo quando vejo como ela é linda, mas não abre os olhos, não abre a boca e não se mexe. — Mamãe promete nunca esquecer você. Te amo mais do que tudo. — O meu corpo inteiro treme e eu a aperto mais contra mim, colocando-a sobre o peito quente e cheio de amor. — Eu daria a minha vida por você sem pensar duas vezes. O meu coração, que você reconstruiu quando estava dentro de mim, eu te entregaria se pudesse. Te amo mais do que alguma vez pensei poder amar um ser humano. Desculpa a mamãe quando chorou e ficou falando besteira. Mamãe e papai te fizeram com muito amor, nunca esqueça isso, pois eu jamais vou esquecer o quanto te amo. Todos os dias, até o fim da minha vida. — Abraço-a novamente e beijo a sua testa.

A equipe inteira está emocionada, quase todos choram. A Dra. Juliana está arrasada, a testa apoiada na parede, posso ver a profusão de lágrimas que pingam no chão.

— Está na hora. — A voz da enfermeira é como uma adaga afiada encravada em meu peito.

— Não estou preparada. Só mais um minuto, por favor. — Olho em volta da sala e o ar triste de todos é sufocante.

Fico aconchegando-a em mim e volto a cantar ao seu ouvido e suspirar palavras de amor.

Canto até ficar sem voz. Beijo-a até não sentir os meus lábios.

— Te amo muito, meu botão de rosa — falo no seu rosto sem vida. Quando ela é tirada das minhas mãos desato a chorar descontroladamente, gritando por Esperança, e sei que os meus soluços são ouvidos por todos, mas não me importo.

— Ela sabe que é amada — diz a enfermeira, levando-a para longe de mim.
— ESPERANÇA... ESPERANÇA!!!
A dor é tanta que desejo morrer junto com ela.

Leonardo
30

A minha cabeça lateja como se estivesse a ser martelada pelo Thor. Não me recordo da última vez que fui dormir sóbrio.

Caminho debaixo do sol intenso e sento-me ao lado do meu avô. Depois de se ter negado a falar comigo quando soube o que fiz, há três dias ligou-me e estou aqui. Ele pega na minha mão, a apertá-la com força para mostrar que ainda tem poder.

— Sabes qual é o mal do mundo? A falta de esperança. As pessoas estão cínicas, veem maldade em todos e isso já começa a reinar. Se perdemos a noção de que existem pessoas boas a pisar a Terra, perdemos a esperança em tudo, principalmente no amor. As duas palavras nasceram em simultâneo. Não existe esperança sem amor e vice-versa. — Entrelaça os dedos, a fazer força na tentativa infrutífera de separá-los. — Precisamos desligar as televisões, os malditos telemóveis, a venenosa internet e deixar de conviver com as notícias negativas. Estas voam enquanto as positivas rastejam. Vivemos numa era em que toda gente prefere noticiar um incêndio que destruiu uma casa a mostrar a coragem do bombeiro que entrou pelas chamas para salvar uma vida. Optamos por filmar uma pessoa a morrer em vez de estendermos a mão para salvá-la, afinal a maioria prefere ver a desgraça. E é tão fácil preferir a mentira, porque parece mais real. Tão fácil acreditar que um velho deu uma grande soma de dinheiro a uma bela e jovem mulher porque foi ludibriado, quando a realidade é que esse mesmo velho, que muitos pensam que foi enganado, quis dar o dinheiro por acreditar que seres humanos como a Rafaela são necessários neste mundo. Ou melhor, são fundamentais. Um ser de coração maior do que estas minhas terras. — Olho o horizonte dos terrenos que se perdem em hectares. — Alguém que me telefonava semanalmente porque percebeu que existem dias em que sofro a solidão de não ter a minha outra metade comigo. Uma mulher que ria com as minhas histórias de juventude por saber que isso me ajuda a recordar tudo de bom que vivi. Uma menina que precisava muito ser amada, mas que olhou para ti, através dos teus defeitos, e preferiu dar mais amor do que receber. Nem uma única vez essa menina linda me falou em dinheiro. Leonardo, estou tão desiludido contigo que olhar para ti é doloroso.

— Avô...

— Ouve-me! Eu soube que vocês precisavam de dinheiro porque foste tu que me contaste aqui. Foste tu que mostraste receio. Eu dei-o à Rafaela, mas preferi que não soubesses. Havia uma hipótese de algo correr mal e ficares com um peso na consciência por eu ter investido em algo que desmoronou, e sei como irias ficar com o ego fragilizado. Talvez o meu pessimismo saia caro à vossa relação e não há um dia que passe que não me sinta culpado por isso; contudo, como é que podes ter estado numa relação com uma pessoa especial como a Rafaela e acreditar que ela seria capaz de algo tão vil? Não é possível teres acreditado em tudo isso sem pensar no idiota que estavas a ser. E, para que saibas, ela devolveu o dinheiro na semana passada. Pediu desculpas pela demora e depois desligou, porque conversar comigo é por demais doloroso. Se ela fosse a manipuladora que os teus pais te fizeram acreditar, nunca entregaria o dinheiro. Já estou neste mundo há quase um século, dá-me algum crédito. Sei cheirar um burlão a quilómetros, e aquela mulher tem mais pureza na ponta de um dedo do que nós dois juntos alguma vez teremos.

— Há mais histórias.

— Os milhões? É disso que falas? Por um acaso imaginaste uma menina que perde o pai tão nova ao ponto de ficar revoltada com o mundo e, ainda inocente, decide compartilhar o seu sonho de abrir uma clínica? Para seu espanto, os adultos à sua volta concordam e ela, na sua mais pura inocência, dá-lhes, com apenas dezesseis anos, permissão para isso. Por um acaso vocês viram as datas em que tudo aconteceu? Não. Tu e o teu pai viram aquilo que foi mais fácil. Ou pior, que lhes conveio.

— Eu...

— Leonardo, o orgulho é uma arma apontada à nossa cabeça, e tu, meu neto, tinhas uma bem carregada. Disparaste todos os tiros ao acreditar que para ela o dinheiro era importante porque o *teu* pai, que só se deita com mulheres que o querem por ser rico, não consegue ver bondade nem que seja esfregada naquela cara. Não foi a Rafaela que errou, foi o teu maldito orgulho. Como és capaz de amar tanto uma mulher e depois acreditares que ela te faria isso? Poderias suspeitar de todo mundo, mas nunca dela. Estragaste a tua vida, e talvez a dela, por algo imbecil como dinheiro, aparência e orgulho. Maldito dinheiro! Tu, como milhões de pessoas, viverão infelizes por algo estúpido como não escutar o outro porque temos vergonha de sermos humilhados por termos amado.

— O que fui fazer? — Esfrego o rosto.

— Numa palavra: merda. Agora faz o que qualquer homem com caráter deve fazer.

— O quê?

— Implora, chora, rasteja. Quando a tua avó escolheu o teu nome, ela pensou muito e Leonardo significa "valente como um leão". Honra o nome que te demos e faz aquilo que um leão faz.

— O quê? — Estou muito confuso.

— Verga-te perante ela. O leão é o rei, mas perante a sua leoa ele verga o corpo, sabedor de que é ela que comanda. Ele se ajoelha, se for preciso.

— Existe algo mais e não sei se alguma dia ela me irá perdoar.

— O quê? Não me digas que estás com outra!

— Não, nada disso. Nem penso nisso.

— O que fizeste, Leonardo?

Coloco os cotovelos sobre as pernas e deixo cair a cabeça nas mãos.

— A Rafaela está grávida. No dia em que o meu pai entregou-me a documentação, eu fiquei louco. Ainda agora e depois de tudo não consigo entender certas coisas. Tudo indica ou indicava que ela tivesse sido fria e calculista. Eu disse coisas de que me arrependo e nunca mais a procurei.

— Então deve estar quase a ter o bebê — comenta mais para si do que para mim.

Ele não diz mais nada, a pedir ajuda para se levantar. Caminhamos em silêncio pelos terrenos.

— Eu só pensei em mim! Em mim e na vergonha que seria todos aqueles que conheço descobrirem que eu tinha sido feito de bobo. Só pensei na minha reputação.

— Perdoei-te tudo, Leonardo. Compreendi como algumas coisas pareciam reais, mas não aceito ter um neto que deixa um filho partir. Isso... Jamais! Independentemente das ações da Rafaela, e agora sabes que nada em que acreditaste era verdade, o que está a crescer dentro dela é teu. Um filho em momento algum deve sofrer às mãos de um pai. Quando pegares no teu filho pela primeira vez vais compreender que todo o resto diminui. Não consigo olhar para ti. Por favor, vai embora e não voltes.

— Avô...

— Eu amo-te, Leonardo, mas neste momento tenho vergonha da pessoa que és e não te quero mais aqui. Não mereces ser meu neto. Não mereces aquela mulher nem o filho que virá.

~ 5ª PARTE ~

Você enfeitiçou meu corpo e minha alma, eu te amo, te amo, te amo.

JANE AUSTEN

Orgulho & Preconceito

Leonardo
31

Corri feito louco porta afora depois de ter escutado a verdade. Nenhum dos dois conseguia olhar o rosto do outro, tamanha era a dor. Necessitávamos de espaço para pensar, para deixar a verdade cair na realidade. Antes de sair perguntei onde a minha filha estava sepultada. Desde esse dia estou de manhã à noite com a minha Esperança. Dias em que o arrependimento é o mais vil dos sentimentos que me consomem.

    O corpo da Rafaela se ajoelha ao meu lado perante a campa da nossa filha. Pousa um ramo de flores brancas e cor-de-rosa, e sei que chegou a hora.

    — Não consigo olhar para ti tamanha é a vergonha que sinto, mas o pior é saber de todos os *nunca* que não conseguirei superar. A dor de nunca ter conhecido a minha filha. Nunca ter beijado a barriga onde ela cresceu. Nunca ter falado com ela enquanto crescia dentro de ti. — Coloco nervosamente a minha mão por cima da sua barriga. — Nunca vi a mulher da minha vida a carregar a nossa filha. Nunca estive presente nas consultas e nos enjoos. — Uma pedra arranha a minha garganta. — Eu não estava lá no dia em que o seu pequeno coração parou. Queria dizer que recordo esse dia, mas certamente foi um como os outros, e isso destrói-me porque algures estava a mulher que prometi amar a dar à luz uma filha que amo sem nunca ter visto. E sei que a culpa é minha porque fui um merdas da pior espécie que nem merecia que me olhasses, quanto mais me perdoasses.

— Você voltou para mim, mas pensou que eu tinha abortado. Se ela estivesse viva, tenho certeza de que jamais voltaria a nos dar as costas.

— Nada justifica o que fiz. Fui um canalha.

— Tudo se conjugou contra nós.

— Não quero partir, mas não te mereço. Não depois de tudo que te fiz sofrer. Eu tenho amor em mim, mas não sei se é suficiente para que um dia me perdoes quando não sei se algum dia *me* perdoarei.

— O amor não é a sobra, mas o que temos, e mesmo assim queremos partilhar. Damos sem nos preocuparmos com o que fica para nós. Não devemos dizer *eu tenho amor para os dois* ou *tenho amor de sobra*. O amor é um sentimento único. Amamos ou não, e isso é o importante. Tudo que eu quero é ser feliz, mais nada. E com a Emília aprendi que temos que dizer adeus aos fantasmas do passado para prosseguir.

Os meus dedos apanham os seus. Desde que se sentou ao meu lado que precisava tocar nela. Somos mais do que duas pessoas ajoelhadas perante uma sepultura. Somos os pais de alguém que nunca veremos crescer.

— Eu amo-a. Como é possível?

— Porque ela era parte de ti. — Abre uma sacola e retira um álbum de fotografias intitulado *"A Minha Eterna Esperança"*.

Nervosamente abro e vejo fotos da Rafaela. Os sorrisos de felicidade, a barriga ainda reta sendo beijada pelos sobrinhos. Ela com pequenas peças de roupa que a minha filha nunca vestiu. Uma sucessão de fotografias em que a sua barriga cresce lentamente até subitamente surgir... enorme.

— Estavas linda. És linda, mas grávida reluzias — comento e vejo-a secar uma lágrima antes de levantar a cabeça e sorrir para mim com tristeza. Continuo a percorrer as páginas, e custa saber que não vou aparecer em nenhuma porque as abandonei. Um som fino sai quando encontro as páginas das ultras.

A minha filha.

— Ela era linda, Leonardo. Pequena, com um nariz redondo e uma boca perfeita. Quando estava na barriga gostava de chutar com força sempre que me deitava. Durante o dia era calma, mas de noite despertava. — Põe-se a acariciar a barriga como se estivesse a senti-la. — E tinha uma predileção por chocolate branco. Eu acordava à noite com desejo de chocolate branco. Juro. Uma vez percorri inúmeros lugares até encontrar uma marca especial. Só queria aquela.

Eu riria com ela se não soubesse que fez tudo sozinha, sem um apoio. Sem o pai da criança.

Fecho o álbum sem terminar de vê-lo e puxo o corpo da Rafaela para mim, a pegar no seu rosto com as duas mãos. A distância vejo o Diogo e a Emília partirem, pois eles têm estado sempre comigo, ao longe, como amigos. E sei que foi ele que avisou a Rafaela da minha localização.

— Como conseguiste estar comigo depois de tudo que te fiz? Como ainda falas comigo?

— Não foi fácil. Eu te odiei por um longo tempo, mas esse mesmo tempo foi me ensinando muito sobre erros e sobre perdão. Como a vida é fugaz. Você está sofrendo e isso me basta para saber que essa sua dor, real, verdadeira, é a maior punição pelo que fez.

Ela se levanta e começa a caminhar até parar e falar:

— Apesar de tudo que aconteceu de ruim entre nós, eu nunca duvidei que fui amada por você e, talvez por isso, nunca te esqueci.

— Como fica o nosso futuro?

— Não sei. Eu te perdoei e tive uma década para aceitar que a minha filha morreu. Neste momento só quero ser feliz. Estou cansada de sofrer e de estar sozinha. Não mereço tanta dor.

— E eu quero fazer-te feliz. Ou melhor, eu *vou* te fazer feliz.

Carta
32

*E*screvo-te porque sei que jamais conseguiria expor tudo verbalmente, além de um bom amigo ter-me explicado que as cartas ajudam quando queremos ser "ouvidos".

Minha vinda para o Brasil, há meses, foi com um único objetivo: reconquistar-te. O que não imaginei foi ter que fazer o luto de uma filha.

Eu sei que prometi que não iria partir, mas precisei fechar o passado e por isso fui a Portugal cortar laços, repor a verdade e fazer derradeiras perguntas. Embora não tivesse resolvido nada, não aguentei e agi como um homem das cavernas ao bater no Artur. Acredito que saibas o que aconteceu porque ele disse que te iria ligar. É verdade, parti-lhe o nariz, não por ter dormido contigo, mas por se ter aproveitado de alguém que estava em depressão pela morte da filha, e isso eu não lhe perdoarei. Nunca pensei passar a noite numa delegacia, mas, para quem já visitou o inferno, não foi nada de especial. Voltaria a fazê-lo todos os dias, porque ele nunca me contou sobre a Esperança e fingiu ser meu amigo durante estes anos todos.

Conversei com o meu avô.

Minutos antes de eu receber a notícia de que a Liefde havia sofrido um acidente, eu vi a fotografia dele contigo na inauguração. Precisei compreender por que não me disse nada. E fiquei mais espantado de alguém que não sai do Alentejo ter viajado doze horas de avião só para estar contigo. Essa foi a maior prova de que ele ama-te como a filha que nunca teve. Compreendi que naquela época o ódio mútuo reinava entre nós e não iríamos ter a capacidade de ver além da dor. Porém dez anos foram uma punição exagerada. Parece que não tivemos poder sobre tanta interferência, boa ou má. Ele nunca me contou porque durante muito tempo deixou de falar comigo por eu ter sido um merdas.

Naquele dia do cemitério eu comentei que não sabia se tinha amor em mim suficiente. Menti inocentemente por causa do sofrimento. Eu tenho amor. Cada vez que inspiro apaixono-me mais por ti. Por quem és. E quero ficar contigo. A única forma de isso acontecer é amar-te.

Deixa-me amar-te.

Permite-me cumprir o que te prometi há anos.

Quero continuar uma vida contigo. Recomeçar.

Na minha profissão peço aos meus pacientes que façam uma lista com as dez coisas de que mais gostam. Tinha pensado em escrever as dez razões por que me apaixonei por ti, mas estaria a ser um criminoso ao criar algo tão pequeno, pois eu amo mil pequenas coisas somente no teu olhar.

Dá-me a oportunidade de criar contigo o que nos foi negado: uma família.

A Esperança foi tirada de nós, mas o Amor ainda existe. Sei que temos muito caminho pela frente. Cicatrizes invisíveis e mágoas. Mas basta de vivermos no passado e na dor. Não merecemos. Não nos vou permitir perder mais um dia. Quero acordar contigo em todos eles até partirmos e desejo trabalhar lado a lado contigo na Clínica.

Aceita recomeçar comigo, porque, Flor, desde a primeira vez que te vi, eu sou teu.

Leonardo
33

Bato à porta com algum nervosismo, e à medida que ouço passos o meu coração dispara. A porta abre-se, a Rafaela surge e eu ajo sem pensar. Agarro-lhe o rosto, a prender o seu olhar no meu.

Estou aqui, os meus olhos dizem.
Deixa-me entrar, eles imploram.

As mãos dela agarram com força os meus bíceps, que se contraem ao toque e fazem todo o meu corpo tremer em conjunto com o seu. Lentamente os meus polegares percorrem as maçãs do seu rosto sem nunca desviar o olhar. Ainda mais vagarosamente aproximo-me dela e, com a sua permissão, encosto os meus lábios, a sentir a sua boca abrir-se ligeiramente. Com lentidão, beijo-a. A cada encostar dos nossos lábios sua boca abre-se mais um pouco. Parecemos dois jovens que experimentam o beijo pela primeira vez.

Estamos nervosos.

As minhas mãos soltam o seu rosto, apanham o corpo e levantam-no sem esforço. Imediatamente as suas pernas rodeiam-me, assim como os seus braços. Ela me olha com tanta emoção que sinto a nossa vontade mútua de chorar.

Sento-me na cama com o corpo suave dela a aquecer todas as minhas extremidades. Os dedos delicados desprendem-se do meu pescoço e começam a passar pelo meu rosto. Unhas pequenas traçam as linhas profundas que me marcam a expressão.

— Flor — chamo-a e ela olha diretamente para mim com insegurança, medo, desejo e uma panóplia de emoções que só as mulheres conseguem num único olhar. Ficamos perdidos na comunicação que só os que têm uma ligação profunda entendem. Consigo até escutar os seus pensamentos mais silenciosos. — Eu amo-te tanto...

Pego na mão que passa no meu rosto e beijo-a com o maior dos carinhos à espera de que ela responda, contudo não é isso que acontece.

— Posso? — pergunta baixinho, a apontar para a camisa. Nosso tom de voz é quase um sussurro. Como se ambos tivéssemos receio do que finalmente está a acontecer.

— Podes fazer tudo que quiseres. — Coloco dois dedos debaixo do seu queixo, até ela olhar diretamente para mim. — Sou teu, Flor.

Com gentileza e calma ela abre cada botão, e o meu coração parece que vai estourar com a força que está a fazer dentro de mim. Quando todos os botões se abrem, ela retira a camisa e a seguir começa a desapertar as calças. Mordo o lábio inferior com força para tentar controlar-me cada vez que os seus dedos passam pela evidência do meu desejo que lateja e ferve. Pouco a pouco, quase na lentidão máxima de movimentos, ela me despe por completo.

Percebo a necessidade da Rafaela de mostrar que, se dermos chance a um novo recomeço, preciso ser o primeiro a despir-me do passado. Dos dois sou o que mais me escondo por trás de uma aparência mentirosa.

Um dos pontos mais íntimos de qualquer casal é a nudez aos olhos do outro. Nem todos conseguem estar nus num quarto iluminado. A luz mostra todas as imperfeições. E temos receio de que a pessoa não goste do que pode ver em nós.

Em seguida, exasperadamente, ela se despe perante mim e fica nua à minha frente sem tapar qualquer recanto do corpo.

— És perfeita. — Passo os dedos pelos seus braços até pegar nos seus seios. Apesar de termos a recordação da noite do hotel, hoje é diferente. Não existe o desespero causado pelas mentiras, mas a fragilidade de sabermos que nos amamos apesar de tudo que vivemos.

Um sopro de ar quente sai da sua boca quando continuo a acariciá-la e, sem pensar mais, a minha boca ocupa o lugar dos dedos. Beijo, lambo, sugo e mordo os seus seios. Junto-os com as mãos, a beijá-los como se ela fosse uma Deusa a que quero agradar, e por isso me ajoelho perante ela.

Distribuo beijos sobre a barriga e desço vagarosamente até inspirar o seu cheiro mais íntimo. As pernas abrem-se, a dar permissão para mais e eu, como um homem perdido, beijo-a lá antes de lamber cada pétala com brandura.

As suas mãos apanham o meu cabelo e, quando sedentas o agarram, invisto com mais ardor, a penetrar com dois dedos e senti-la convulsionar quase silenciosamente.

Já de pé, beijo-a numa mistura de sabores que o seu corpo produz, mas subitamente uma das suas mãos desce, a fechar-se sobre mim em movimentos lentos. Há meses que não sou tocado intimamente e um arrepio no fundo da minha espinha mostra que o simples toque dos seus dedos deixa-me no limite.

— Preciso disto — declara como se quisesse provar o poder que tem sobre mim.

Enquanto a sua mão traz-me ao limite, volto a beijá-la com fervor igual aos seus movimentos, até sentir que não consigo controlar e deixo-me ir.

Durante vários segundos permaneço a respirar audivelmente, a abraçá-la sem me preocupar com mais nada. Quando algum sangue volta à minha cabeça, ganho forças e olho para o seu rosto rosado de excitação e confiança por saber que dos dois é ela que detém o poder.

— És perfeita — falo na sua boca antes de beijá-la mais uma vez.

Pego o vestido caído e com cuidado limpo a sua mão, a minha barriga e depois, com esmero, a dela. Quando não resta uma única marca do meu prazer, passo os dedos na sua barriga e é impossível não relembrar que a minha filha esteve aqui. Reparo em duas linhas finas e brancas, quase invisíveis, e os meus lábios beijam suavemente a pequena amostra de como a pele se esticou para acomodar um outro corpo.

Beijo e torno a beijar a sua barriga diversas vezes.

— Um dia, se acontecer, ela voltará a crescer e não haverá um único momento em que eu não esteja presente. Se não acontecer, beijarei à mesma. Prometi à Esperança que te faria feliz. Que te faria rir por todas as vezes que choraste na vida. E de tudo farei para não quebrar nenhuma dessas promessas.

— Vamos tentar, Leonardo? Vamos ser felizes? — A emoção toma conta.

— Flor, esta deveria ser a parte da nossa história sem lágrimas.

— Em vez de lágrimas, o que deveria acontecer neste capítulo, Leonardo?
— Amor, Flor. — Pego-a ao colo, a deitá-la na cama e cobrir o seu corpo com o meu. — Vou fazer-te tão feliz, Flor, até pedires para eu parar. Não imaginas tudo que quero fazer por ti. Acredita em mim.
— Acredito. — Uma única palavra sela o nosso destino.

A expressão de adoração que encontro em seu rosto retira todo o ar que tenho. Beijo novamente os seus lábios e começo a descer. Beijo o queixo, o pescoço, e as pontas dos meus dedos traçam linhas nos seus braços, a provocar arrepios. Percorro cada pequena porção de pele suave, a sentir-me meio como um cego que usa o tato para ver, meio como um homem que enxerga pela primeira vez e necessita ficar parado diante da beleza que descobriu.

— Leo.
— Sim.
— Faz amor comigo.
— Sempre — declaro, a posicionar-me e sentir o calor que dela emana. Quando reparo que não tenho proteção, tento levantar-me, mas ela agarra-me.
— Não quero nada entre nós. Nunca mais. — Os seus dedos acariciam as minhas sobrancelhas. — Com mais ninguém permiti. Eu precisava de uma barrei...
— Não precisas explicar. Eu senti o mesmo — interrompo-a.

Volto a deitar-me sobre ela, a cobri-la com o meu corpo, e ambos compreendemos que agora é o momento de silenciarmos as palavras. Sem mais demora suas pernas se enrolam sobre mim e eu entro num movimento único, a arrancar aquele sopro de oxigênio. As nossas testas encostam-se juntamente com as bocas entreabertas. Fico parado uns segundos até ela inclinar-se e eu alcançar o seu ponto mais profundo.

Lenta e vagarosamente começo a me movimentar.

Beijo olhos, nariz e lábios. Beijo e volto a beijar sempre que mergulho nela. Nossas línguas são a extensão do nosso amor. E quando lágrimas escorrem pelo seu rosto eu seco-as, mesmo a sentir vontade de soltar um soluço por perceber que estamos a fazer amor depois de tudo o que vivemos. É como voltar a beber uma água pura depois de caminhar pelo deserto.

Todos os anos de separação, meses de sofrimento e horas de perdão estão refletidos nesta cama onde a lentidão e a profundidade das penetrações são amostras de como vivemos até chegar aqui.

Quando sinto que estamos quase a atingir o clímax, sento-me com ela no meu colo, a vê-la subir e descer sobre mim com delicadeza. A entregar tudo que tem num único olhar.

— Tinha tantas saudades tuas, Flor. — Ela beija-me e ficamos horas a fazer amor como se nenhum conseguisse parar.

⚜

A luz da manhã entra pela janela.

Estamos deitados e exaustos, principalmente porque não somos os jovens de vinte, e experimentar os orgasmos que vivemos a noite toda é algo surreal.

— E agora? — pergunta, a passar os dedos sobre o meu peito.

— Agora passamos o dia a repetir tudo novamente até não nos conseguir-mos mover. — Ela bate no meu peito e eu rio. De repente eleva a cabeça e olha para mim com atenção. — O que foi? — questiono.

— Senti saudades do seu riso. É o meu som favorito.

— Estou feliz. Fazes-me feliz — declaro.

— Como vê o nosso futuro?

— Quero acordar todas as manhãs assim, contigo. Quero décadas de vida em conjunto, e quero uma família. Quero ser pai. Quero educar. Preciso que mais pessoas recebam o teu amor incondicional.

— Eu quero muito uma família. Tanto que chega a doer.

— Vamos construir a nossa.

Levanto-me da cama com rapidez e pego no telemóvel. Imediatamente abro a página que salvei e mostro.

— Eu quero isto.

Os seus olhos brilham.

— Tem certeza?

— Absoluta.

Cauê
34

Bato à porta e, enquanto espero que seja aberta, olho para a minha irmã e sorrio porque sei que ela está nervosa.

— Eu tô bonita? — pergunta pela décima vez desde que saímos da Clínica, olhando o vestido. Preferi vir com ela de ônibus para aproveitar a companhia antes que tudo mude.

Foi a primeira vez que passeamos sozinhos desde que chegamos à Clínica e muitos foram os momentos durante o percurso em que relembrei o passado. As noites que dormimos agarrados com fome e onde cada pessoa era um anjo ou um demônio. O meu estômago se contrai com os flashes e engulo a ânsia de vômito.

Você tem os olhos mais lindos que eu já vi. Não fecha. Olha pra mim. Olha pra mim, garoto. Estou pagando, por isso vai olhar até eu terminar.

— Você não respondeu! — grita a Liefde e eu passo os dedos pelo rosto para voltar ao presente.

— Tá lindaaa! — Aperto a sua mãozinha e ela encosta a cabeça no meu braço. Escondo a emoção, e uma parte minha quer dar as costas e ir embora com

Sofia Silva 214

ela, mas sei que minha irmã merece mais do que algum dia serei capaz de dar. *Amar significa colocar a felicidade de quem amamos em primeiro lugar*, foi o que o Diogo me ensinou quando lhe contei sobre a conversa com o Leonardo.

Ouço passos e respiro fundo até a porta se abrir e o rosto surpreso da Rafaela surgir.

— O que fazem aqui? — pergunta, mas nem tem tempo para mais, pois a Liefde larga a minha mão e atira-se nos seus braços sem compreender como esse amor que tem por ela me destrói, ao mesmo tempo que me dá esperança.

— Viemos comer. Tô com muita fome. Assim, ó! — Abre os braços para demonstrar a grandeza do apetite e a Rafaela sorri, beijando o seu nariz.

— Fui eu que convidei os dois, Flor. Vamos almoçar juntos — intervém o Leonardo com um sorriso nervoso, e percebo que ainda não contou. A Rafaela olha para ele, confusa, mas esquece quando a Liefde começa a mostrar as novas pulseiras que criou.

Enquanto ele prepara o almoço, a minha irmã comenta como tudo é bonito na casa da Rafaela. Às vezes esqueço o que é um lar e ela nem lembrança tem de como é viver numa casa normal com uma família. Ajudo a pôr a mesa para me distrair e, quando está tudo pronto, almoçamos como se fôssemos uma família e isso me faz mal. Não sei como reagir.

Depois da deliciosa sobremesa, a Rafaela bate no sofá para eu me sentar ao seu lado e assim poder passar a minha irmã para mim, mas permaneço na ponta e a Liefde continua no seu colo, já quase dormindo.

— Flor, eu conversei com o Cauê. Mais uns meses e ele faz dezoito.

— Não estou entendendo.

O Leonardo abre uma pasta e pousa um conjunto de folhas em frente à Rafaela.

— Antes de eu saber que você tinha perdido a Esperança, a sensação de dor por imaginar a Liefde sendo retirada das nossas vidas foi um despertar para o que realmente é importante. Estes papéis são a prova de como legalmente ela pode ser nossa.

A Rafaela me observa com medo e eu olho para as mãos no meu colo antes de falar.

— Não vou mentir e dizer que foi fácil. Maior que o medo do que poderia acontecer com ela se fosse retirada da Clínica é a minha consciência de que é amada como uma filha por você. Prometi à nossa mãe que iria cuidar da Liefde e dói saber que não sou suficiente, mas, ainda maior que essa dor, é a certeza de que a Liefde já não se recorda do passado. Ela precisa de pessoas normais cuidando dela. Precisa de uma casa com almoço de família, de um pai que a proteja e de uma mãe que a mime. Ela merece tudo. Só quero ter o direito de visitá-la sempre que puder. Não quero que se esqueça de mim.

A Rafaela atira o seu corpo com a Liefde para cima de mim e me abraça com força até eu retirar os braços que me queimam.

— Eu... Eu... — Lágrimas de felicidade percorrem o seu rosto vermelho de emoção até o Leonardo se dobrar, beijá-la e murmurar algo ao seu ouvido antes de beijar a cabeça da minha irmã.

Ambos ficam longos segundos observando um ao outro. Tenho certeza de que a Liefde vai ser feliz.

O Leonardo pega outro conjunto de folhas e passa para as minhas mãos.

— Eu sei que no dia em que pedi a tua autorização para eu e a Rafaela sermos legalmente os pais da Liefde, a primeira frase que disseste foi que não querias um pai, e mãe já tinhas. Eu respeito isso. Com quase dezoito anos a tua independência está aí; contudo, se um dia aceitares, podes ficar com o nosso nome, porque, para mim e para a Rafaela, mesmo que não queiras, já és como um filho.

— Não pode estar falando sério — murmuro olhando os documentos.

— Por dizer que és amado por nós?

— Não é possível.

Ouve-se o som de algo se abrindo no silêncio e de repente um relógio cai no chão, partindo-se. O pulso do Leonardo surge em frente aos meus olhos.

— Todos, Cauê, todos temos vergonha de mostrar a parte feia que pensamos haver em nós. Nós a encobrimos com cuidado e receio da opinião dos outros. O problema é que, ao encobri-la, escondemos quem somos. Umas vezes somos uma menina que perdeu a família num acidente, mas que esconde a vontade de voltar a sorrir por detrás de uma prótese. Outras vezes somos uma mulher que um dia compra um vestido vermelho por acreditar que a sua forma natural não é suficiente para capturar o coração de um homem, sem imaginar que ele amou-a debaixo de chuva com um vestido colorido e tudo que quer é voltar a vê-la assim. Por vezes somos esse homem que fica perdido no álcool e nos cacos da sua vida porque tem vergonha de mostrar ao mundo que sofre por amor. Que é humano. E, Cauê, finalmente somos um garoto que se corta e induz o vômito. Somos um garoto que mede as palavras, que tem vergonha da própria sombra, sem imaginar que quem o rodeia ama tudo que ele é e representa. A sua coragem e valentia, a sua força e amor por uma irmã. A sua lealdade às promessas a uma mãe. O seu autossacrifício para que hoje essa irmã tenha um sorriso no rosto e dois pais desejosos de serem felizes. Porque eles também têm medos, tiveram vergonha. Erraram. Foram humanos, mas perceberam que é preciso despir-se perante quem amamos para mostrar que vencemos o passado. Esse garoto cobre--se cada vez mais sem imaginar que dentro do meu coração ele tem um espaço imensurável. Porque eu olho para esse garoto e admiro tudo nele. Que dos dois, eu é que não sou merecedor de um dia chamar filho a alguém que para mim é o meu herói. Pois na vida os pais costumam ser o exemplo, mas na minha existência ele será sempre o meu herói favorito. Permite-me ter o orgulho de num simples papel poder mostrar que tenho o privilégio de fazer parte da tua vida.

— Preciso pensar.

— Leva o tempo que quiseres. Tens a vida toda para aceitares que já és nosso.

Rafaela
35

O Cauê não diz mais nada e o Leonardo retira a Liefde do meu colo quando ela acorda e imediatamente pede para brincar, sentando-se com ela no tapete e abrindo uma caixa que compramos para ela fazer pulseiras.

Com cuidado, seguro a mão do Cauê e com a outra toco no seu rosto, sorrindo com todo o amor que tenho em mim, e então ele faz algo que até a minha morte não esquecerei: beija a minha testa como se o meu toque fosse algo de que hoje ele necessita. Engulo as lágrimas, passo os dedos pelo seu rosto e beijo-o pela primeira vez, sentindo sua respiração parar. Quero que ele saiba que é amado por nós, mesmo que não nos aceite como pais.

Pego na sua mão e lado a lado caminhamos para o tapete. Sentamo-nos e começamos a criar pulseiras como uma família que está nascendo, uma família em forma de botão de rosa. Não falamos uns com os outros porque, às vezes, é no silêncio mais comum que vivemos os momentos mais extraordinários.

Rafaela
36

Belisco-me e, quando sinto a dor, sorrio para o espelho. É real. Esta é a minha vida. Tem dias em que ainda receio que seja uma ilusão, pois nunca fui tão feliz.

O barulho das músicas, dos risos e das vozes preenche mais uma vez a Clínica, e eu abro a porta, caminhando apressada até encontrar a multidão. Fantasias diferentes e originais colorem a paisagem. Piratas, sereias, princesas e feiticeiros brincam; alguns, devido às grandes limitações, têm mais dificuldades, mas não se deixam derrotar.

Um grupo de Minions corre atrás de Pinguins de Madagascar e a situação provoca uma gargalhada sonora que se prolonga quando vejo que a minha sobrinha também ri da situação.

— Você está lindaaaaaa!

— Obrigada. Como eu tenho uma quedinha pelo Tarzan, decidi vir de Jane. — Dá um rodopio. Assim como eu, a Emília sempre gostou de Carnaval e, desde que superou seus problemas, voltou a fantasiar-se.

— E o Diogo? — pergunto, tentando encontrá-lo em meio ao mar de gente.

— Estou aqui. — Surge de repente e eu rio com o que vejo à minha frente.

— Nem penses em fazer piada, Rafaela. Eu deveria ser o *seu* Tarzan, mas não tive escolha porque, segundo a tua sobrinha, as pessoas ficariam escandalizadas, se é que você me entende. E é a verdade, principalmente os homens iriam sentir-se inferiorizados ao ver este corpo. Por isso vim com o traje mais próximo à minha masculinidade. — A Emília revira os olhos e rimos.

— Palhaço demonstra masculinidade? — pergunto confusa e divertida.

— Claro, Rafaela. Se as mulheres não podem ficar loucas com a minha beleza desnuda, ao menos olham para os meus pés e percebem. — Olho os sapatos gigantes e coloridos, intrigada. — Não existe ninguém com sapatos maiores que os palhaços e sabes o que se diz sobre homem com pé grande, não sabes? — Mexe as suas sobrancelhas pintadas de amarelo sugestivamente.

— Diogo! Não acredito que disse isso, ainda mais na frente da minha tia. — Completamente corada, bate no braço dele e ele ri, puxando-a e beijando-lhe a cabeça.

— Eu disse-te que ias pagar por teres escolhido esta fantasia porque achaste que era, e cito, "a sua cara".

— Beleza, no ano que vem você volta a colocar a fantasia de agente secreto. E, por favor, não conte essa versão da fantasia para mais ninguém. — Abana a cabeça, tentando parecer reprovadora, mas sei que o Diogo diz esse tipo de coisa sabendo que a Emília adora as suas brincadeiras.

— Mudando de assunto, viram o Leonardo, o Cauê e a Liefde? Estive numa reunião urgente e só pude vir agora, já liguei pro celular dele várias vezes, e nada. Espero que já tenha saído de casa, porém, conhecendo a minha filha, ainda devem estar na parte da maquiagem.

— O Cauê vem com a professora de guitarra barra melhor amiga, barra primeiro amor, barra *"Já está na hora de avançarem com essa relação. Todos sabemos que estão apaixonados".* — O Diogo explica com as mãos a complexidade da relação do meu Cauê com a Mariana.

— Falando sério, Diogo, o que acontece no Carnaval que você fica sem filtro? Vou ter que falar com a sua mãe sobre isso, porque não é normal. Algo aconteceu na sua infância. Você bebeu muita água salgada, só pode.

— Não falaste isso quando brincamos de Tarzan com a Jane pendurada no cipó, antes de vir para cá. Se bem me lembro, quem pediu que eu fosse o Tarzan foste tu. Quem pediu coisas selvagens foste tu — diz daquele jeito natural dele, e eu rio novamente quando a Emília olha para mim completamente envergonhada, mas não nega.

— Zero filtro, meu Deus! — exclama Rafaela.

Fico parada observando os dois. Como a minha sobrinha sem vida e com vergonha da própria sombra passou a ser uma mulher que irradia alegria. Nestes momentos, o meu carinho pelo Diogo só cresce. É um homem raro. E o seu senso de humor é a prova de que saberá contornar todos os percalços que encontrarão.

Faz meses que eu e o Leonardo despimo-nos do passado, aceitando um ao outro e pondo uma pedra gigante sobre tudo que nos aconteceu. O único momento que não queremos esquecer é a Esperança. Nunca imaginei que o Leo fosse sofrer como sofreu quando descobriu o que realmente aconteceu. A culpa de não ter estado presente consumiu ambos por um tempo, mas hoje estamos em paz. Todos os dias nos amamos um pouco mais e todas as noites ele me abraça antes de adormecermos. Os melhores braços, os mais quentes, mais fortes e suaves que eu poderia pedir. Os mesmos que pegam a nossa filha com um amor que nem ele sabia ter e seguram o nosso Cauê na sua luta consigo mesmo.

Vivermos juntos depois de tudo é desafiante, mas tão bom...

— Rafaela! — A voz do Pedro irrompe dentre o conjunto de cor, e seria de esperar que houvesse algum sentimento negativo entre ambos, mas nunca aconteceu.

— Oi, Pedro! Não sabia que tinha chegado. Como foi a viagem? — Ele e o Leonardo superaram quaisquer desavenças que houvesse entre os dois e há uns meses o Pedro disse que precisávamos de um especialista para um caso que ele tem em mãos. Que precisa aprender mais. Imediatamente, o Leonardo disse que conhecia alguém assim no Porto, e o Pedro viajou para se aprofundar sobre o tema.

— Cheguei há três dias, mas precisava descansar.

— Correu tudo bem?

— Não sei. — Sinto que há algo no seu olhar e recordo que uma vez ele ligou, querendo falar com o Diogo. Depois dessa conversa, o Diogo ficou estranho, mas nunca me perguntei o que seria. — Bem, vou procurar a garotada, que estou morto de saudades.

Percorro cada canto da festa e começo a ficar preocupada com a ausência deles. Meu coração acelera e aquele receio volta junto com a palpitação. Rodopio o corpo em todas as direções querendo ver o rosto dele, mas nada. Quando penso em telefonar para o Cauê, uma bola de glitter chega correndo para mim com a força de um tornado e eu me apoio a uma pilastra para não cair. A Liefde não tem noção do seu tamanho, e preciso estar sempre atenta.

Destinos Quebrados

— Mamãe, sou uma fada! — A voz doce acalma os meus receios. Pego-a no colo e abraço-a com a intensidade que nunca recusa. Vestida de azul como a cor dos olhos do pai e com asas que certamente vão se quebrar em cinco minutos, ela não poderia estar mais feliz.

— Estava com saudades. Te amo, fadinha — digo, beijando o seu rosto.

Ela me abraça com força, beijando todo o meu rosto com risadas, e depois salta do meu colo, e corre atrás dos amiguinhos.

Continuo procurando o Leonardo, e nada. Deve estar com o Cauê em algum lugar longe da festa. Por algum motivo os melhores amigos odeiam carnaval com a mesma intensidade, mas mesmo assim pedi que o Leonardo viesse fantasiado. Quero que ele sinta como é bom podermos ser aquilo que desejarmos.

Repentinamente sinto um encostar de peito em mim tão familiar. O cheiro dele acorda o meu corpo e o seu hálito sopra quente no meu ouvido, levando faíscas a todos os cantos.

— No ano passado uma bonequinha disse-me que não era permitido estar na festa sem fantasia e estou a ver que não estás a cumprir as tuas próprias regras — fala, passando o braço sobre a minha barriga. Aperta o meu corpo e eu deixo cair a minha cabeça em seu peito. O meu lugar favorito no mundo. Ficamos em silêncio atrás da pilastra num ritmo lento, contrastando com a festa que acontece a metros de nós e que mais parecem quilômetros.

— E se bem me lembro... isso não te impediu de ficar.

— Voltaria a fazer tudo igual. Há treze anos abri uma porta e vi um vestido colorido, mas foi quando te viraste, com esses olhos verdes, que senti algo diferente de tudo que já experimentara. Não acredito no que não se pode provar, mas ali, naquele escritório, vi-te a alma e, Flor, a tua é a mais bela de todas. Depois, quando me contaste sobre o teu pai, não tive escapatória. Naquele dia, caí de amores por ti. Demorei a aceitar porque sabia que, se me deixasse cair por ti, nunca mais me levantaria por outra mulher. Infelizmente, quando estávamos os dois a cair um pelo outro, de mãos dadas e corações fora do corpo, foram colocadas rochas nessa falésia e ambos embatemos com força nelas. Não nos conseguimos desviar de nenhuma, e a meio do caminho eu soltei a tua mão, e não devia. Durante dez anos fiquei lá, naquela terra ensanguentada, sem coração, sem saber que tu também sangravas. Sem imaginar que quando caímos não éramos dois, mas três. O que as pessoas que colocaram as rochas no nosso caminho não sabiam é que estávamos destinados. Quebramos pelo caminho, soltamos as mãos, caímos longe e culpamos um ao outro pelas batidas dolorosas, mas quando nos encontramos curamos as feridas um do outro. Limpamos as lágrimas e o sangue agarrado à pele, mas o melhor é que nessa queda tu levaste comigo o meu coração desfeito e, dia após dia, com amor ele voltou a bater, e eu também guardei o teu e durante dez anos olhei para ele várias vezes, ciente de que pertencia à única mulher que amei. Por isso, estou aqui, fantasiado de leão, não porque me sinto um rei, ou feroz, mas porque um dia alguém que admiro disse que nos devemos vergar perante uma rainha, e tu és a minha. — Dobra o corpo, pega na minha mão que treme como se mil formigas estivessem debaixo da pele e coloca no meu dedo o anel mais lindo que os meus olhos já viram. — Eu quero que este seja o melhor Carnaval da tua vida. Casa comigo, Flor.

Leonardo
37

Alentejo — Portugal.

Todos os dias eu digo Amo-te, e escuto Eu também te amo. Todos os dias eu faço amor com ela com o meu corpo ou com as minhas palavras.

Todos os dias eu desenho uma cruz no quadro e não sinto falta do álcool.

Todos os dias eu durmo com ela nos meus braços e não sinto falta da solidão.

Todos os dias eu apago as más memórias do passado a criar novas esperanças para o futuro.

E, finalmente, todos os dias nós aprendemos juntos a diferença entre existir, sobreviver e viver.

O sol brilha lá no alto e queima a pele em poucos minutos. Coloco com firmeza a Liefde no colo, passo-lhe mais uma vez o protetor solar, penteio o cabelo como a Rafaela tinha feito, mas que entretanto se desfez, e esforço-me para que fique mais de dois segundos sossegada, o que é impossível. Ela bufa no meu rosto quando vê que não adianta tentar fugir e deixa-se ficar de olhos abertos como faróis a olhar-me diretamente, até eu fazer uma careta e ela cair na gargalhada.

— Pronto, já está. Deixa-me apenas arranjar o vestido. — Sacudo as migalhas de bolacha caídas no tule cor-de-rosa claro. — Podes ir, mas não corras. — Ela sorri com ar atento, mas, quando termino, contrariamente ao que pedi, dispara a correr meio atrapalhada.

— Dioooooogo — grita pelo caminho. Ele abre os braços e ela atira-se sem receio.

— Está tudo bem? — A voz rouca e cansada do meu avô retira-me do medo de que ela se magoe a correr.

— Finalmente posso dizer que sim — afirmo com leveza e tranquilidade, enquanto o ajudo a sentar-se.

— Eu disse que um dia voltarias aqui com ela. Só não esperava ter dois bisnetos tão crescidos.

— Também nunca imaginei apaixonar-me por eles, mas não resisti.

— Ele é como tu. — Aponta com a bengala para o Cauê.

— Não, ele é mil vezes melhor do que alguma vez serei.

— É igual. Perdido nele mesmo, e tu és o único que sabes do que ele precisa.

— E do que ele precisa? — pergunto já ciente da resposta, mas com a noção de que o meu avô vê muito além do que eu.

— Perdão pelo que fez. Não dos outros, mas dele mesmo. Parar de usar a máscara. E sabes bem o que é usar uma durante anos. Os estragos que provoca na nossa mente. Leva-nos a acreditar que ninguém poderá gostar de nós se vir a realidade, sem imaginarmos que existe uma pessoa especial que já nos ama. — Olhamos para o Cauê e a Mariana, que caminham lado a lado com as mãos tão próximas que em lentos segundos tocam-se e os dedos entrelaçam-se, mas voltam a separar-se. — Às vezes precisamos estar longe de quem nos tocou verdadeiramente para percebermos a dor da sua ausência. E ele precisa disso.

Paramos de observar os dois quando os gritos de alegria da Liefde assustam os pássaros que se escondiam na sombra de uma árvore.

— E ela é a miniatura da Rafaela. Tão parecida que chega a assustar. Se não soubesse a verdade, diria que é vossa filha.

— E é! — afirmo.

— Não é isso. A Rafaela não guarda nada dentro dela, e a Liefde é assim. Traz o pequeno coração nos dedos e o dá a cada pessoa que encontra sem nunca se preocupar com o que fica para ela, e por isso não pudeste resistir. Estes miúdos podem ter tido pais, mas estavam destinados a serem vossos filhos, disso não tenho dúvida.

Acaricio a pulseira no meu pulso, a mesma que fez o Cauê dirigir-se a mim naquela manhã e mudar o meu rumo. Como é que um objeto tão pequeno pode ser tão importante no destino de uma pessoa?

— Cuida das duas, Leonardo. Lembra-te: é das flores que vivem entre espinhos que temos que cuidar, porque são as que um dia tornarão os nossos jardins mais lindos.

Fico sentado debaixo da árvore, no banco que partilhei com a Rafaela nas muitas vezes que estivemos aqui, até o sol baixar e partir para casa.

— Estou apaixonada por Portugal, acho que nunca mais vou embora. — A voz alegre da Mariana ecoa pelas paredes quando entro. — Só não gostei de ter engordado e nem sei se hoje vou usar aquele vestido que comprei quando você veio comigo. Acho que vai ficar muito apertado.

O Cauê olha para o corpo dela com atenção.

— Você está bem assim. E o vestido é a tua cara — murmura baixinho e ela sorri como se ele tivesse feito o maior elogio. Tudo nela grita cor e atenção, desde o corpo até o cabelo vermelho, mas sei que o Cauê é o único rapaz que olha para ela e vê muito mais do que as curvas. Honestamente, acredito que ele só tenha reparado nesses atributos bem depois. O Diogo sorri para mim como se estivesse a pensar o mesmo e continua a lanchar, sem parar de observar os dois.

— O resto das pessoas? — pergunto, a roubar um gomo de tangerina do Diogo, pelo quê recebo uma cotovelada.

— A Liefde está a dormir a sesta com a Emília e o teu avô está com a enfermeira.

— E a Rafaela?

— Não a vejo há horas.

Rafaela
38

Olho para a minha mão com o anel e sinto novamente toda a felicidade do dia em que nos casamos. Uma cerimónia simples e só com quem amamos.

Paro de caminhar quando ele aparece à minha frente.

— O que se passa? Estás diferente.

Estendo a mão e lhe dou a foto.

— Como? — pergunta, esfregando com a ponta dos dedos a fotografia, não acreditando no que os olhos veem.

Retiro um papel do bolso e lhe entrego. Começa a ler alto o que sei de cor por ter relido inúmeras vezes.

Rafaela e Leonardo,

Talvez devesse ter entregue em mãos. Talvez devesse ter conversado com vocês pessoalmente.

Talvez devesse ter feito isto há dez anos. São muitos talvez, mas por algum motivo hoje foi o dia em que decidi lhes dar a Esperança.

Há dez anos conheci uma jovem grávida, radiante com a chegada da primogênita. Não foi a primeira grávida sozinha. Não foi a primeira a não querer falar sobre o pai do bebê.

Ele para de ler e engole com força as lembranças que ainda o atormentam.

(...) Nas poucas conversas explicava como iria mudar o mundo um dia de cada vez. Eu só pensava como alguém com seu mundo em chamas conseguia encontrar força para pensar nos outros e, consulta após consulta, com o seu jeito apaixonante de ser, me conquistou. Infelizmente, a tragédia aconteceu.

Ele para novamente de ler e eu aperto seus dedos, acalmando-o, afinal tive dez anos para controlar as emoções desse dia.

(...) Fiquei rezando por um milagre, temendo que não iria acontecer.
E foi na dor daquela mãe, que vivera algo que também vivi, que nasceu uma amizade. Com os anos fui amando essa jovem como uma filha que nunca tive e percebendo que não existe limite para voltar a ser feliz. Tudo que tenho devo a ela, pois mostrou que mulher é resiliência. É rochedo que aguenta a força do mar.
Golpe atrás de golpe vi essa jovem tornar-se a mais forte das mulheres, contudo tinha receio se um dia seria como eu: descrente do amor.
Tudo mudou quando um homem chegou. Naquelas semanas percebi que era o pai do bebê, aquele que partira o coração da garota mais doce que eu já havia conhecido. Observei colarem juntos os pedaços que se partiram pelo caminho e, finalmente, acredito que posso entregar o que nunca foi meu, mas guardei com amor.
A última peça perdida.
Desculpem a demora.

Dra. Juliana Mesquita,
ou, simplesmente,
Ju.

— Não sei o que dizer.
— Vá conversar com a sua filha e depois volte para mim.
Deixo-o nos campos de trigo e volto para casa.

Acordo com o corpo do Leonardo despido tapando o meu. Suas mãos retiram a minha roupa com cuidado, preenchendo a pele descoberta com beijos molhados que me incendeiam. Automaticamente ele nos vira e fico por cima. O meu corpo se abre para o dele até me preencher como só ele consegue.

A minha boca se abre. A dele também.

Solto um gemido quando me penetra totalmente. Ele prende a respiração quando me sente por completo.

A minha testa desce.

A dele encosta em mim.

Eu desço e subo sobre ele.

Ele empurra e retira sob mim.

A minha pele fica vermelha.

A dele transpira.

Eu o recebo dentro de mim.

Ele me sente em volta de si.

As minhas pernas tremem com as sensações.

Os seus braços me apertam com firmeza.

A minha língua molha os seus lábios.

A sua boca me mata a sede.

Eu choro com a intensidade das penetrações.

Ele sorri por me dar prazer.

Eu o beijo e ele me beija.

— Amo-te — arfa quando eu aumento o ritmo e encontramos juntos o prazer.

Deixo-me cair exausta sobre o seu peito transpirado e ele retira o meu cabelo úmido. Repouso no seu peito e imediatamente os seus braços contornam o meu corpo.

— Fizemos uma filha linda — comenta, pegando na fotografia.

— Tinha a sua boca e queixo, repare. — Instintivamente ele passa a mão no dele e sorri com orgulho. — Era perfeita, Leo. Tão pequena. Tinha os dedos finos como os meus, mas o cabelo preto como o teu.

— Ainda bem que não tinha o meu nariz. É grande demais.

— Seria linda do mesmo jeito com um nariz igual a esse. Seria perfeita por ser a nossa.
— Foi como virar uma página.
— E agora, o que fazemos? — pergunto.
— Vamos ser felizes.

Mariana
39

Minha boca encosta na do Cauê e parece que meu coração vai sair com a tensão que estou sentindo. Encosto meu peito nervoso ao dele que treme e abro a boca, deixando a língua tocar na sua, sentindo suas lágrimas molharem o meu rosto. Corajosamente, apanho o seu rosto e é aí que tudo de errado acontece. Ele me empurra, seca as lágrimas e começa a correr pelos campos de trigo.

— Cauê! Cauê!!!

Ele se afasta sem olhar para trás, e temo que um dia seja de vez.

EPÍLOGO

Leonardo

*P*arabéns, Leonardo.
Gostaria que pudesses ter vindo festejar o teu décimo
oitavo aniversário ao Alentejo, afinal és o nosso
único neto. Sentimos saudades tuas, mas entendemos que é preferível passar esta data
com amigos da tua idade. Eu e teu avô enviamos este cheque para fazeres o que quiseres,
e sabemos que vais usá-lo com sabedoria.

A partir de agora serás um adulto, e todas as ações têm consequências. Age como
o bom homem que eu e o teu avô tentamos que fosses.

Da última vez que estiveste aqui não eras o mesmo. Estavas sério e tenso em demasia.
Por favor, não te transformes em algo só para agradar ou impressionar. Não queiras ser
alguém que não gostarias de conhecer. Tu és o Leonardo Tavares. O meu neto. Aquele
que até há dois anos sujava as mãos na terra, mas que da última vez nem pelos terrenos
caminhou. Usa o nome que te demos com orgulho, mas sem seres orgulhoso.

O teu avô e eu estudamos apenas dois anos, éramos pobres e trabalhamos nestes
campos mais de sessenta para criar riqueza. Não são os estudos que fazem a pessoa,

é o caráter. O dinheiro foi consequência de anos de trabalho honesto, porém de nada adianta se a doença ou morte surge; se o amor desaparece. Nada.

Eu tenho medo por ti, meu neto, que te percas na ânsia de agradar, de seres o melhor e do teu receio da opinião negativa dos outros. Que queiras o fútil da vida. Um dia isso pode ser destrutivo. O orgulho atrapalha a visão e corrói os sentimentos. Pode-nos fazer perder tudo que amamos e depois só resta o arrependimento. Por isso vou rezar por ti. Vou pedir que encontres uma flor. Uma mulher que, ao contrário de ti, não queira viver para ser a melhor, mas que seja a melhor simplesmente por ser como é. Uma flor delicada que consiga perfurar tua armadura. Uma rosa, porque, Leonardo, só elas conseguem viver entre os espinhos e tu, meu querido, te picas ao toque. Alguém que seja o teu igual ainda que seja tão diferente. Que te faça rir porque tens o melhor riso. Uma flor que te consuma a alma e somente com um sorriso te destrua a tristeza. Uma menina-mulher que veja o lado bom no teu lado mau.

Leonardo, eu sei que és novo e são apenas palavras de uma velha florista que sabe que a própria existência na Terra está quase a terminar, mas nunca te esqueças de que nada neste mundo é mais importante do que o amor. Nada. Quando a doença e a morte chegam, não são os louvores dos outros nem os holofotes que nos dão conforto, mas ter conosco quem amamos. Por isso, encontra a tua flor e, meu neto querido, tenta não lhe quebrar nenhuma pétala pelo caminho com a tua frieza, mas, se o fizeres, lembra-te de cuidares de todas as outras que ficaram intactas.

Mais uma vez, parabéns

Amor e felicidade, é tudo que desejo.

Beijo da avó que te ama.

Releio as mesmas palavras que aos dezoito anos não tive maturidade para perceber, da carta que a Rafaela se esqueceu de guardar ao lado das que eu lhe escrevi e dos desenhos da Liefde.

Fecho os olhos e recordo a conversa em que ela perguntou o motivo de ser a minha Flor. Foi após a nossa primeira vez.

— *Leonardo, por que me chama de Flor?*

Parte de mim quis dizer-lhe que estava relacionado com o vestido que usara da primeira vez, contudo abri um pedaço de papel guardado na minha carteira e dei-lhe para ler.

— *O que é isso?*

— *A última carta da minha avó. Ela foi florista desde os oito anos até depois dos setenta. Mesmo quando enriqueceram para além dos seus sonhos, ela continuava a vender* flores e todos os arranjos tinham algo escrito. Como começou a trabalhar quando ainda era uma criança, tentou não se esquecer do que aprendera na escola. Ela contou-me que chorou muitas vezes quando via outras crianças irem para a escola enquanto ficava a vender flores na rua porque se não vendesse não teria o que comer. Esta foi a penúltima carta que me escreveu, a última foi para o meu avô. Passado um mês, morreu.

— Sinto muito, Leo.

— Houve uma altura em que tive vergonha deles. Em que preferia estar com meus avós maternos porque eram mais sofisticados e tinham melhor aparência. Em que ir para o Alentejo, para perto de pessoas que viviam uma vida simples, era algo que eu odiava e de que sentia vergonha. E, quando recebi esta carta, nem a li, até saber que a minha avó tinha morrido sem eu a ter visitado.

Pouso a carta com saudades e ainda alguns remorsos pelo mau neto que fui. Começo a subir as escadas para o quarto, quando ouço um choro e rapidamente abro a porta, a pegar no seu corpo.

Rafaela

Acordo, estendo o braço e sinto o lençol frio. Olho para o relógio que pisca 2:33 e tento voltar a dormir, mas sem ele não consigo. Quando escuto vozes, levanto o corpo cansado e lentamente percorro o corredor até o quarto da Liefde, mas ao abrir a porta vejo que a cama está vazia. Continuo caminhando até vê-los. O Leonardo está sentado na poltrona com o corpo da nossa filha enroscado no colo e a sua mãozinha segurando a pulseira que ele nunca tira. As vozes são baixas, mas consigo ouvi-las, principalmente o risinho dela.

— Não existe macaco-girafa. — Ela ri, chamando-o de *tolinho*. Mais ninguém ousaria se dirigir a ele com tal palavra.

— Existe sim.

— Ah, é? Onde? — Os olhinhos dele se abrem como pequenas luas e ele começa a desenhar numa folha de papel.

— Vês. Um macaco-girafa. E é só teu. — Ela ri, agarrando o papel e prendendo-o ao peito.

Continuam a conversar suavemente até ela começar a bocejar e adormecer pacificamente sobre o seu peito, e eu sinto o meu se apertar com a imagem.

O Leonardo é um pai maravilhoso e tem muito amor pelos filhos que não ajudou a nascer, não viu crescer, mas entretanto ama como se nunca tivesse vivido sem eles. Jamais, nem nos sonhos mais mirabolantes eu conseguiria imaginá-lo um pai tão coruja. Acredito que nem ele pensou se tornar o ser maravilhoso que é, comprovando aquilo em que eu tanto acredito: o amor é transformador.

Longos minutos depois, levanta-se com ela ao colo, parando quando me vê. Murmura *Cauê* e sobe as escadas.

Pouco depois da nossa vinda do Alentejo, o Cauê voltou para lá, porém, ao contrário do que pensamos, não foi para refazer a vida sem todas as lembranças do passado, mas sim para fugir do presente e da Mariana, que eu e a Emília acarinhamos como se fosse da nossa família. Dói-me saber tudo que ambos viveram e vê-la tão infeliz, mas o Leonardo me pediu para não interferir, pois nenhum deles está pronto.

O Leonardo e o Cauê conversam todos os dias, e, ao contrário da relação dos dois, a memória da sua mãe ocupa todo o espaço e por isso não me deixa entrar, contudo eu me contento em amá-lo sem a devida reciprocidade.

Sinto o peito do Leonardo encostar em mim e imediatamente a minha cabeça recai sobre ele.

— Vai dormir, Flor. A Liefde está apagada e tão cedo não acorda. Precisas descansar — pede, beijando-me o pescoço.

— Acordei porque a cama ficou fria sem você.

— Acordou a chamar pelo irmão.

— O que você fez?

— Telefonei para o Cauê e eles conversaram um pouco até ela se acalmar.

— Como ele está?

— Bem. Acho que viver com o meu avô vai fazer-lhe bem, mas ainda é tudo muito recente.

— Tenho medo de que o Cauê exploda se escutar algumas coisas. Você sabe que o seu avô diz tudo o que pensa.

Ele sorri delicadamente.

— E é tudo aquilo de que o Cauê precisa. Alguém que lhe mostre que a vida é muito breve para desperdiçarmos e, simultaneamente, todos aqueles terrenos quase infinitos para ele se perder. Espaço. Ele precisa de todo aquele espaço.

— Você disse a ele que eu o amava?

— Sim.

— E ele?

— Mandou um beijo.

Tento esconder a tristeza, mas não consigo. O Leonardo sai de trás de mim e segura o meu rosto.

— Ele ama-te, Flor. Seria impossível que isso não acontecesse.

— Acha mesmo? — Meus olhos lacrimejam. Queria tanto que ele me amasse como eu amo ele.

— Tenho certeza. Tenhas certeza. As pessoas que ele mais ama são aquelas de que mais se afasta.

— Tento acreditar.

Ele me beija a testa e subimos. A muito custo, adormeço, porém, quando mais uma contração acontece, a sensação de *déjà vu* assalta minha memória.

— Leo.

— Hum?

— Leo. — Dou-lhe uma pequena cotovelada e ele acorda.

— O que foi, Flor?

— Entrei em trabalho de parto. — A mão dele imediatamente acaricia a minha barriga.

— Tens certeza? Mas não é cedo?

— Tenho.

Impossível narrar o que acontece nos minutos que se seguem, apenas sei que o Leonardo consegue telefonar para todas as pessoas e neste momento estou deitada com a mão dele segurando a minha, e somente os seus olhos azuis são visíveis.

— Estou nervosa — confesso o que ele já sabe.

Tentamos engravidar durante muito tempo, até eu acreditar que não estava destinada e deixar a ideia para trás. Meus ciclos são muito irregulares. Aceitei que não aconteceria. Dois meses depois o perfume do Leonardo começou a me dar enjoo, depois foi o meu, porém só quando o cheiro do café começou a me incomodar foi que percebi que poderia estar grávida.

— Estou aqui, Flor. Lembra-te de que sentes o movimento. Sentes a vida a bater em ti. — Passa a mão no meu cabelo e seca a lágrima solitária com o polegar. — Estou aqui.

— Mas... — Ele abaixa a máscara e me beija, me acalmando.

— Vai correr bem, Flor.

Ele viveu comigo as fases de felicidade e os pesadelos que tive ao reviver o parto da Esperança nas noites em que acordava com medo de ter perdido o nosso bebê. Sabe que o meu maior medo é de que tudo se repita.

— Vamos, Rafaela, alguém quer muito conhecer os pais. Confie em nós. Confie nEle e em você. Principalmente em você. Agora, força! Respire fundo e faça força.

Faço força.

Inspiro e expiro.

Empurro.

Subitamente deixo de ouvir as vozes. De ver as pessoas. De ouvir sons.

Silêncio.

Faço força. Sinto a mão do Leonardo.

Faço força. Sinto o meu bebê querendo sair.

Faço força. Sinto as lágrimas no meu rosto.

Faço força.

Faço força.

Faço força.

Ah, alívio...

Repentinamente ouço as vozes de todos que se movem. Vejo as pessoas.

Silêncio. Não ouço o choro que desejo. Não vejo quem mais quero.

Silêncio. Olho para o Leonardo.

Silêncio. Olho para os médicos.

Silêncio. Procuro com os olhos o meu bebê.

Meu coração bate desesperado, até que lenta, envergonhada e timidamente o grito enche as paredes.

O choro rasga o silêncio.
O berro sopra nos ouvidos.
E o soluçar pinta as emoções.
Ela nasceu. Ela está viva.
Abro os braços que tremem e choro de amor quando finalmente surge. Abro o avental e pego nela pela primeira vez, encostando-a ao peito cheio. Pele com pele.
Não paro de tremer enquanto a seguro. Tão pequenina. Tão frágil. Tão minha.
Uma minúscula boca abre e fecha, os dedinhos esticam e dobram, as pálpebras movimentam-se e o som, o som é real. Está viva! Não aguento e soluço mais. Choro o dobro e sei que o som é alto. As pessoas saem da sala, mas não consigo parar, até sentir os lábios do Leonardo beijando cada canto do meu rosto com tanta delicadeza que me faz chorar ainda mais. Ele me beija a testa, o rosto, os olhos, os lábios. Seca todas as minhas lágrimas até eu parar.
— Flor, *minha* Flor. Ela está ótima e saudável. — Senta-se no canto da cama, pousando ternamente a mão sobre a cabecinha da nossa filha, e eu deixo a minha cair sobre o seu ombro até que olho o seu rosto e vejo que todas as lágrimas que secou em mim caem pelos seus olhos e ele não as seca porque cada uma é o amor que sai de dentro de si.
— Estou tão feliz, Leo. *Tãããããão* feliz. — Choro e sorrio ao mesmo tempo.
— Finalmente Deus mostra que sempre me amou.
Minha vida não foi um conto de fadas como sonhava em criança. Não houve um príncipe perfeito, nem eu sou uma princesa.
Chorei muito.
Quebrei pétalas e perdi quem amava, mas nunca desisti.
Nossa vida não foi fácil e talvez para muitos culminar com o nascimento de filhos seja normal, mas na minha história é tudo menos isso.
Quando minha filha emite um som, esqueço as lágrimas e falo com ela pela primeira vez.
— Bem-vinda, Felicidade.

Leonardo

Anos depois.

— Estás a fugir da multidão, Leonardo? — Uma garrafa de água surge de surpresa à minha frente e eu apanho-a, a levantar a sobrancelha ao Diogo que faz-se de inocente.

— Cinco minutos de sossego. Mesmo depois destes anos todos ainda não me habituei a estar rodeado por tantas pessoas

— Já eu sou o oposto. Se a minha casa fica em silêncio, acontecem duas coisas.

— O quê?

— Sinto um vazio estranho, ou, e bem pior, tenho certeza de que meus filhos estão a aprontar alguma. Na última vez a Mel estava a pintar as paredes, isto depois de ter espalhado glitter por cima do Neruda!

— Os meus dias não foram melhores, a Felicidade esteve impossível toda a semana porque dissemos que só lhe dávamos um cão se ela começasse a ajudar nas tarefas de casa. Escusado será dizer que dramatizou, e passo a citá-la: *Por que me deram o nome de Felicidade, se não me fazem feliz?*

Ele solta uma gargalhada.

— Resultou. Ela está a conversar com o Paulo sobre o Neruda, visto ser o meu filho quem trata dele, além de segui-lo para todo lado.

— Não deu para negar. Ficou dias colada a mim com uma expressão de tristeza absoluta. Por onde eu passava ela surgia à minha frente, sempre com os olhos a lacrimejar. Teve uma manhã que acordei e ela estava como um fantasma a olhar para mim e já com lágrimas nos olhos. Eram cinco da manhã, Diogo! Eu acordei com a minha filha num canto da cama a olhar para mim, e sabe lá Deus há quanto tempo estava quieta à espera de que eu acordasse só para mostrar os olhos com lágrimas.

— Por isso é que eu digo que a mãe é que decide. Há momentos na vida em que o homem tem que aceitar que as mulheres mandam no mundo e nós só fazemos de conta. E, cá pra nós, seria mesmo o ideal.

— Ou seja, a Emília é que tem que fazer o papel de má?

— Exato. Mas prefiro dizer-lhe que ela tem o poder.

— Tem vezes que não sei como ela te atura.

— Além deste corpo perfeito e humor impecável, é o charme, Leonardo. Compreenderias se tivesses algum.

Ficamos em silêncio a contemplar as cenas à nossa frente. A Emília, com sua pequena barriga de grávida, está a sair da piscina e o Paulo pega nas muletas para ajudar a mãe, enquanto a Rafaela dá a toalha à Liefde, que faz tudo sozinha. As duas costumam nadar juntas na Clínica. A Emília por causa da perna e músculos e a Liefde porque essa atividade ajuda-a na coordenação. Há dois anos começou a participar em competições de natação, e até já ganhou uma medalha. E eu, eu não perco uma aula dela. Ao meu lado o Diogo olha para a esposa e cruza os braços, apoiando-se na mesma árvore que eu.

— Temos uma vida boa, Leonardo.

Aceno, a concordar. Com todo o sofrimento que já passamos e mais o que vemos diariamente na Clínica, valorizamos demais tudo isto.

— Papaííííííííííí — ecoa o grito da Mel e os pássaros voam assustados, a quebrar o momento.

— Cruzes, filha, ainda morro do coração. — Aperta o peito e logo abaixa-se para pegá-la. — Mel, já avisei que não podes vir em silêncio e gritar quando estás perto. É ao contrário, princesa. Gritas ao longe por mim. Mas bem, bem longe. Láááá no fundo. Bem no fundo. Naquele fundo tão fundo que a tua voz pareça suave como o teu nome.

Ela abana os ombros sem se preocupar com a explicação e levanta o vestido, a mostrar os joelhos esfolados e com folhas coladas no sangue seco.

— O que aconteceu?

— Pulei da árvore, papai. O Paulo falou que eu e a Felicidade somos fraquinhas porque temos perna fina e eu fui mostrar que não sou o que ele disse — fala orgulhosa. — Só dói um pouco, mas não vou chorar porque ele também caiu e não chorou. Ele disse que era forte e que não doeu.

Duas lágrimas caem e não sei se devo rir ou ficar com pena da situação.

— Ohhh... guerreira. — Segura-a contra o peito e ela agarra-se com força. — Podes chorar. Não existe nada de errado em chorarmos se doer.

Nesse momento ela solta todas as lágrimas do choro contido, a prender-se no seu abraço. Ele acena com a cabeça e começa a caminhar em direção à casa.

Continuo encostado na árvore durante largos minutos a ver tudo. O Diogo que sopra nos joelhos da filha enquanto o Paulo abraça a irmã, claramente arrependido. A Emília move-se lentamente no balanço com uma expressão de paz, a passar a mão sobre a cabeça do Neruda, que pousa o focinho na sua barriga como se a protegesse. A Liefde ri com a Mariana, que não vê ou finge não sentir os olhos do Cauê nela... e ele, ele olha para cima e me vê. Começa a caminhar para mim, muito diferente do menino que partiu. Mais largo, com as costas mais direitas e os olhos mais vivos. O sol bate no seu pulso e o reflexo do meu antigo relógio partido brilha nos seus olhos tão parecidos com os da Rafaela.

— Olá, pai. Desculpa o atraso. — O meu coração ainda se aperta quando ele me chama *pai*, pois recordo o dia em que o fez pela primeira vez. O dia em que pensei que iria morrer. O dia em que ele me contou tudo e decidimos algo.

— O importante é que vieste.

— Cadê a Rafaela?

— Deve estar a adormecer a Felicidade. Sabes como a tua irmã só adormece se a mãe estiver com ela.

A relação entre ele e a Liefde é única, mas a Felicidade conseguiu um lugar especial. Desde que chegou, há meses, ela corre atrás dele como se fosse feito de ouro. E ele ama-a. Sei que por ela faria tudo.

— Não trouxe presente pois não sabia o que comprar. Ela tem tudo e quando perguntei disse que não precisava de nada, só da minha presença.

— É mentira. Ela deseja algo, Cauê.

— O quê?

Desencosto-me da árvore e começamos a caminhar.

— Há uns anos estávamos prestes a sair de casa para irmos de férias com as tuas irmãs, quando tive que conduzir mais de cem quilômetros de volta porque de repente ela ficou em pânico. Voltamos, ela entrou em casa a correr e, quando saiu, não tinha nada nas mãos, mas o rosto estava sereno.

— O que era?!

— Há muitos anos, um garoto ofereceu-lhe um alfinete de peito. Algo simples. E todos os dias ela usa-o. Passaram-se anos e aquele alfinete continua lá.

A roupa muda, já o alfinete nunca. Quando esse garoto partiu, e durante anos pouco falou com ela, essa bijuteria sem valor monetário era tudo que ela tinha dele. Para ela, aquela é a prova de que ele a ama.

O Cauê para.

— Fui eu que dei. Comprei com o Diogo... mas... mas ele não vale nada.
— Para ela é tudo que tem de um filho que ama.
— Pai...
— Cauê, permite-te amar sem medo. Eu sei que amas a Rafaela.
— A minha mãe...
— A tua mãe não fica triste por amares outra mulher como a amaste. Não fica. Tenho certeza disso porque um pai que ama quer ver o filho feliz. Se hoje eu morre...
— Não diga isso — interrompe-me, mas repito.
— Se hoje eu morresse e no futuro outro homem amasse as minhas filhas, cuidasse delas e as fizesse felizes como eu tento fazer, nunca iria ficar triste se elas retribuíssem o seu amor. Nunca. Porque a felicidade delas vem na minha frente. O nosso coração é grande. Há espaço para todos que lá entram, e tu ao tentares negar esse amor negas a felicidade a ti mesmo. Porque, Cauê, não existe sensação melhor do que receber amor daquela mulher. Por isso é que vivi como um fantasma durante anos. Nada nem ninguém conseguiu fazer-me sentir o que ela faz com um simples olhar. Eu sei que a amas e que ela sabe disso, então nunca forcei, mas chega uma altura na nossa vida em que temos que mostrar sem medo, e ela merece. Amar dói. Amar fragiliza-nos. Faz-nos fracos. Afinal, quando amamos, trazemos o coração sem proteção e, às vezes, esbarramos em pedras pontiagudas que espetam e nos fazem sangrar. Contudo, amar é felicidade. Amar cura. Amar torna-nos fortes. Amar é tudo que existe na vida. São esses opostos. É a loucura pela pessoa e a sanidade. É o medo da perda e a coragem de lutar. É a insônia ao pensar nessa pessoa e o dormir profundamente sabendo que ela nos ama. É viver sem capa e simultaneamente protegidos. Amor é amor. Tão complicado porque, na realidade, a sua essência é tão simples que não sabemos de onde veio. Amar é olhar um rapaz e no final da conversa saber que ele entrou no coração sem explicação racional. É um sorriso de uma menina com Síndrome de Down que o mundo nunca vai compreender que é melhor do que nós todos. E é a paixão de uma mulher cujo coração foi picado, esmagado e triturado por todos a quem ela se mostrou, e, mesmo com dores, ela continuou com ele na mão para mostrar

à próxima pessoa. Enfim, amar, às vezes, é partir o coração de uma garota porque temos receio de que ela descubra o que fizemos, e fugimos para longe com medo de que seja ela a fugir primeiro se souber de tudo. Mas amar é, lá no fundo, saber que essa garota nunca fugiria, e por isso voltamos, mesmo sem sabermos como recuperar esse coração que esmagamos.

— Não sei se eu vou conseguir.

— Mas *eu* sei que sim, porque preciso de um final para a tua história e elas precisam saber a verdade do que fizeste. Eu e o Diogo não merecemos carregar este segredo há tantos anos.

— Não sei como vão reagir.

— Experimenta contar a verdade.

Rafaela

Saboreio a brisa quente que bate no meu rosto e olho o vestido florido, o mesmo que usei no meu primeiro dia em Portugal. É velho mas está bem conservado, pois só uso em ocasiões especiais. Hoje o Leonardo pousou-o na cama e pediu que eu o usasse. Porque lhe traz boas recordações. Não sou a mesma garota, as minhas pernas e o meu rosto não são tão suaves como quando tinha vinte e dois anos, e ele não me cai tão bem como outrora, mas o Leonardo disse que é sinal de que estamos envelhecendo e é bom porque estamos fazendo isso juntos. E é verdade. Estamos vendo as nossas rugas surgirem sem nos preocuparmos.

O barulho de folhas quebrando me faz olhar para trás na expectativa de vê-lo, porém são os olhos verdes do Cauê que surgem.

— Parabéns — fala, sentando-se.

— Obrigada. Mas não precisava esta festa toda. O Diogo e a Emília são loucos. — Aponto para a decoração imitando neve e sei que foi ideia do Leonardo, porém o trabalho foi todo da minha sobrinha. — Mas as crianças adoraram e o Leonardo já prometeu a todos que iremos passar o Natal em Portugal para planejarmos uma viagem à Serra da Estrela. Você chegou a ir?

— Não, mas vou com vocês. A Liefde vai precisar de ajuda.

— Você viu como ela está crescida?

— Muito. Está linda.

Permanecemos na quietude até ele voltar a conversar.

— Não comprei nenhum presente.

— Nem precisava. Tenho tudo de que preciso e a sua presença é o melhor presente que eu poderia desejar.

Com a suavidade tão habitual, segura a minha mão e a sua outra passa os longos dedos no alfinete de peito.

— Por que usa ele todo dia?

— Porque foi dado por você.

Ele respira fundo, largando a minha mão e procurando algo no bolso.

— Não comprei nada porque o que eu quero te oferecer sempre foi seu.

Fico olhando seu rosto com várias expressões, principalmente nervosismo.

— Há muitos anos conheci uma santa dentro de uma igreja. Tinha cabelos loiros brilhantes e uma voz linda. Ela me chamou de herói.

Para de falar, pegando no meu pulso, e o frio do metal me faz arrepiar. Olho o meu pulso, recordando tudo.

— E deu esta pulseira para a minha mãe.

— Você... Você é aquele menino da igreja?

Ele olha para mim e meneia a cabeça ainda mais devagar. Num gesto trêmulo, leva a mão ao rosto.

— Cauê?

— Sou eu. Eu sou o menino que você chamou de herói.

— Cauê... Eu... eu pensei tantas vezes em vocês. Pedi a Joana que os encontrasse, mas ninguém sabia quem vocês eram. Eu quis ajudar, mas...

Seus braços fazem algo raro, abraçam-me com força e eu me deixo cair neles. Seus lábios tocam a minha testa uma, duas, três vezes, até eu olhar para ele.

— Temos tanto que falar. Tantas perguntas sobre tudo. — Olho o seu rosto, recordando aquele menino que brincava dentro da igreja e aquela mãe pobre e amedrontada.

— Não quero falar sobre aquele passado, mas obrigado. Eu fui muito mau e injusto. Te empurrei, gritei com você. Te proibi de tocar na Liefde e em mim. Eu fingia que ficava chateado quando você dormia no meu quarto com medo de que eu me cortasse mais uma vez. Eu tentava odiar quando você me beijava na testa, pensando que eu dormia. Sempre fui horrível, mas você nunca desistiu de mim.

— Eu sabia que você estava acordado todas as vezes e por isso te beijava. Sabia o quanto precisava de amor.

— Por isso é que eu preciso contar a verdade.

— O quê? — Suas mãos compridas apanham o meu rosto do mesmo modo que as minhas fizeram com o dele durante tantos anos.

— Eu te amo. Eu te amo como um filho ama uma mãe. E voltei porque ainda preciso da minha mãe para me acalmar. Ainda preciso saber que, se os pesadelos voltarem, eu tenho o seu colo.

Meus olhos ficam preenchidos por lágrimas e sinto o meu corpo vibrando.

— O que está dizendo?

— Parabéns, mãe. Eu te amo.

O meu corpo se atira para o dele, que me abraça nos seus longos braços.

— Por favor, repita. Por favor. — O meu abraço é o mais apertado possível, mas não diminuo a força.

— Mãe — repete ele, olhando para mim e para o Leonardo cuja presença há muito pressenti.

— Outra vez, por favor.

— Mãe.

Volta a me beijar, distanciando-se sutilmente. Quando olho o seu rosto sei que há muito para contar, mas também sei que este momento não foi fácil para ele e que o meu toque começa a queimar. Tenho mil perguntas e quero saber tudo, mas vou esperar que um dia queira contar.

Ele se embrenha entre as árvores até se camuflar nas sombras, que são suas inimigas, contudo é nelas que se sente bem.

Vejo-o partir e pego a mão do Leonardo, que nesse ínterim tinha se sentado ao meu lado. Ficamos observando como o nosso filho ainda sofre, mas conscientes de que ele sabe o quanto é amado e que tem um grupo reforçado de pessoas prontas para lutar contra os seus demônios.

— Ele ainda necessita da escuridão, Flor. Deixa-o ir.

— Eu sei. Só espero que não demore, porque vive lá há muito tempo.

— Às vezes o relógio precisa parar para criarmos o nosso próprio tempo. — Continua olhando para onde o Cauê partiu. — E o Cauê, como qualquer herói, precisa se camuflar do mundo até saber como salvar todos que pode.

Sei que o Leonardo sabe de algo muito importante sobre o Cauê, mas nunca ficarei aborrecida por não me contar, pois, o que quer que seja, quando chegar a hora, ele me dirá. Só receio o que será.

Passado um tempo, o Cauê e a Mariana desaparecem, mas o resto do grupo está junto. Nenhum de nós se preocupa com a ausência, principalmente o Diogo.

— Se ele for inteligente, está a beijá-la pelos anos que ficou afastado, mas se sair ao pai... — aponta para o Leonardo —... não ata nem desata do lugar e fica a penar num canto. A sorte é que a Mariana é tudo aquilo de que ele precisa.

— Diogo! — admoesta a Emília.

— Diogo, nada. Ele viu o que nós sofremos por sermos idiotas com os sentimentos, no nosso caso, mais tu do que eu. — Ambos riem porque ele consegue trazer leveza para tudo. — Por isso sabe que tudo que está a fazer só causa mais sofrimento. Todos sabemos que eles se amam, e quanto mais tempo ficarem com estes segredos, pior. Temo pelo que acontecerá no dia em que tudo for dito. Temo muito.

— Vai ser difícil, mas estaremos todos aqui para apoiá-los. É por isso que somos uma família — completa o Leonardo.

— Mamãe — a minha Felicidade chama por mim, e por mais que eu diga que preciso lhe dar mais independência, pois ela não vai a canto algum sem mim, ainda não consigo.

Com o cabelo da cor do pai e os meus olhos, ela não poderia ser mais linda. O Leonardo diz que os nossos três filhos têm os olhos da minha cor porque eles precisam ver o mundo com amor neles.

— Sim.

— Quando eu for grande quero morar com a Liefde. A gente vai abrir uma loja de pulseiras e colares. A Liefde faz e eu, como falo muito, fico vendendo. Papai diz que eu consigo... consigo... — Para, pensando. — Papai, como você fala?

— Tu consegues vencer pelo cansaço.— Meu marido fala por experiência. Dos dois, e para surpresa de todos menos minha, o Leonardo é o mais liberal. Tudo que as meninas pedem, ele faz. Não interessa o quão absurdo possa ser, ele as faz felizes. É o pai mais paciente que eu poderia pedir para educar as minhas filhas.

— É, isso.

— Mas isso não é bom. Não podemos ser chatas com os clientes — rebate a minha sempre doce Liefde e eu a beijo na testa. Não poderia pedir filha mais meiga e bondosa. Os anos têm provado que ela é o amor de que todos precisamos no nosso quotidiano.

— Também posso? — A Mel entra na conversa e o Paulinho revira os olhos para a irmã. — Eu sei ser chata.

— Filha, isso não é uma coisa para te gabares, pelo contrário — fala o Diogo abanando a cabeça, mas ela se une às duas amigas e ficam planejando estratégias de marketing.

Passadas umas horas, a Paola e o André, que se tornou um bom amigo do Diogo, chegam com os filhos, e o Paulinho, que se queixara de ser o único garoto da festa, corre para brincar com o seu melhor amigo, enquanto a Sol se une à Liefde numa relação em que ambas se entendem como poucas.

— Parabéns! — diz a Paola, entregando-me um quadro da minha família pintada em tons de rosa e preto. — Esta é a aura de vocês. Quando alguém está mais escuro, vocês dão a cor que têm para ajudarem a pessoa — explica como se soubesse a verdade sobre nós.

— Obrigada. Amei. — Beijo-lhe o rosto.

Ficamos conversando, sem imaginar que nossas famílias se interligarão com o Cauê e que muitas lágrimas ainda irão escorrer, contudo, nós estaremos sempre juntos.

O sol dá lugar à lua.

O barulho torna-se silêncio quando todos se vão, menos o Leonardo.

Ele se ajoelha perante mim, retirando as minhas sandálias. Solta o meu cabelo, deixando os seus dedos penetrarem os fios loiros, e olha para mim com aquele amor calmo da nossa maturidade.

— Dança comigo? — pede nos meus lábios, antes de se levantar.
— E a música? — comento, olhando para cima, para o seu rosto.
— Não precisamos. — Pega em mim, colocando-me sobre os seus pés.
Lentamente vamos nos movendo sem nunca desviar o olhar um do outro. O meu verde no seu azul. A minha flor entre os seus espinhos suaves. O meu fogo na sua água. Somos nós.
— Meu Leo. — Acaricio o seu rosto que sorri para mim com a consciência de que o seu presente foi me dar a única coisa que eu desejava: ser feliz.
— Minha Flor.
A vida é uma canção sem coreografia e para acertarmos é preciso falharmos alguns passos. Podemos pisar ou ser pisados, contudo, se encontrarmos o parceiro ideal, não interessa o número de vezes que erramos, mas a quantidade de vezes que repetimos a dança.

Nota da Autora

Ao longo da nossa vida não viveremos experiências maravilhosas pelo orgulho e pelo preconceito que em nós habita.

Vivemos numa sociedade que nos força a valorizar a opinião dos outros sobre o nosso mundo e acabamos por construir algo que não nos faz feliz. Vivemos o que deve ser e não o que queremos que seja.

O Leonardo e a Rafaela são espelhos dessa nossa humanidade, dos nossos erros, julgamentos e decisões. Da nossa fragilidade inquietante.

A diferença da nossa vida para a das personagens é simples: num livro conseguimos ver o preciso momento do erro. Temos a capacidade de analisá-lo ao detalhe e pensar que nunca faríamos do mesmo jeito. Na nossa vida isso não acontece. Eu e você não sabemos se o nosso presente está brutalmente alterado porque num dia, numa hora, num segundo de decisão precipitada pelo orgulho ou pelo preconceito não seguimos o que desejávamos, optando pelo caminho que os outros esperavam que caminhássemos. Não vemos o que perdemos.

O Leonardo é essa representação.

A Rafaela é o oposto.

Ela percorre o seu próprio caminho, sofrendo com isso todo o julgamento do mundo. É aí que a resiliência mora. Na capacidade de, mesmo com os graves embates que sofremos, conseguirmos nos reerguer sabendo o quão difícil ainda será a batalha.

Querido leitor, desejo que a história lhe tenha tocado e despertado diversos sentimentos.

Aproveito para agradecer a todas as Quebradas que me acompanham há anos. Volto a repetir: a série é vossa!

Igualmente, agradeço a dedicação da Agência Literária Villas-Boas&Moss no meu percurso, assim como o empenho da Editora Valentina para que o Brasil se renda aos quebrados.